Rick DeMarinis
Das Jahr des Zinkpennys

Serie Piper
Band 1709

Zu diesem Buch

DeMarinis erzählt die Geschichte einer Kindheit an der Schwelle zum Erwachsenwerden vor dem Hintergrund des Zweiten Weltkriegs: Amerika 1943, als die Pennies aus Zink hergestellt wurden, um Kupfer für die Rüstungsindustrie zu sparen. Der zehnjährige Trygve lebt zusammen mit seiner Mutter, deren zweitem Mann – einem Milchmann mit Starallüren –, seiner leicht verrückten Tante Ginger und deren Stiefsohn William in einer trostlosen Vorstadt von Los Angeles, in einem Wohnblock, in dem Kinder verboten sind. Trygves Mutter hat nur Augen für den Stiefvater, und Vetter William markiert ihm gegenüber den starken Mann. Um die triste Realität zu ertragen, flüchtet sich der sensible Junge in eine Traumwelt, die genährt wird von seiner unbändigen Phantasie und den Kriegsmeldungen im Radio.

Rick DeMarinis, geboren 1934 in New York; lehrt seit 1968 an der University of Texas in El Paso. Autor zahlreicher Romane und Short stories, von denen Margaret Atwood eine für den Band »Best American Short Stories 1989« auswählte. Der Piper Verlag stellt diesen wichtigen zeitgenössischen amerikanischen Erzähler erstmals auf deutsch vor.

Rick DeMarinis

Das Jahr des Zinkpennys

Roman

Aus dem Amerikanischen von
Hans M. Herzog

Piper
München Zürich

Die Originalausgabe erschien 1989 unter dem Titel
»The Year of the Zinc Penny«
bei W. W. Norton, New York.

ISBN 3-492-11709-0
Deutsche Erstausgabe
Oktober 1993

Umschlag: Federico Luci,
unter Verwendung einer Illustration von Bascove
Foto Umschlagrückseite: Cynthia Farah
Gesamtherstellung: Clausen & Bosse, Leck
Printed in Germany

Während meiner ersten Nacht in dem Kinderheim beschloß ein Junge namens Sylvester Snell, daß ich ihm gehörte. Er konnte einen starr und ohne mit der Wimper zu zukken ansehen, was seinen Worten alle Autorität verlieh. Da hatte man keine Wahl mehr. Aber was er meinte, begriff ich erst, als sich vier von uns kleineren Jungen vor ihm bücken mußten, damit er sich einen Favoriten auswählen konnte. Als er anfing, unsere Schlafanzughosen runterzureißen, brüllte ich los. Ich machte einen solchen Aufstand, daß Mrs. Ryerson, die Dame, der das Heim gehörte, in den Schlafraum kam und Sylvester mit ihrer dicken roten Hand einen Schlag auf den Hinterkopf gab. »Es ist bald Weihnachten, du verkorkster Arschbohrer«, sagte sie. »Kannst du nicht wenigstens über die Feiertage deine Unterhose anbehalten?«

Mrs. Ryerson wußte genauestens Bescheid über Sylvester, konnte ihn aber nirgendwo anders unterbringen. Er war ein Fuchs mitten im Hühnerstall. Am liebsten hätte ich ihr vorgeschlagen, ihn im Keller an die Rohre zu ketten, aber Sylvester musterte mich schon gefährlich vielsagend, weil ich um Hilfe geschrien hatte, und so wagte ich nicht, noch einmal den Mund aufzumachen. Kaum war Mrs. Ryerson weg, würde Sylvester seine Herrschaft über uns andere Jungen wiederherstellen, weshalb es für mich darauf ankam, in die Anonymität zu versinken.

In die Anonymität zu versinken, war in jenem Jahr mein besonderes Bestreben. Ich sah ohnehin unscheinbar aus und glaubte mittlerweile, ich könnte meine Unscheinbarkeit noch steigern, bis mich niemand mehr beachtete. Doch in besagter Nacht, der ersten von drei, die ich in der Obhut von Heimeltern verbringen mußte, weil meine eigenen Eltern samt Onkel Gerald wegen eines tätlichen Angriffs auf einen Polizeibeamten im Gefängnis saßen, konnte ich nur beten, daß sich Sylvester Snell für einen anderen entschied. Das tat er auch. Auf blinde Rache legte er keinen Wert. Er wollte sich bloß durchsetzen. Trotz all seiner Gerissenheit und Wildheit hatte er einen dummen, stieren Blick, was auf sein dürftiges Gedächtnis und sein beschränktes Denkvermögen zurückzuführen war. Er war ein Tier, das nur zufällig aufrecht auf zwei Beinen ging und sich in ungehobeltem Englisch verständigte. Eine Weile nachdem das Licht gelöscht worden war, hörte ich ein Wimmern. Sylvester hatte einen Jungen gefunden, der entweder zu verängstigt oder zu einfältig war, um nach Hilfe zu rufen. Weil ich so dankbar war, daß mein Gebet erhört worden war, sprach ich noch eins für den wimmernden Knaben.

Sylvester muß wohl zwölf oder dreizehn gewesen sein, besaß aber die festen peitschenriemenförmigen Muskeln eines dreißigjährigen Steinmetzen. Er hatte krause, graue Haare, hart wie Stahlwolle. Auch seine Augen waren grau, und ihr ausdrucksloser Blick bewirkte, daß normale Augen blinzelten oder woanders hinsahen. Sein reizloses Gesicht zog sich wolfartig in die Länge. Seine Zähne liefen spitz zu, als wären sie vorsätzlich zu tödlichen Nadeln gefeilt worden, und der Mund, in dem sie sich befanden, hatte keine Lippen. Seine Ohren waren lang und flaumbewachsen wie die eines Fuchses. Von der Spitze eines Ohrs, des linken, ragte ein harter unbehaarter Knorpel in die Höhe. Er sah wie ein vertrockneter kleiner Zeh aus. Jahre später erfuhr ich, daß dieser Auswuchs einen traditionellen Namen besaß. Er hieß »Teufelshaken« und galt im Mittelalter als relativ verläßliches Indiz für das Böse. Wann immer ich Alpträume hatte, in denen sich der Teufel aufmachte, um sich meiner Seele zu bemächtigen, kam er immer in Gestalt eines lippenlosen, mit Hundezähnen bewehrten Sylvester Snell samt gelben Hörnern und Hakenohr.

In jener Nacht war ich zum Schlafen zu verängstigt, auch wenn Sylvester es vorzog, mich in Ruhe zu lassen. Und als ich irgendwann im Morgengrauen einschlief, näßte ich das Bett. Es war ausgesprochen peinlich. Mit meinen zehn Jahren hatte ich das genehmigte Alter für nächtliche Malheurs überschritten. Da ich fast die ganze Nacht lang wachgelegen hatte, war mein bißchen Schlaf sehr tief, zu tief, als daß ich mich von Notsignalen der Blase irritieren ließ. Ich versuchte, das Unglück zu vertuschen, indem ich mein Bett machte, ehe die anderen aufstanden, und meinen übelriechenden Schlafanzug darunter verbarg. Doch der Geruch erfüllte den ganzen Raum, und bald kicherten alle Jungen, hocherfreut, daß außer ihnen noch jemand Bettnässer geworden war. Sylvester Snell, der nie etwas lustig fand, war der einzige, der mich nicht auslachte.

Das letzte Mal hatte ich vier Jahre zuvor ins Bett gemacht, mit sechs. Nach der Scheidung meiner Mutter von meinem Vater war ich zu meinen Großeltern geschickt worden, wo ich wohnen sollte. Sie lebten in einem Präriehaus, das windumtost auf einer Hügelkette über der geschützten Stadt stand. Der Wind blies pausenlos und ständig in Sturmstärke. Die eigentliche Stadt lag in einem Flußtal, windgeschützt durch die vielen Hartholzbäume und die niedrige Hügelkette an ihrem nördlichen Rand. Außer meinen Großeltern wohnte niemand auf den Hügeln. Mein Großvater behauptete, er sähe es gern, wenn das Wetter sich näherte. Er sagte, er höre gern das Brausen des Windes im Dachvorsprung. Fuhr er durch die Stadt, schimpfte er über die Reihen gepflegter Ahornbäume und Ulmen, die keine einheimischen Gewächse seien.

Ich war auch kein einheimisches Gewächs. Die Hochebenen im mittleren Norden von Montana machten mir angst. Es gab zu viel Himmel. Der Horizont war so weit entfernt, daß man überzeugt war, an einem klaren Tag die Erdkrümmung sehen zu können. Es war, als sähe man die entsetzliche Wahrheit, die bislang unter einer bequemen Täuschung versteckt gelegen hatte. Auch mein Großvater machte mir angst. Er war ein großer, eckiger, wie aus Granit gehauener Mann. Er war sein Leben lang Eisenbahner gewesen, bis ihn ein Unfall zum Krüppel gemacht und aufs Altenteil gezwungen hatte. Seine beiden Knie waren fest verbundene, gelenklose Knochen. Auf geraden Beinen bewegte er sich langsam schlurfend voran, wie Frankensteins Monster. Großmutter mußte ihm jeden Morgen Hosen und Schuhe an- und abends wieder ausziehen. Auf dicken Kirschholzstöcken mit riesigen Gummispitzen erhob er sich und ließ sich nieder. Wegen dieser gewaltigen Kraftanstrengung waren seine blassen Arme äußerst muskulös.

Nie unterhielt er sich mit mir oder sonst jemandem. Er machte Feststellungen, ob nun gerade jemand in Hörweite war oder nicht. Wenn er »Abendbrot« sagte und Großmutter gerade im Haus war, stieß sie einen langen Seufzer aus und begab sich in die Küche. Sagte er: »Fängt mächtig an zu wehen, was?«, so hieß das keineswegs, daß er übers Wetter sprechen wollte. Es hieß, daß die Tomaten abgedeckt oder die Fensterläden geschlossen werden mußten. Meines Wissens hat er nie jemanden in ein Gespräch verwickelt. Vermutlich kam das daher, daß er jahrelang das Tosen und Rasseln von Lokomotiven und Güterwaggons mit gebrüllten Befehlen übertönt hatte, ohne Antworten zu erhalten.

Sie waren norwegischer Abstammung und konnten meinen italienischen Namen nicht richtig aussprechen. Aus »Napoli« wurde »Nappy Lee«. Trygve Soren Napoli, das war ich. Sie mochten mich nicht besonders, und ich kann's ihnen nicht verdenken. Ich war sauer und voller Ablehnung, als meine Mutter mich bei ihnen abgeliefert hatte. Als Italiener aus New York City wußte ich mir Geltung zu verschaffen, auch wenn ich erst sechs war. Doch sie ließen sich von meinem rüpelhaften Betragen nicht sonderlich beeindrucken. Bald wurde mir klar, daß sie am längeren Hebel saßen. Wenn ich mich weigerte, norwegisches Essen zu verdrücken, war ihnen das egal. Nach einem zweitägigen Hungerstreik war ich bereit, alles zu essen, sogar ihre eingelegten Fische und das flache, papierne Brot. Und als ich anfing, regelmäßig das Bett zu nässen, löste meine Großmutter das Problem mit elektrischen Bettlaken. Ich weckte mich so häufig selber mit Stromschlägen, daß ich anfing, mich vor dem Schlaf zu fürchten. Stundenlang lag ich wach und erfand ein anderes Leben für mich.

In den vier Jahren, die ich bei meinen Großeltern verbrachte, wurde Furcht zu der zentralen, mein Leben bestimmenden Kraft. Aus Achtung vor der Religion meiner Familie väterlicherseits schickten sie mich auf die katholische Schule in der Stadt, wo das pädagogische Prinzip »Erziehung durch Furcht« lautete.

Weil Furcht die mächtigste den Kindern bekannte Kraft war, setzten sie diese gegeneinander ein. Die Schläger kannten kein Erbarmen. Der Schulhof war eine Bühne, auf der sich täglich sadistische Dramen abspielten. Die »Spiele« stellten nur die formale Rechtfertigung für Armeverdrehen, Treten und Schlagen dar. Der beaufsichtigende Priester war ein Fachmann im Wegsehen. Wenn ein Junge weinte, legte der Priester ihm dar, was in dieser Welt nötig war, um ein Mann zu werden. Er hielt große Stücke auf das Alte Testament und nahm das Neue Testament cum grano salis. Seiner Ansicht nach wurde die Welt vom Geist der Strafe regiert. »Vergelte Gleiches mit Gleichem«, pflegte er zu sagen, »oder schleich dich davon wie ein erbärmlicher Hund. Du kannst wählen.«

Ich merkte nie, daß ich wählen konnte. Als ich nach Los Angeles geschickt wurde, geschah das so abrupt wie jedes andere zentrale Ereignis meines Lebens. Meine Mutter hatte ohne Vorwarnung wieder geheiratet, und ich sollte zu ihr kommen. Mein kniesteifer Großvater brachte mich zu ihr. Wir fuhren mit der Great Northern nach Seattle und mit der Northern Pacific bis Los Angeles. Zwei Schaffner mußten ihn an Bord hieven. Er bedankte sich nicht, sondern tat, als gehörten sie zu den Unannehmlichkeiten. Auf der gesamten Reise sprach er kaum ein Dutzend Worte. Mir war das egal. Ich drückte mein Gesicht an das Abteilfenster und beobachtete die wundersame Verwandlung der Welt von platten, endlosen braunen Feldern mit verschneiten Flecken dazwischen zu baumbestandenen dunklen Bergen. Ich sah Städte, deren weiße Gebäude in den blauen pazifischen Himmel aufragten. Und ich sah das Meer, das sich wie das helle gekräuselte Fell eines gewaltigen Tieres bis zum Ende der Welt erstreckte. Drei Tage lang vergaß ich meine Furcht.

Doch nach nur einer Woche in Los Angeles fand ich mich in Mrs. Ryersons Kinderheim wieder. Meine Furcht, die meine Witterung verloren und mir ein paar Tage Freiheit genehmigt hatte, legte sich wieder mit erdrückendem Gewicht auf mich. Sie zerquetschte meinen Elan; sie machte einen Zombie aus mir. Mein Gesicht im Spiegel war nur ein Gesicht. Es hätte jeder sein können. Es war ein Gesicht in der Menge, im Nu vergessen. Ich brauchte diese Anonymität, doch mein ungewöhnlicher Name machte sie wieder zunichte. Mein großer Wunsch war, mir einen anonymen amerikanischen Namen zuzulegen, bei dem niemand die Stirn runzelte. »Charles Jones« war ein typischer Name, den ich mir wünschte. Wäre ich »Charles Jones«, würde mich meine Furcht aus den Augen verlieren.

Ein Mann steigt auf den Hügel und wirft eine Granate in das Maschinengewehrnest der Japsen.

Ich mach's, Sergeant.

Schon wieder, Charlie? Sie haben das doch schon letztes Mal gemacht. Dabei sind Sie schwer verwundet worden. Seht euch Charlie Jones gut an, Jungs. Hier steht ein echter Held.

Solche kurzen Tagträume gingen mir ständig durch den Kopf. Darin war ich nie Trygve Soren Napoli, sondern immer Charles Jones, Bill Tucker, Bob Smith, Jerry Granger oder Buddy Thompson.

Von diesen Tagträumen inspiriert, legte ich mir nach und nach eine variable Persönlichkeit zu. Statt der Welt ein angsterfülltes Gesicht zu zeigen, lernte ich, wie man sich eine lebende Maske zulegt. Die lebende Maske war ich und nicht-ich. Weder tat ich das absichtlich, noch geschah es über Nacht. Es entwickelte sich allmählich als natürliches Ergebnis dessen, was uns der Priester gelehrt hatte: Vergelte Gleiches mit Gleichem, oder schleich dich davon wie ein erbärmlicher Hund. Die variable Persönlichkeit erlaubte mir, beides zu tun. Man konnte sich hinter einem falschen Gesicht verstecken, ohne einen Schritt zurück zu machen. Man konnte seine Vergeltungsmaßnahmen hinter dem Gesicht planen, das sie sehen wollten.

Mutter holte mich aus dem Kinderheim ab. »Dieser verfluchte Gerald«, sagte sie. Mit drei Worten erklärte sie die gesamte Episode und tat sie ab.

Ich kannte sie nicht gut. Eigentlich wußte ich kaum noch, wie sie aussah. Als der Zug in den Bahnhof von Los Angeles einfuhr, wurde mir klar, daß ich sie in der Menge nicht identifizieren konnte. Draußen auf dem Bahnsteig musterte mich eine strahlend blonde Fremde mit durchdringendem Blick. »Trygve?« sagte sie. »Bist du mein Sohn Trygve?« Ich stolperte gegen sie, stumm. Sie schob mich von sich, schüttelte mir dann steif die Hand. Sie betrachtete mich auf Armeslänge, ihre Nordseeaugen blinzelten nicht. »Na ja, ist schon 'ne Weile her«, sagte sie. »Drei Jahre?« Ich rechnete die Jahre im Kopf zusammen, brachte es aber nicht über mich, sie zu korrigieren. »Vier«, sagte mein Großvater, als er auf uns zuschlurfte. »Vier verfluchte Jahre.« Mutter gab meine Hand frei. »Also vier?« sagte sie. Dann ging sie fort, als läge es an mir, ihr zu folgen oder nicht, und fügte hinzu: »Wie die Zeit vergeht.«

Ihre Ausdrucksweise glich der ihres Vaters. Sie sagte einfach irgendwas, und falls jemand in der Nähe war, der etwas erwiderte, ergab sich so etwas wie ein Gespräch. Wie mein Großvater besaß sie einen norwegischen Fatalismus, der zäh genug war, um den Winter zu überdauern.

»Dieser verfluchte Gerald«, wiederholte sie. Ich blickte sie kurz an. Ihr scharfgeschnittenes weißes Profil sah zu perfekt aus, um echt zu sein. Ich wollte meine Hand auf ihr Gesicht legen, doch allein bei dem Gedanken daran setzte mein Herzschlag einmal aus.

Gerald war Gerald Fergus, mein Onkel. Er gehörte der kanadischen Marine an. Sein Schiff hatte in Long Beach angelegt, um Vorräte an Bord zu nehmen, die nach Hawaii gebracht werden sollten. Man schrieb den Dezember 1942, und der Krieg war genau ein Jahr alt. Gerald hatte Landurlaub und besuchte seine Schwägerin und ihren neuen Mann. Seine Frau Ginger, die Schwester meiner Mutter, sollte bei uns wohnen. Sie war mit ihrem Stiefsohn William aus Vancouver in British-Columbia unterwegs hierher.

»Dieser verfluchte Gerald«, sagte meine Mutter zum drittenmal. Wir saßen in einem Taxi, und wieder wurde ich von den vorbeifliegenden Wundern der neuen Welt abgelenkt. Das Gesicht gegen die Fensterscheibe gepreßt, bestaunte ich die hohen Palmen am Straßenrand, so dicht gesät wie Telefonmasten. Exotische Blüten krochen an holzigen Kletterpflanzen die Mauern kleiner weißer Häuser hoch, und manchmal überwucherten sie die Häuser völlig wie eine phantastische Tarnung.

Meine Mutter stieß einen müden Seufzer aus, und sofort mußte ich an meine Großmutter denken. Ich sah sie mit einem Korb voller Wäsche draußen bei der Wäscheleine. Kleider, die dort hingen, wehten bei den auf der Hochebene ständig herrschenden Stürmen waagerecht über dem Boden. Das Seufzen meiner Mutter war das linde Lüftchen norwegischer Resignation. Ich kannte es gut. Es klang gezischt wie der Schluß eines Fluches.

Ein Fatalist glaubt, man könne nichts machen, aber er wird sich von der einen oder anderen Sache mitreißen lassen, weil er glaubt, sich mitreißen zu lassen gehöre auch zu den Dingen, gegen die man nichts machen könne. Und doch war sie – zumindest oberflächlich betrachtet – ein fröhlicher Mensch, feierte die Feste wie ein Mexikaner. Ohne Hemmungen konnte sie völlig Fremden aus dem Fenster eines fahrenden Autos »He, wo steigt die Party?« zurufen.

Und deshalb wurden wir festgenommen. Wir waren in Tijuana gewesen und hatten mit Onkel Gerald einen draufgemacht. Die drei – meine Mutter, mein neuer Stiefvater und Onkel Gerald – zogen Arm in Arm durch die Nachtklubs. Sie ließen mich auf dem Rücksitz des 1928er Cadillac meines Stiefvaters zurück, wo ich auf sie warten sollte. In der Sorte Nachtklub, die sie aufsuchten, hatten Kinder keinen Zutritt. Auf diese Nachtklubs war ich neugierig, aber zu jung, um mir vorzustellen, was in ihnen vorging.

Es war Samstag abend, und anderswo war der Zweite Weltkrieg in vollem Gange. Straßenhuren glotzten in die Fenster des Cadillac und taxierten mich. Ihre lose pendelnden Brüste wogten durch die pulsierenden Neonlichter der Avenida Revolución. Burschen, die jünger waren als ich, rissen die Türen des Cadillac auf und tobten über die prächtigen Mohairsitze, einander ausgelassen auf spanisch etwas zurufend, ohne mich auch nur im geringsten zu beachten. Ich fürchtete mich vor ihnen, war aber selber schuld. Schließlich hatte ich darauf bestanden, mit nach Tijuana zu kommen. Ich hätte in unserer Wohnung in Los Angeles sitzen und Radio hören können, wollte aber nicht allein zu Hause bleiben. Ich wollte meine Mutter nicht aus den Augen verlieren. Ich hatte sie vier Jahre lang aus den Augen verloren und kannte sie kaum. Ich wußte, daß ich es nicht ertragen würde, sie in einem fremden Auto wegfahren zu sehen. Dann würde mich eine uralte nordeuropäische Angst befallen, und alle Radiosendungen im Äther könnten mir nicht helfen.

Ich traute meiner Mutter nicht. Sie war die verschwindende Dame. Schon vor Jahren hatte ich sie kommen und gehen sehen. Ich konnte mich vage an ein schwarzes Auto erinnern, das aus der Ausfahrt meiner Großeltern fuhr. Sie saß drin, mit einem Mann. Mein lückenhaftes Gedächtnis konnte ihr kein Gesicht zuordnen, aber ich sah ein hellrotes geblümtes Kleid vor mir, eine dunkle Handtasche und hohe weiße Stöckelschuhe. Ein Duft verschwand mit ihr, und meine Sehnsucht war untrennbar mit diesem Duft verbunden.

Ich klammerte mich also heulend an sie, Erniedrigung in Kauf nehmend. »Nimm mich mit nach Mexiko«, schluchzte ich.

»Es ist deine Beerdigung«, sagte sie. Norwegischer Fatalismus erstreckte sich sogar auf Kinder. Falls mich in Tijuana mein Schicksal ereilte, was konnte *sie* groß dagegen machen?

Mein Stiefvater, Mitchell Selfage, fuhr gern schnell. Wir kamen mit hoher Geschwindigkeit von Tijuana zurück. Der Cadillac röhrte wie ein Gleitrennboot. Der Wagen hob und senkte sich, als wäre er auf dem Wasser. »Das ist ein *Auto*!« überschrie Mitchell Selfage den großen V-8-Motor. Er war ein Autonarr und hatte einmal einen Hupmobile besessen. Alle waren betrunken. Sogar ich fühlte mich betrunken, da ich ihren alkoholisierten Atem eingeatmet hatte. Mein Onkel Gerald war auf dem Rücksitz umgekippt. Sein Kopf lag auf meinem Schoß. Sein Schnarchen war so laut, daß man es trotz der Motor- und Straßengeräusche hören konnte. Meine Mutter trank auf dem Beifahrersitz Bier, während Mitchell Selfage die Armaturen des Cadillac erläuterte. Für ihn war es ein neuer Wagen. Er hatte ihn erst seit einer Woche.

»Wo steigt die Party?« brüllte meine Mutter aus dem Wagenfenster, als wir in Huntington Beach einfielen. Sie brüllte es einem Auto voller lachender Leute zu, schaffte es aber, die Aufmerksamkeit eines Polizisten auf einem Motorrad auf sich zu lenken, der gerade vorbeigerast kam. Mitchell Selfage war ein redegewandter Mensch, der an der Universität Washington Theaterwissenschaften studiert hatte. Als der Polizist uns an den Straßenrand winkte, spielte Mitchell den Charmeur. Er hatte ein breites, einnehmendes Lächeln und das gute Aussehen eines Hauptdarstellers. Er hatte dem Polizisten schon beinahe ausgeredet, ihm einen Strafzettel zu verpassen, als mit lautem Schnauben Onkel Gerald aufwachte. Ich sah, wie er seine Augen weit aufriß. Sein Kopf war noch immer auf meinen Schoß gebettet. Mir kam der glotzende Kopf in meinem Schoß gefährlich vor. Ich wand mich darunter hervor. Mitchell hatte gerade etwas gesagt, das den Polizisten zum Lachen brachte. Mitchell lachte auch. Mitchells Lachen ließ einem die Haare zu Berge stehen. Er lachte beim Einatmen, was ein gewaltiges kratzendes Geräusch zur Folge hatte. Wenn er in der Öffentlichkeit lachte, hielten gewöhnlich Leute in Dutzenden von Metern Entfernung bei dem inne, was sie gerade taten, um herauszufinden, was diesen gewaltigen unmenschlichen Lärm verursachte. Es war ein kratzendes Stöhnen, zu gräßlich, um aus normalen Lungen und einem normalen Kehlkopf zu stammen. Es war, als wäre ein mythisches Ungeheuer, ein Minotaurus oder Zyklop, mitten in Los Angeles losgelassen worden und hätte einen Lachanfall bekommen.

Dieses beängstigende Geräusch hatte bewirkt, daß sich Onkel Geralds Augen öffneten. Als er den Polizisten sah, der sich ins Fenster beugte und Mitchells Führerschein mit einer Taschenlampe anleuchtete, murmelte Gerald eine Serie schlimmer Flüche. Dann erhob er sich und führte mit einer fließenden Bewegung seine Faust zum Gesicht des Beamten. Es war ein ordentlicher Schlag. Ich hörte einen Zahn brechen, einen üblen Fluch und, von meiner Mutter, ein müdes Seufzen.

Onkel Gerald brachte uns immer in Schwierigkeiten, wenn er Landurlaub hatte. Sein voller Name lautete Gerald Lawton Fergus. Er war aus British-Columbia und zählte Tlingit-Indianer zu seinen Vorfahren. Er war ein Kämpfer und mußte kaum provoziert werden, besonders dann nicht, wenn er getrunken hatte. Jede Kleinigkeit konnte der Auslöser sein. Seine dritte Frau – meine Tante Ginger – und sein Sohn William trafen einen Tag, nachdem Onkel Gerald aus dem Gefängnis entlassen worden war, in Los Angeles ein. Er hatte eine Woche aufgebrummt bekommen. Es war eine leichte Strafe, aber wir hatten Krieg, und sein Schiff wollte bald in See stechen.

Mitchell und Onkel Gerald holten Tante Ginger und William vom Bahnhof ab und brachten sie zu uns. Mit ihnen drang Whiskydunst in die Wohnung. Sie hatten unterwegs angehalten und einen getrunken.

»Also«, sagte Onkel Gerald, als wir es uns alle in dem kleinen Wohnzimmer gemütlich gemacht hatten. Er bleckte die Zähne und lachte glucksend. Mitchell goß etwas Whisky in Onkel Geralds Glas und dann in sein eigenes. Ich merkte, daß er nervös war. Mitchell Selfage war ein schlanker Mann, dessen gutes Aussehen ihm etwas beinahe Weibisches verlieh. Onkel Geralds Tonfall und Benehmen beunruhigten ihn. Wenn Onkel Gerald getrunken hatte, konnte alles passieren.

»Vielleicht solltest du ein wenig kürzer treten, Gerald«, schlug Tante Ginger vor. »Du mußt morgen früh ablegen.«

»Erster Fähnrich zur See, Ginger«, erwiderte Onkel Gerald und hob sein Glas.

»Halt dich zurück, Gerald«, sagte meine Mutter.

Onkel Gerald und Mutter tauschten kurze Blicke aus. Meine Mutter ließ sich nicht einschüchtern. Onkel Gerald sah als erster weg. »Was soll's«, sagte er. »Es ist kurz vor Weihnachten.« Er wühlte in den Taschen seines Mantels. »Das ist für dich, Tryg«, sagte er. Er reichte mir eine Rolle Pennystücke. »Es sind nagelneue 1943er US-Pennys. Sie sind aus Zink, nicht aus Kupfer. Ich hab sie von der Bank.«

Ich nahm die Rolle. »Danke, Onkel Gerald«, sagte ich.

»Du kannst sie zwar an Bonbonautomaten vergeuden, aber das würde ich nicht empfehlen«, sagte er. Er kramte noch eine Rolle Zinkpennys aus dem Mantel und reichte sie seinem Sohn

William. Er blinzelte William zu. »Du weißt, wovon ich rede, stimmt's, mein Sohn?«

William war ein mißmutiger Fünfzehnjähriger mit dunklem Teint. Er war groß und mager und hatte rabenschwarze Haare. Er wog die Rolle Münzen in der Hand, gab seinem Vater aber keine Antwort.

Williams Beispiel folgend, wog ich wissend die Rolle Münzen in der Hand.

»Wenn du mit einer Rolle dieser Pennies einen Kerl schlägst, steht er so schnell nicht wieder auf, Tryg«, fuhr Onkel Gerald fort. »Früher war eine Rolle Zehncentstücke das Mittel der Wahl, aber Zinkpennies sind besser. Sie sind ein wenig leichter als Kupferpennies, aber etwas schwerer als Zehncentstücke.«

William und ich wogen prüfend unsere Zinkpennies.

»Ein paar verdammte Killer«, sagte Onkel Gerald und zwinkerte uns anerkennend zu.

»Wie wär's mit noch einem Drink, Gerald?« sagte Mitchell Selfage.

»Er braucht keinen mehr«, sagte Tante Ginger.

Mitchell hörte auf, die Flasche in Richtung Onkel Geralds Glas zu neigen. Onkel Gerald packte den Flaschenhals und zwang ihn nach unten, bis sein Glas beinahe bis an den Rand gefüllt war.

»So sind die Weiber eben«, sagte Onkel Gerald. »Durch ihr ständiges Genörgel zwingen sie einen Mann dazu, mehr zu trinken, als er normalerweise tun würde.« Er prostete mir zu und zwinkerte. »Laß dir das eine Lehre sein, Master Trygve. Das Genörgel des weiblichen Geschlechts rafft einen Mann dahin, wenn er es zuläßt.«

Er sah mich eine Weile an, bevor er das Glas an die Lippen hob. Ich wog die Münzen wissend in der Hand.

Tante Ginger stand auf. »Laßt uns alle miteinander Weihnachtslieder singen«, schlug sie vor und lächelte, als sei es ihr ernst. Sie ging hinaus.

»Du begreifst doch, was ich gemeint habe, Trygve?« sagte Onkel Gerald. »Jetzt begreifst du doch, worauf ich hinauswill, Jungchen?«

Mir blieb nichts anderes übrig, als ernst zu nicken und die Zinkmünzen zu schwingen.

»Wie zum Teufel sollte er begreifen, worauf du hinauswillst, vorausgesetzt, du weißt es selber«, sagte Mutter. »Er ist erst zehn. Ich glaube, du weißt nicht, was du da redest, Gerald.«

Onkel Gerald zwinkerte mir wieder zu. Während des gesamten Gesprächs konzentrierte er seine Aufmerksamkeit auf mich. Davon wurde mir unbehaglich.

»Das wär's in wenigen Worten, Master Trygve«, sagte er. »Es hat kein Ende, Jungchen. Zum Glück gibt's diesen verfluchten Scheißkrieg. Was glaubst du wohl, warum Männer so gern Kriege anzetteln, Trygve? Tja, jetzt weißt du, warum. Das sollte dir klar sein wie Kloßbrühe. Wenn nicht, dann wirst du eben Lehrgeld zahlen müssen.«

»Frag ihn, wo er die letzten sieben Tage war«, sagte meine Mutter vor sich hin. »Frag ihn, wieviel er da gratis gelernt hat.«

Onkel Gerald lachte. Er kippte die Hälfte seines Whiskeys. Dann trank er die andere Hälfte. »Was wollen wir dagegen unternehmen?« fragte er Mitchell und hielt sein leeres Glas hoch. Mitchell schenkte zwar Whiskey nach, aber keine drei Zentimeter hoch. Er goß auch eine kleine Menge in sein eigenes Glas.

»Laß uns ganz locker einen draufmachen, Gerald«, sagte er.

Als William und ich nach draußen gingen, lagen die Zinkpennys schwer in unseren Taschen. Man hatte uns miteinander bekannt gemacht, aber bisher hatte er noch kein Wort zu mir gesagt. Wir gingen hinter den Wohnblock, wo der Müllverbrennungsofen stand. Es war warm, über zwanzig Grad. Los Angeles mit seinem warmen Wetter machte mich immer noch fassungslos. In Montana waren es jetzt zwanzig Grad unter Null und stürmisch.

Das Gelände zwischen dem Wohngebäude und der Verbrennungsanlage war betoniert. Ich kniete nieder und legte die Handflächen auf den Beton. »Warm«, sagte ich. »Oben im Norden ist es Winter, aber hier ist es genau wie im Sommer.«

»Kein Scheiß«, sagte William. Das waren seine ersten Worte an mich. Erstaunt stellte ich fest, daß er eine tiefe Stimme hatte, eine Männerstimme.

»Es ist irgendwie toll«, sagte ich.

»Ich finde diese Scheißstadt ekelhaft«, sagte er.

Obwohl er groß und mager war, sah er seinem Vater sehr ähnlich. Seine glänzenden schwarzen Indianerhaare waren glatt nach hinten gekämmt. Er sah aus wie ein wilder pubertierender Rudolph Valentino aus Westkanada. Er hatte blaue Augen, die nicht blinzelten.

Ich mochte nicht glauben, daß er das ernst meinte. Wie konnte jemand Los Angeles ekelhaft finden? Es war die tollste Stadt, die ich je gesehen hatte. Filme und Zeitschriften wurden ihr nicht gerecht. Vor dem Wohnblock standen zwei dicke Dattelpalmen. Sie sahen wie riesige Ananas aus. Beim leisesten Wind stießen ihre Wedel wild gegeneinander. Ich mochte dieses Klappergeräusch. Nachts konnte ich es von meinem Schlafzimmer aus hören. Für mich war es der Sound von Los Angeles.

»Ich schätze, wir sind Vettern«, sagte ich, um das Thema zu wechseln.

»Ja«, sagte er, »wie ein Furz und ein Kackhaufen. Rat mal, was von beiden du bist.«

Ich ließ ihn bei den Müllverbrennungsöfen stehen und ging um das Gebäude herum nach vorne auf den Rasen. Ich setzte mich unter eine der großen Dattelpalmen. Auf der anderen Straßenseite stand ein altes Haus. Auf dem Rasen davor wuchsen auch Dattelpalmen. Ein Mädchen in Shorts saß auf der Hausveranda. Sie hatte braungebrannte Beine. Sie war zwölf oder dreizehn Jahre alt. Ein Auto fuhr vorbei. Jemand in dem Auto schrie dem Mädchen etwas zu. Sie warf den Kopf in den Nacken und tat, als hätte sie den Jungen im Auto nicht gehört. Sie stand auf und reckte sich. Ihre Brüste verschoben ihre Bluse, gaben die weiße Haut ihrer Taille frei.

Ich, Charles Jones, hielt den Knüppel meines defekten Dauntless-Dive-Bombers umklammert und versuchte, ihn auf dem Flugzeugträger niederzusetzen. Der Knüppel reagierte nicht. Ich kam zu schnell runter. »Zieh hoch, Charlie«, sagte eine Stimme in meinen Kopfhörern. »Geht nicht, geht nicht«, knurrte ich. Ich machte das Geräusch des Absturzes nach, und das Mädchen auf der Veranda gegenüber sah zu mir rüber. Sie zog eine Grimasse und ging in ihr Haus. Dennoch starb ich als Held in ihren Armen. Ihre untröstlichen Tränen vermischten sich tragischerweise mit dem Blut auf meinem toten Gesicht. »Charlie«, schluchzte sie. »O mein lieber, lieber Charlie!«

In dem Gebäude wohnten etliche andere Kinder, aber wir alle waren illegal hier. Der Vermieter erlaubte weder Kinder noch Haustiere. Aber Haustiere wohnten auch hier. Ich hatte mindestens drei Katzen gesehen und in einem Flur einen kleinen Hund bellen hören. Wann immer der Vermieter vorbeikam, griff sich eine der Mütter eine Polizeipfeife und pfiff ganz laut. Sobald die Kinder den Pfiff hörten, rannten sie aus dem Gebäude und auf das leere Grundstück daneben. Auf diesem unbebauten Grundstück hatte man eine unterirdische »Festung« ausgegraben, groß genug, um das etwa halbe Dutzend Kinder aufzunehmen, die in dem Mietshaus wohnten. Wir quetschten uns alle in die unterirdische Festung und warteten auf das »Die-Luft-ist-rein«-Zeichen, nämlich drei kurze Pfiffe. Es war ein Heidenspaß, genau wie der richtige Krieg.

Onkel Gerald trank an jenem Tag immer weiter. Er ging allein aus und kam nachts zurück, sehr betrunken. Er war in eine Schlägerei geraten. Seine Lippen waren blutverkrustet, sein linkes Auge war zugeschwollen. Es war drei Uhr morgens. William und ich hatten schon eine Weile geschlafen. Wir teilten ein Bett. In der Wohnung gab es nicht genug Zimmer, daß er seinen eigenen Schlafraum hätte bekommen können. Eine Kanonade schrecklicher Flüche weckte uns. Wir stiegen aus dem Bett und spähten in den Flur. Onkel Gerald brüllte Tante Ginger an. Sie hielt sich die Ohren zu und weinte. »Lüg mich nicht an«, schrie Onkel Gerald. »Ich weiß, was du verdammt noch mal treibst. Ich hab dich durchschaut. Hältst du mich für einen Vollidioten oder was?«

Dann schlug er sie. Ich sah, daß er es tat. William sah es auch. Mit anzusehen, wie ein erwachsener Mann eine erwachsene Frau ins Gesicht schlug, war so entsetzlich, daß ich fast ohnmächtig wurde. Tante Ginger fiel auf den Rücken. Sie rollte zur Wand, wo sie sich zum Schutz vor weiteren Angriffen zu einer festen Kugel zusammenrollte.

»Herrgott«, sagte William angewidert.

In dem Moment sah uns Onkel Gerald. Er kam auf uns zu. Wir drängelten in das Schlafzimmer zurück und rannten zum Fenster. Die Wohnung lag im Erdgeschoß, und wir sprangen auf das an das Gebäude grenzende Stoppelfeld hinaus. Dann rannten wir zu dem leeren Grundstück und in die Festung. Onkel Gerald folgte uns nicht.

In der dunklen Festung war außer unserem Keuchen kein Geräusch zu hören. Wir saßen etliche Minuten da und lauschten, wie sich unsere Lungen leerten und füllten. Wir zitterten in unseren Schlafanzügen.

»Ich gehe zur amerikanischen Marineinfanterie«, sagte William.

»Das klappt nicht«, wandte ich ein. »Man muß mindestens siebzehn sein.«

»Ich sehe wie siebzehn aus«, sagte er. »In Tijuana kriegt man eine gefälschte Geburtsurkunde.«

Was wußte der schon von Tijuana? Er war aus Kanada, tausend Meilen weiter nördlich. »Ich war da«, erwähnte ich beiläufig.

»Hast du dir einen Tripper geholt?« fragte er.

Ich hatte keine Ahnung, was er meinte. Ich wußte, daß »Trip« ein anderes Wort für »Reise« war. Also mußte »ein Tripper« soviel wie »Reisender« bedeuten. Hatte ich mir einen Reisenden geholt. Ich wußte immer noch nicht, was er meinte.

Nach einer Minute lachte er. »Wo hast du bisher dein Leben verbracht?« fragte er.

»In Montana«, antwortete ich.

»Hätte ich mir denken können.«

Wir betraten die Wohnung, wie wir sie verlassen hatten, nämlich durch das Fenster. Es war fast vier Uhr morgens. Ich hatte Hunger und Durst. Ich ging in den Flur und schlich auf Zehenspitzen Richtung Küche. Sie lag dem Wohnzimmer gegenüber. Das Klappbett im Wohnzimmer war heruntergezogen. Das Bett wurde benutzt. Es gab jede Menge Bewegung und Keuchen.

»Es tut mir leid, meine liebste Ginger«, sagte Onkel Gerald. »Oh, meine liebste Ginger, es tut mir so leid.«

»Ich weiß, ich weiß«, sagte Tante Ginger leise.

Ich schlich auf Zehenspitzen weiter in die Küche, holte mir ein Glas Milch und ein paar Crackers und schlich auf Zehenspitzen in mein Zimmer zurück. Nachdem ich die Milch und die Crakkers verdrückt hatte, lag ich im Bett und dachte nach. Ich dachte über meinen Onkel Gerald und meine Tante Ginger nach. Er hatte versucht, ihr weh zu tun, doch jetzt küßte er sie und bat sie um Verzeihung, die sie ihm auch gewähren wollte. Tante Ginger war eine wunderschöne Frau, die Romane las. Sie hatte immer einen verträumten Gesichtsausdruck, als wäre vor langer Zeit und weit entfernt etwas geschehen, das ihr nicht aus dem Sinn ging. »Long Ago and Far Away« war ihr Lieblingslied. Sie hatte die Schallplatte und spielte sie oft auf unserem RCA Victrola. Sie war fünfundzwanzig, fünf Jahre jünger als meine Mutter. Sie war ein ruhiger, romantischer Mensch, und ich hatte mich ein wenig in sie verknallt. Oft sah ich sie in Deutschland festsitzen, auf Rettung wartend. Ich, Sonderagent Charles Jones, sprang dann gewöhnlich mit einem Fallschirm über Deutschland ab, mit einem MG und einem Kurzwellenradio bewaffnet. Wir arbeiteten uns über die Berge in die Schweiz vor, während wir auf Kurzwelle »Long Ago and Far Away« lauschten.

»Etwas mußt du unbedingt wissen«, drängte sich William in meine Traumwelt.

»Was?« sagte ich.

»Ich mein's ernst.«

»*Was?*« wiederholte ich.

»Ich hau ab. Ich werd nicht auf diese dämliche High-School gehen. Ich halt's hier nicht aus.«

»Du gehst also zurück nach Kanada.«

»Was?«

»Zurück nach Kanada. Dorthin gehst du.«

»Herrgott noch mal. Kannst du nicht zuhören? Ich sagte, ich gehe zur Marineinfanterie.«

Ich glaubte ihm nicht, wollte aber keinen Streit. »Und wann?« sagte ich. »Morgen?«

»Sobald die Zeit gekommen ist.«

»Wahrscheinlich ist der Krieg im nächsten Jahr vorbei«, sagte ich.

»Blödsinn«, sagte er.

»Hoffentlich dauert er bis 1950«, sagte ich. »Dann bin ich alt genug, um in die Pilotenausbildung der Luftstreitkräfte des Heeres aufgenommen zu werden.«

William lachte ein einziges Mal wütend auf. »Du bist kein Heldentyp, Kleiner.«

Das ärgerte mich. Da mußte ich mein Zimmer und Bett mit ihm teilen, und jetzt beleidigte er mich. »Ich wäre es, wenn ich müßte«, sagte ich.

Wieder lachte er unverschämt. »Hast du dich schon mal geprügelt? So richtig?«

Ich überlegte. »Ja«, sagte ich.

»Jede Wette. Hast du jemanden nach Strich und Faden vertrimmt?« Er amüsierte sich königlich – auf meine Kosten.

»Klar«, versicherte ich.

»Wen? Sag mir seinen Namen und warum und wo du dich mit ihm schlagen mußtest.« Er schob seine Zunge in die Backe. Er blinzelte.

»Sylvester Snell«, sagte ich. »Im Kinderheim. Er hat ein paar der Kleineren belästigt. Ich hab ihn aufgefordert, das zu lassen. Als er sich weigerte, hab ich ihn vermöbelt. Er war älter als ich, etwa in deinem Alter.«

Vor meinem inneren Auge sah ich mir dabei zu, wie ich Sylvester Snell niederschlug. Ich sah, wie er sich von mir wegrollte und seinen Körper zum Schutz zusammenrollte. »Schlag mich nicht noch mal«, flehte er. Ich hielt die Zinkpennies in der Faust.

William lachte wieder. Dann furzte er. »Vom Winde verweht«, sagte er.

Weihnachten kam und ging. Ich bekam ein Kurzwellenradio und William ein Luftgewehr Marke »Daisy«. Die Flugzeugwerke Douglas stellten meine Mutter als Nieterin ein. Sie nietete die Aluminiumhüllen von Dauntless-Dive-Bombern an ihre Spanten. Kurz nach Mutter wurde Tante Ginger von Douglas eingestellt. Sie war eine »Gegenhalterin«, also eine, die dem Nieter gegenüberstand und eine Metallplatte gegen die Niete drückte, damit diese abgeflacht wurde, während sie durch die Hülle drang. Gegenhalter verdienten weniger als Nieter, doch sogar dieser Verdienst war gut. Eine Menge Geld floß in den Haushalt. Mitchell Selfage verdiente allerdings am meisten, da er sich auf dem Schwarzmarkt betätigte. Er war Milchmann und tauschte Butter, Sahne und Käse gegen Benzinmarken, die er zu einem Mehrfachen ihres Wertes verkaufte. Die Benzinrationierung hatte der Fahrfreudigkeit einen deutlichen Dämpfer verpaßt, und in Los Angeles war die Freiheit, mit dem Auto herumzufahren, wertvoller als jede von der Verfassung garantierte Freiheit. Wenn sie nicht, wann immer sie wollten, fahren konnten, wohin auch immer sie wollten, litten die Bewohner von Los Angeles an Störungen ihres Gefühlslebens. Ohne unbeschränkte Verwendung ihrer Autos empfanden sie ihr Leben als trist, obwohl Los Angeles damals eines der besten öffentlichen Nahverkehrssysteme des Landes besaß. Elektrische Eisenbahnen fuhren kreuz und quer durch den County, und mit einer Zehncentmarke kam man fast überallhin. William und ich fuhren oft von unserem Wohnblock an der Westside mit der Bahn nach Santa Monica oder Venice.

Während der toten Zeit nach Weihnachten und vor Beginn des neuen Schuljahres waren William und ich viel zusammen. Anders als vielen Älteren war es ihm nicht peinlich, mit einem Zehnjährigen gesehen zu werden. Er ließ sich nicht durch das einschüchtern, was andere von ihm dachten. Genauer gesagt: Seine gutmütige Streitlust war eine Aufforderung an alle, sein Verhalten zu kritisieren. Ich wollte unauffällig sein, Teil der wohlerzogenen Menge, und das Gesicht zeigen, das andere zu sehen erwarteten. William hingegen war immer er selbst und forderte – durch sein Auftreten und seine forschen Blicke – jeden heraus, an ihm etwas auszusetzen. Wann immer wir zusammen waren, fühlte ich mich bedroht. William zog Ärger an wie ein Magnet.

Als wir einmal Mitchell Selfages Cadillac wuschen und polierten, sagte William: »Kommst du mit auf 'ne Spritztour?« Er hatte entdeckt, wo Mitchell die Schlüssel versteckte, und wedelte damit vor meiner Nase in der Luft herum.

Da ich dachte, er mache einen Scherz, sagte ich: »Na klar.«

William nahm hinter dem Lenkrad Platz und schaltete die Zündung ein. »Steig ein«, sagte er.

Ich stieg ein, da ich immer noch glaubte, er werde sich nicht trauen, es wirklich zu tun. Mitchell arbeitete und kam erst in einigen Stunden nach Hause. Trotzdem, ich glaubte nicht, daß William Auto fahren konnte.

Da täuschte ich mich. Er trat auf den Anlasser, und die große Achtzylindermaschine sprang jaulend an. Er trat die Kupplung durch und legte den langen Schaltknüppel in den Rückwärtsgang. Wir setzten rückwärts aus Mitchells Parkplatz hinter der Wohnung auf den sich anschließenden Weg. Dann legte er den ersten Gang ein, und der Wagen ächzte vorwärts.

»Warte mal«, sagte ich, »hier hältst du besser.«

William trat lachend das Gaspedal durch. Der Weg war kiesbedeckt, und ein Regen kleiner Steine spritzte hinter uns in die Luft.

»Such mal was im Radio«, sagte er.

Das Radio war so alt wie der Wagen... viel zu viele Knöpfe und Skalen. Schließlich gelang es mir, es einzuschalten und einen Sender zu finden. Die Merry Macs sangen »Mairzy Doats«. Die flotte kleine Melodie ließ William noch fester aufs Gas treten, und mit quietschenden Reifen bogen wir in die Straße ein.

William fuhr auf die Straße, die vor unserem Wohnhaus verlief. Ich sah, wie sich das Mädchen im Haus gegenüber die Beine sonnte. Sie sah mich, aber falls sie mich erkannte, ließ sie es sich nicht anmerken.

Ich war Lieutenant Bill Tucker und startete gerade mit meiner B-17. Ich wußte nicht genau, ob die Startbahn lang genug war, da wir eine besonders schwere Bombenlast geladen hatten. Diesmal würden wir Berlin in Schutt und Asche legen. »Das könnte passieren«, sagte ich in mein Mikrofon. Das braungebrannte Mädchen im Kontrollturm begann zu weinen.

»Was könnte passieren?« fragte William.

»Hä? Ich meinte bloß, wir könnten Schwierigkeiten kriegen.«

William hob sich ein wenig von seinem Sitz und furzte. »Vom Winde verweht«, sagte er.

Wir umkreisten ein paarmal den Block. Lieutenant Tucker legte zwar Berlin in Schutt und Asche, wurde aber schwer getroffen. Das Leitwerk der B-17 sah wie ein Schweizer Käse aus. Lieutenant Tucker bemerkte, daß durch seine lammfellbesetzte Fliegerjacke Blut sickerte. »Verdrückt euch, Männer«, rief er. »Ich bleibe dran, so lange ich kann.« Sein Kopilot sagte: »Und was wird aus dir, Bill?« Lieutenant Tucker lächelte traurig. »Mich hat's erwischt, Charlie. Mich kannst du vergessen. Sag... Elizabeth einfach, daß ich...« Da ich nicht wußte, was Lieutenant Tucker zu Elizabeth gesagt hätte, ließ ich ihn einfach in Ruhe im qualmenden Wrack der B-17 sterben.

»Was zum Teufel flüsterst du da?« fragte William.

Ich dachte, ich wäre vorsichtiger gewesen, aber meine Lippen hatten sich bewegt und etwas Luft herausgelassen. »Nichts«, sagte ich unwirsch.

Als William den Cadillac an seinem alten Platz abstellte, wusch ich die großen Räder mit den hölzernen Speichen, um alle Spuren unserer verbotenen Fahrt zu verwischen.

Eines Abends gingen William und ich ins Kino. Das nächstgelegene, das Variety, zeigte den Horrorfilm *Die Insel der Toten*, mit Boris Karloff in der Hauptrolle. Das braungebrannte Mädchen von gegenüber war allein da. William setzte sich neben sie, und ich setzte mich neben William. Irgendwann während des Films fiel mir auf, daß Williams Arm auf der Rückenlehne des Sessels des braungebrannten Mädchens lag und wenig später direkt auf ihren Schultern. Sie sprachen nicht miteinander oder zollten sich sonst irgendwie gegenseitig Beachtung. Als wir nach der Vorstellung nach Hause gingen, sagte William: »Ihre Titten sind echt.«

Doch der beängstigende Film hatte mein Hirn in eine Stimmung morbider Spekulation versetzt, so daß ich nicht so recht mitbekam, was er gesagt hatte.

Der Traum fing ganz nett an. So ist es mit den meisten Alpträumen. Ich war wieder ein Kleinkind, bei den Italienern in New York. Meine Mutter war nirgends zu sehen. Irgendein Fest war gerade im Gange. Ich wurde von Schoß zu Schoß gereicht, während meine Onkel auf Gitarren und Akkordeons spielten. Der schwere Duft von Spaghettisauce durchzog die Mietskaserne. Guido, der Onkel, von dem nie jemand sprach, tanzte vergnügt um den ächzenden Tisch. Er trampelte auf dem Linoleum herum, bis das Geschirr aus den Regalen fiel. Mein Vater nahm mich in die Arme und wirbelte mich über seinem Kopf herum. Aber plötzlich war er nicht mehr mein Vater, sondern mein norwegischer Großvater, und auf einmal machte es keinen Spaß mehr. Die Musik brach ab, und ich hörte nur noch den Nordwind, der wie ein wegen seiner Zurückweisung aufgebrachter Irrer gegen das Haus hämmerte. Die Tür flog auf, und der Irre war mein Großvater, der jetzt wie Boris Karloff aussah, und ich wußte, daß ich auf der Toteninsel war, gefangen. Der Sarg, in dem ich beerdigt werden sollte, wurde gerade in der Küche gezimmert. Durch mein Schreien weckte ich mich selbst.

Ich schaffte es gerade noch ins Bad. Meine nervösen Nieren hatten meine Blase gefüllt. Ich sprach ein Dankgebet, weil ich nicht ins Bett gemacht hatte. Wie hätte ich das William erklären können?

Ich hatte Angst, zurück ins Bett zu gehen... womöglich war der Traum noch nicht zu Ende. Ich setzte mich an das Tischchen in der Ecke des Schlafzimmers und schaltete meinen kleinen Zweiröhren-Kurzwellenempfänger ein, den ich erst vor kurzem fertiggebaut hatte. Ich setzte den Kopfhörer auf, stöpselte eine Spule für das Neunundvierzigmeterband ein und suchte den Äther nach Sendern ab. Ich empfing Mexiko oder Südamerika, dann Neuseeland. Ich mochte es nicht glauben. Neuseeland! Am liebsten hätte ich William geweckt, doch der war ein Langschläfer und ließ sich nur ungern stören. Einmal weckte ich ihn, weil ein Geschwader schwerer Bomber das Wohnhaus überflog und man am Himmel so etwas wie tausend blitzende Lichter sah. Aber William stieg mit geballten Fäusten aus dem Bett, die Augen beängstigend weit aufgerissen.

Neuseeland wurde schwächer, und ich stellte etwas ein, das wie Japanisch klang. Es hörte sich wie ein Gespräch in kurzen abgehackten Sätzen an, und ich stellte mir vor, wie sich japanische Bomber mitten in der Nacht auf irgendein unschuldiges Ziel zubewegten. Ich gab mich dieser Vorstellung hin und wurde Lieutenant Jerry Granger, Pilot einer P-38. Unser Geschwader mußte aus unserem Stützpunkt auf einem Atoll im Pazifik starten, und wir stiegen rasch hoch, um dem Feind zu begegnen. Mitsubishi Zeros fielen aus der Sonne und töteten Lieutenant Bob Smith, meinen Kameraden. Bob schmierte ab, in gleißende Flammen gehüllt. Die Hymne des Fliegerkorps des Heeres spielte langsam wie ein Klagegesang, während Bobs »Lightning« im Meer explodierte. Doch mein war die Rache. Ich stieg über die Zeros und stieß auf sie nieder, alle vier Maschinengewehre vom Kaliber .50 blitzten, dazu die Zwanzigmillimeterkanone. Vor meinen Augen zerfielen die Zeros in der Luft. Es war ein totaler Sieg, in nicht einmal einer Minute errungen, aber er war mit einer Tragödie behaftet. Ich hatte meinen besten Freund verloren. Die Fliegerkorpshymne lag schwer in der Luft, als ich meinen Siegeslooping vollführte.

»Halt die Klappe, ja?« sagte William. Er hatte sich ein Kissen über den Kopf gezogen. Wahrscheinlich hatte ich die Fliegerkorpshymne laut gesummt. Ich nahm den Kopfhörer ab und schaltete den Empfänger aus.

Am nächsten Morgen war Samstag. Wir alle frühstückten zusammen – Mitchell Selfage, Tante Ginger, Mutter, William und ich. Es gab Pfannkuchen und gebratenes Dosenfleisch, mein Lieblingsessen. William und ich übernahmen abwechselnd das Spülen, und an diesem Tag war ich dran, aber Mitchell Selfage hielt mich auf, nachdem ich den Tisch abgeräumt hatte. »Ich muß eine Angelegenheit von außerordentlicher Bedeutung mit dir besprechen, Trygve«, sagte er.

Mitchell Selfage sah ein bißchen wie der Schauspieler Zachary Scott aus. Er trat elegant auf und sprach immer korrektes Englisch. Er wollte als Filmschauspieler arbeiten. Er wußte schon, wie man schauspielerte, das hatte er ja an der Universität in Washington studiert. Seine Stellung als Milchmann, so sagte er, sei nur vorübergehend. Sobald er seine Chance bekam, werde er kündigen. Er wußte, wie sehr er Zachary Scott ähnelte, und kultivierte diese Ähnlichkeit. Beispielsweise ließ er sich genau wie Zachary Scott einen dünnen Schnurrbart stehen, schmierte sich Pomade in die Haare und kämmte sie nach hinten. Zachary Scott spielte immer die Rolle eines leicht verbrecherischen Manipulators. Gewöhnlich wurde er am Ende von irgendeinem amerikanischer aussehenden Schauspieler wie John Garfield oder Alan Ladd erschossen oder die Treppe hinuntergeworfen. Zu einer gewissen Sorte verletzlicher Frauen war er charmant. Doch sein gesamter Charme lag in seinem aalglatten Gerede und schäbigem guten Aussehen. Auch wenn man ihn in einem Schwarzweißfilm gesehen hatte, konnte man ihn *riechen*. Es war der Geruch ekelhaften Eau de Colognes, bei dem einem übel wurde.

So war auch Mitchell Selfage. Mager, gutaussehend, mit einem knappen, sorgfältig gestutzten Schnurrbart als Zierde seiner Oberlippe. Allerdings verhinderte eine Mißbildung, daß er genau wie Zachary Scott aussah. Mitten auf seiner Stirn, direkt unter dem Haaransatz, saß ein kleiner Fleischknubbel. Man konnte nur schwer davon wegsehen, wenn man mit ihm reden mußte. Man merkte, wie er sich ärgerte, wenn ihm klarwurde, daß die Leute ihm nicht in die Augen sahen, sondern den ungewöhnlichen Knubbel auf seiner Stirn betrachteten. Darunter litt die Ernsthaftigkeit dessen, was er ihnen zu sagen hatte.

Der Knubbel weckte in mir die Vorstellung, daß darunter ein Horn nach oben sprießen wollte. Jeden Tag könnte er aufbrechen und eine weiße Knochenspitze sich daraus an die Oberfläche bohren. Wie hätte ich woanders hinsehen können, wenn er mit mir sprach? Nichts an ihm war interessanter.

Wir saßen an entgegengesetzten Tischenden. Mutter und Tante Ginger gingen nach draußen, spazieren. William war im vorderen Zimmer und hörte Radio. Ich faltete meine Hände vor mir und betrachtete sie. Aus meinem rechten Handrücken sprossen zwei lange Haare. Sie waren dunkel und kraus. Was bedeutete das? Verwandelte ich mich in einen Affen?

»Darf ich um deine Aufmerksamkeit bitten, Trygve?« sagte Mitchell.

»Klar«, sagte ich.

»Nicht ›klar‹«, korrigierte er. »Man sagt: ›Ja, Sir, Sie dürfen.‹«

Ich wußte nicht, was ich sagen sollte. Die Haare sahen gräßlich aus. Wieso waren sie mir vorher nicht aufgefallen? Waren sie über Nacht gewachsen?

»Sieh mich an, Trygve«, sagte Mitchell.

Ich sah ihn an, besser gesagt: den Fleischknubbel auf seiner Stirn.

»Du hast eine Reihe obszöner Angewohnheiten, Trygve«, stellte er fest.

»Ich weiß«, gestand ich hilfsbereit ein, obwohl ich nicht sicher war, was »obszön« hieß. Ich wußte, daß es kein Kompliment war und daß es etwas mit Abscheu zu tun hatte. Erneut betrachtete ich meine Affenhände. Ich war deprimiert und verspürte wieder Hunger auf gebratenes Dosenfleisch mit Pfannkuchen.

»Ach ja, du *weißt* es?« sagte er. Er lächelte höhnisch. Ich mußte an Zachary Scott denken, wie er Joan Crawford ausnahm wie eine Weihnachtsgans, weil sie von seinem schäbigen guten Aussehen zu geblendet war, um sich vorzusehen.

Eine Zeitlang sagte er gar nichts. Das machte mich nervös. Ich zermarterte mir das Hirn, um herauszufinden, welche obszönen Dinge ich wohl getan haben mochte.

»Es ist meine Art zu essen«, sagte ich. Ich dachte daran, wie gern ich mit der Gabel Erbsen auf Kartoffelbrei häufte, die widerspenstigen aufspießte, als wären es Japsen. Oder daran, wie ich Soße über meinen Teller kratzte, so daß sie in einer Ecke eine Pfütze bildete, und dann Brot hineintunkte. Oder vielleicht ging es um meine Angewohnheit, eine Scheibe Dosenfleisch zu nehmen und zwischen zwei Pfannkuchen zu packen, um eine Art Sandwich zu bauen.

»Nein«, sagte er, »nicht deine Eßgewohnheiten, auch wenn sich auf diesem Gebiet durchaus einige Verbesserungen anböten.«

Sein Knubbel leuchtete wie die Lampe eines Bergmanns, als der durch das Küchenfenster fallende Sonnenschein auf ihn traf.

»Ich rede davon, wie du gehst, Trygve«, sagte er.

»Wie ich gehe?«

»Hör ich ein Echo? Ja, Trygve, wie du *gehst.*«

Ich war verblüfft. Es gab keine besondere Art zu gehen. Man tat es einfach. Man ging. Man lief. Oder man stand still.

»Du gehst wie ein Tölpel. Gehen so die Schweden oder Norweger – oder wie sie auch immer heißen mögen – in Montana?«

»Ja, schon«, sagte ich, erneut im Geiste des Entgegenkommens. Ich wollte meine Schuld freimütig eingestehen, außerdem wollte ich aber auch, daß die Norweger und Schweden Montanas die Hauptlast der Vorwürfe abbekämen. Wenn ich wie ein Tölpel ging, war das ihre Schuld, weil *sie* so gingen. Kalifornier, dachte ich mir, sollten sich nicht mit tölpelhaften Gehweisen abfinden müssen. Mir kam das völlig vernünftig vor.

»Natürlich mache ich *dir* keinen Vorwurf, Trygve. Dich kann man nicht für nachlässige Ausbildung verantwortlich machen.«

Ich verspürte eine Welle der Dankbarkeit. Ich ging wie ein Tölpel, aber es war nicht meine Schuld. Genau wie der Knubbel auf Mitchells Stirn nicht *seine* Schuld war. Er war einfach da, punktum.

»Glücklicherweise läßt sich dagegen etwas unternehmen, Trygve. Ich werde dir beibringen, wie man richtig geht.« Plötzlich stand er auf. »Schau mich an«, sagte er.

Er ging im Zeitlupentempo quer durch die Küche. Mir war schon vorher aufgefallen, daß er ein sehr anmutiger Mann war, hatte mich aber nie darum gekümmert, wie ich darauf kam. Es lag eindeutig an seiner Art, sich zu bewegen. Er glitt eher, als daß er ging, wie ein Schlittschuhläufer. Es war eine flüssige Bewegung, beinahe wie Tanzen.

»Jetzt probier du es, Trygve«, sagte er.

Ich geriet in Panik. Ich hatte keine Ahnung, wie ich diese gleitende Bewegung in meinen Gang einbauen konnte. Auf Zehenspitzen trippelte ich über den Fußboden.

Mitchell lachte. Es war sein lautes stöhnendes Lachen, das beim Einatmen kam. »O Gott«, stöhnte er. »Du siehst aus, als schlichest du dich in eine Peep-Show. Schau mir noch einmal zu, Trygve.«

Ich beobachtete seine Füße genau. Er ging wie eine Katze – ruhig und ohne zu federn. Aber ich sah nicht, wie er das machte.

»Versuch es jetzt noch einmal, Trygve«, sagte er.

Ich tat, als sei ich in Montana und liefe auf einem Teich Schlittschuh. Ich bewegte mich wie ein Schlittschuhläufer, glitt über das Linoleum.

»Ausgezeichnet!« rief er und klatschte laut in die Hände. »Ganz dicht dran, Trygve. Das einzige Problem ist, daß es nicht sehr natürlich aussieht. Du wirkst gequält. Richtig zu gehen, ist nicht schmerzhaft.«

Er schritt in Zeitlupe durch die Küche. Ich folgte ihm, schnitt eine glatte Spur ins Eis, die Hände hinter meinem Rücken verschränkt.

»Jetzt hast du es begriffen, nicht wahr, Trygve?« sagte er.

»Ich glaube schon«, sagte ich. »Du senkst die Ferse nicht. Du bleibst auf den Zehen.«

»Nicht Zehen, Trygve. Ich bleibe auf meinen Fußballen, im Gleichgewicht.«

Wir schritten wieder durch das Zimmer, elegant wie Schlittschuhläufer. »Zuerst die Ballen, zuerst die Ballen«, intonierte er, während wir durch die Küche glitten. »Die Fersen dürfen den Boden berühren, aber verlagere dein Gewicht nicht völlig auf sie. Laß die Ballen die Hauptarbeit verrichten, immer die Ballen.«

Er setzte sich und bedeutete mir weiterzugehen. Dabei wollte er mich beobachten. »Von allen ästhetischen Erwägungen einmal abgesehen«, sagte er, »ist es eine ausgezeichnete Übung. Wenn du lernst, richtig zu gehen, bekommst du wunderbare Waden.« Er zog ein Hosenbein hoch und spannte seine weiße Wade an. Sie war zierlich und muskulös zugleich.

Mir taten die Waden von der Anstrengung weh.

»Eines Tages wirst du mir für diesen Unterricht im richtigen Gehen dankbar sein, Trygve«, sagte er.

Ich setzte mich wieder, ihm gegenüber. Nach der vielen Bewegung atmeten wir beide schwer. Mir fiel ein drittes Haar auf, kleiner als die anderen beiden, aber ebenso kraus, das auf meinem Handrücken wuchs. *Werwolf*, dachte ich und sah vor meinem inneren Auge Lon Chaney junior wie einen Tölpel durch den Wald laufen, während seine Haut haariger wurde, und er bellte und jaulte, ob er wollte oder nicht.

»Jetzt ist dir das noch egal, Trygve«, sagte Mitchell, »aber eines Tages wirst du erkennen, daß die meisten Frauen an einem Mann nicht gern formlose Waden sehen.«

Da schaute ich zu ihm hoch, weil ich glaubte, daß er es von mir erwartete. Ich konnte ihm nicht in die Augen sehen, sondern sah auf den Knubbel auf seiner Stirn. Ich stellte mir vor, wie er aufplatzte und ein langer weißer Knochen daraus emporstieg, ein harter, gewundener Kegel, wie das Horn eines Einhorns.

Tante Ginger war ein wenig verrückt. Damals merkte ich es nicht, weil ich jedes Verhalten – von meinem eigenen abgesehen – für normal hielt. Häufig hörte ich, wie meine Mutter mit ihr schimpfte. »Das darfst du nicht tun«, sagte meine Mutter einmal. »Ich werde es nicht zulassen.«

Ich hatte keine Ahnung, wovon sie sprach, entnahm aber ihrem Tonfall, daß es sich um etwas Ernstes handelte. Eines Nachmittags, als ich allein in der Wohnung war, kam Tante Ginger herein. Ein Mann war bei ihr. »Verrat mich nicht, Trygve«, sagte sie. Auf ihren Lippen lag ein kleines trauriges Lächeln, aber ihr Blick war abwesend und unbekümmert.

Der Mann war uniformiert, ein Stabsunteroffizier. Er gab mir zwei neue Zehncentmünzen. »Warum läufst du nicht in den Laden und kaufst dir ein paar Klümpchen«, sagte er. Er zwinkerte mir zu. Mit »Klümpchen« meinte er Bonbons. Im Zug nach Los Angeles hatte ich gehört, wie andere Soldaten dieses Wort benutzt hatten.

Ich holte meine Jacke und ging nach draußen. Im Flur hörte ich, wie auf unserem Victrola »Long Ago and Far Away« gespielt wurde.

Einmal sagte Tante Ginger zu mir: »Ich habe viele Leben gelebt, Trygve.«

Sie saß auf dem Bett in meinem Schlafzimmer, während ich meinen Kurzwellenempfänger einstellte. Sie hüpfte auf und nieder, wie ein Kind. Für mich war sie immer so was wie ein Kind, aber später wurde mir klar, daß ihre kindische Art in Wirklichkeit Ausdruck ihrer Verrücktheit war.

»Nein, wirklich«, sagte sie, obwohl ich keine Einwände erhob. Ich hätte ohnehin nicht gewußt, wogegen ich etwas einwenden sollte. »Ich war einmal eine kleine russische Prinzessin. Und davor war ich ein Ritter des Königreichs. Ernsthaft! Ein Ritter in glänzender Rüstung. Ich kämpfte gegen die Sarazenen.«

In meinem Kopfhörer hörte ich einen Mann mit britischem Akzent sagen: »Wir haben schwer gelitten, wir werden noch mehr leiden, aber wir werden siegen.«

»Du siehst also, wie relativ alles ist«, sagte sie.

»Schon möglich«, sagte ich.

»Ich meine, dieser Krieg und alles. Für jemanden in ferner Zukunft wird es ein Ereignis der Vergangenheit sein, wie ein Traum.«

»M-hm«, machte ich.

»Was mich betrifft, ist es *jetzt* schon ein Traum.«

Ich drehte den Mann mit britischem Akzent weg und entdeckte einen nett klingenden Morsecode.

»Es ist mir ernst. Ich habe das Gefühl, als passiere zur Zeit alles wie in einem Traum, als könne ich aufwachen und mich in einer völlig anderen Welt befinden oder in einen noch tieferen Schlaf fallen und alles würde verschwinden. Das wäre wohl das beste. Völlig wegzutauchen, bis alles weg ist, alles weg.«

Sie fing an zu weinen. Sie legte sich auf mein Bett, rollte sich zusammen und schluchzte. Sie sah aus, als wäre sie geschlagen worden.

Das Gestöber aus Punkten und Strichen in meinem Kopfhörer klang wie eine verzweifelte Botschaft, die eine sofortige Antwort erforderte, doch ich verstand sie nicht.

In dieser Nacht träumte ich von Sylvester Snell. Ich träumte, Tante Ginger und ich hätten uns gerade in der Küche unterhalten, als jemand in die Polizeipfeife blies und die Kinder dadurch aufforderte, das Gebäude zu verlassen. Wir rannten alle nach draußen. Tante Ginger lief neben mir her. Ich hielt es überhaupt nicht für ungewöhnlich, daß sie mit uns lief. Aber dann fand ich die Festung nicht. Er kam hinter uns her, der Vermieter, und gab ein gräßliches Geräusch von sich. Als ich mich umdrehte und ihn ansah, war es Sylvester, mit Reißzähnen und Hörnern, die Augen ein wild entschlossenes Grau. Ich erstarrte. Aber er verfolgte nicht mich. Statt dessen verfolgte er Tante Ginger, packte sie bei den Haaren und schlug sie nieder. Sie stürzte schwer. Sie waren draußen auf dem leeren Grundstück, und ich stand immer noch wie angewurzelt neben dem Wohnhaus. Dann begann Sylvester, sie hinunterzuziehen. Runter in die Erde. Beide verschwanden in einem Loch in der Erde. Das Grundstück war wieder leer.

Sylvester war der Teufel. Das begriff ich nun, und diese Erkenntnis löste meine Erstarrung. Ich rannte in die Mitte des leeren Grundstücks, aus vollem Halse ein Gebet brüllend, und zwang mich dazu, Charlie Jones, Bill Tucker oder Buddy Thompson zu werden... irgendein echter Held, unbeeindruckt von Gefahr, unberührt von Furcht.

»Was ist denn Trygve Napoli für ein Name?« fragte die Lehrerin. Es war mein erster Unterrichtstag in der Schule in der Marvin Street. Ich war in der Klasse 4 B, ein Viertkläßler im zweiten Halbjahr.

»Italienisch«, nuschelte ich mit heißem Gesicht.

Die Lehrerin hieß Miss Porter. Sie war groß und sehr schmal, wie eine Stabpuppe. »Nun ja, *vielleicht*«, sagte sie und lächelte unpersönlich. »Vielleicht ist *Napoli* italienisch, aber auf *Trygve* trifft das wohl kaum zu. Erzähl uns alles über dich, Trygve. Erzähl uns von deinem Namen und woher du kommst. Ich glaube, das würde die anderen Kinder sehr interessieren.«

Es war ein grauenhafter Augenblick. Die anderen Kinder glotzten mich an. Ich spürte, daß sie bereits beschlossen hatten, ich könne keiner von ihnen sein. Spöttisches Grinsen, hämisches Lächeln und ausdruckslose Blicke. Ich geriet in Panik. Mir fiel nichts ein, was ich sagen könnte.

»Na los, Trygve«, sagte Miss Porter. »Zier dich nicht.«

»Ich, äh. Ich, äh«, sagte ich, und die Kinder kicherten.

»Höflichkeit! Wo bleibt eure Höflichkeit, Kinder!« sagte Miss Porter. »Sprich lauter, Trygve. Ich möchte, daß du nach vorn kommst, hier neben mein Pult.«

Ich wankte den Gang hinunter auf sie zu. Finger zupften an meiner Hose. Ein Mädchen bückte sich, um ihren Schnürsenkel zu binden, und versperrte mir den Weg. Ich versuchte, ihr auszuweichen, aber ihr Kopf stieß gegen meinen Oberschenkel. Als sie mich vorbeiließ, verzog sie das Gesicht wie bei einem beißenden Geruch.

»Nun denn«, sagte Miss Porter, als ich an ihrem Pult ankam. »Dreh dich um, sieh deine Klassenkameraden an, und erzähl ihnen alles darüber, wo du herkommst.«

Ich drehte mich um. Es schnürte mir die Kehle zu. Das Mädchen, das mir den Weg versperrt hatte, rollte theatralisch die Augen, als wolle sie sagen: Wen kümmert's, wo der herkommt?

»Montana«, sagte ich.

»Montana«, sagte Miss Porter. »Nun, was *ist* mit Montana? Ist das ein anderer Planet? Liegt es in Südamerika? Ist es eine Straße? Meines Wissens gibt es in Santa Monica eine Straße namens Montana Street.«

Die Kinder, die bisher ihr Lachen unterdrückt hatten, begriffen nun, daß laut lachen genehmigt war, und das taten sie.

»Höflichkeit! Höflichkeit!« rief Miss Porter und pochte mit ihrem Zeigestock auf ihr Pult. »Nun erzähl uns mal, Trygve, wo genau Montana liegt.«

Aus einem zylindrischen Kartenbehälter zog sie eine Landkarte der Vereinigten Staaten herunter. Sie reichte mir den Zeigestock. Ich ging um ihren Schreibtisch herum und deutete auf Montana.

»Herrje, das ist ein schrecklich großer Bundesstaat«, sagte Miss Porter. »Kannst du uns genauer zeigen, aus welchem Teil du kommst?«

Ich vollführte mit der Spitze des Zeigestocks einen Kreis irgendwo im mittleren Norden Montanas.

»Ausgezeichnet«, sagte Miss Porter. »Also, Trygve, ist dir klar, daß einige der Kinder hier noch nie *Schnee* gesehen haben?«

Ich sah die anderen Schüler an, und meine Befangenheit war für einen Moment verschwunden. War das möglich? Wie konnte irgendwer noch nie im Leben Schnee gesehen haben? Ich betrachtete die spöttischen Mienen. Einige von denen kannten keinen Schnee!

»Erzähl uns vom Schnee, Trygve«, sagte Miss Porter. »Erzähl uns von Blizzards.«

Das Problem, jemandem einen Schneesturm zu beschreiben, der noch nie im Leben Schnee gesehen hatte, überforderte mich. »Tja, es wird saumäßig kalt«, sagte ich. »Dann weht ein starker Wind. Dann schneit es.«

»Interessant, Trygve, aber nicht sehr anschaulich«, wandte Miss Porter ein. »Könntest du uns ein wenig mehr erzählen, beispielsweise einige persönliche Erlebnisse mit Schnee und kaltem Wetter?«

»In 'nem Holzstapel hab ich einmal eine tote Katze gefunden«, sagte ich. »Die war steif gefroren. Das hab ich meinem Opa erzählt, und als er sie rauszog, ist ihr Schwanz abgebrochen.«

Die Kinder kreischten vor Lachen. Miss Porter schlug wiederholt mit einer Elle auf ihr Pult ein, als prügele sie ein störrisches Tier. »Oh, das ist gro*tesk*, Trygve!« rief sie, als sich die Klasse beruhigt hatte. »Und ich bin sicher, daß du dir das ausgedacht hast, junger Mann! Ich habe einen Kater, Pierre. Er ist *sehr* intelligent. Pierre würde nicht zulassen, daß er erfröre. Er würde sich einen Unterschlupf bauen, an einer geschützten Stelle.«

»Sie hat versucht, sich einen Unterschlupf zu bauen«, sagte ich. »Aber das war egal. Wenn es fast fünfzig Grad unter Null wird und der Wind bläst wie verrückt, erfrieren Katzen nun mal, sogar Pierre.«

Miss Porter stritt sich nicht mit Kindern. Sie lächelte traurig und rollte die Wandkarte in ihren Behälter zurück. »Du hast eine lebhafte Phantasie, junger Mister Napoli« – was die Kinder erneut zum Lachen brachte, und ob Miss Porter wollte oder nicht, sie hatte mir einen Spitznamen verpaßt: Der junge Mister Napoli –, »aber eine lebhafte Phantasie ist kein Ersatz für eine feststehende Tatsache, oder, Kinder?«

In einem einzigen begeisterten Aufschrei, der sich wie die Stimme eines triumphierenden Alptraumwesens anhörte, brüllten die Kinder: »NEIN!«

In dem Jahr entwickelte ich eine seltsame Krankheit. Ich konnte ohne meine Lippen nicht denken. Ich flüsterte alle meine Gedanken, einschließlich der schändlichsten. Selbst wenn ich mich laut äußerte, ertappte ich mich dabei, daß ich die Worte wiederholte, leise vor mich hin flüsternd. Es war, als hätte ich einen vertrauten, aber begriffsstutzigen Begleiter, dem ich alles, was ich sagte, noch einmal ins Ohr geflüstert wiederholen mußte. Es war peinlich.

Ich hatte die Fähigkeit verloren, Dinge für mich zu behalten.

Mitchell Selfage bemerkte mein Problem als erster. Zufrieden hatte er festgestellt, wieviel besser ich ging, aber jetzt war er wieder von mir enttäuscht.

»Du wiederholst dich, Trygve«, stellte er fest.

Wir saßen in seinem Milchwagen. Manchmal hatte er mich samstags gern dabei, damit ich ihm bei den schwereren Lieferungen half. Er zahlte mir einen halben Dollar. Seine Strecke führte ihn nach Hollywood, was nicht sehr weit von unserer Wohngegend lag. Wir fuhren den Pico Boulevard hinauf, bogen am La Cienega Richtung Norden ab, dann links in die Melrose Avenue. Zum Mittagessen machte er gern bei »Don the Beachcomber's« am McCadden Place halt. Dort kehrten einige der weniger bekannten Filmschauspieler ein, und Mitchell wollte sie kennenlernen. »Man fängt nicht oben an«, sagte er einmal. »Das ist ein typischer Anfängerfehler. Man knüpft Kontakte am unteren Ende des Totempfahles und arbeitet sich dann nach oben vor.«

Nachdem wir bei Don the Beachcomber's Roastbeef auf Roggenbrot gegessen hatten, erwischte er mich dabei, wie ich etwas flüsterte, das ich soeben noch laut gesagt hatte.

»Ich glaube, ich hab gerade Bob Steele gesehen«, sagte ich und wiederholte es Sekunden später für meinen unsichtbaren begriffsstutzigen Begleiter.

»Ich habe dich beim ersten Mal gehört«, sagte Mitchell.

»Vielleicht war es aber auch jemand anders«, sagte ich. »Vielleicht war es aber auch jemand anders«, flüsterte ich.

»Schon wieder«, sagte er.

»Ich weiß«, sagte ich. »Ich weiß«, flüsterte ich.

»Es ist sehr irritierend, Trygve. Bemüh dich, damit aufzuhören, ja? Es ist eine sehr dumme Angewohnheit.«

»Ich werd mir Mühe geben«, sagte ich. Ich wandte mein Gesicht von ihm ab und wiederholte mich, meinen Mund hinter der Hand verbergend, als müsse ich husten.

Wir fuhren in eine gute Wohngegend in den Hügeln. »Dort wohnt Franchot Tone«, sagte Mitchell.

Ich hatte gerade einen tollen Film mit Franchot Tone gesehen, so daß mein Interesse sofort geweckt war. Es war ein Kriegsfilm, Panzer in Nordafrika. Er war realistisch. Ich glaubte, daß es in Nordafrika so war – Panzer dröhnten durch schweren Sand, quälten sich Dünen rauf und runter, die Männer sonnenverbrannt und halb verrückt vor Durst.

Mitchell stellte den Lieferwagen ab und zog die Handbremse an. »Wir bleiben einfach eine Weile hier«, sagte er. »Vielleicht kommt Mr. Tone zufällig vorbei. Man kann nie wissen.« Wir standen vor einem großen weißen Haus.

Mitchell reichte mir einen Kakao als nachmittägliche Zwischenmahlzeit. Sich selbst öffnete er einen Liter Buttermilch. Wir saßen da und tranken Milch aus Glasflaschen vor Franchot Tones Haus in Hollywood, Kalifornien, USA, als wäre es das Normalste von der Welt. Vor lauter Aufregung trank ich meinen Kakao in kleinen raschen Schlucken.

Nach etwa einer halben Stunde ließ Mitchell den Motor an, und wir beendeten die Fahrt.

Auf dem Heimweg sagte ich: »Gehst du zum Militär, Mitchell?« Dann flüsterte ich es in meine Hand.

Er wurde blaß. Dann streckte er die Hand aus, packte mich am Hemd und riß mich auf dem Sitz nach vorn. »Erwähne mir gegenüber nie wieder das Militär, Trygve«, sagte er. »Das bringt großes Unglück. Die Einberufung sitzt mir im Nacken. Bis jetzt hatte ich Glück. Aber wenn du anfängst, laut davon zu quatschen, könnte sich mein Glück wenden.« Er ließ mich los und beruhigte sich ein wenig. »Natürlich würde ich gehen, wenn man mich ruft«, sagte er. »Bisher hatte ich nur keine Zeit für das Militär. Ich bringe gerade meine Karriere in Gang.«

»Karriere?« sagte ich. »Karriere?« flüsterte ich.

»Filme«, sagte er. »Das Kino. Glaubst du wirklich, ich *will* meinen Lebensunterhalt mit Milchlieferungen verdienen? Der Job ist eine Sackgasse, Trygve. Damit kann man die Miete und sein Essen auf dem Tisch bezahlen und vielleicht noch ein paar Extras, aber damit hat sich's auch schon.«

Ich hätte alles drum gegeben, die P-38 zu fliegen, aber Mitchell Selfage, der sie fliegen könnte, wenn er gewollt hätte, zog das Leben eines Zivilisten vor.

Einmal glaubte er zu sehen, wie Franchot Tone durch die Vorhänge zu uns hinausspähte. Wir hatten schon über eine halbe Stunde lang vor seinem Haus geparkt. Mitchell rückte seine Fliege zurecht und sprang aus dem Wagen. Er öffnete die Seite des Lastwagens und fing an, Milchkisten neu zu ordnen, Flaschen aus fast leeren Kisten zu nehmen und sie in nur teilweise leere Kisten zu stellen. Ein Mann trat aus dem Haus. Er kam die Treppe herunter und starrte uns an. »Was treiben Sie da eigentlich?« fragte er.

Mitchell, in dessen Händen eine Kiste mit Leergut klapperte, sagte: »Mr. *Tone*! Es ist mir ein außerordentliches Vergnügen!«

»Ihre Milch wird sauer, wenn Sie den Wagen nicht aus der Sonne fahren. Haben Sie die Absicht, den ganzen verdammten Tag vor meinem Haus stehenzubleiben?«

Wenn das Franchot Tone war, hörte er sich überhaupt nicht so an wie in *Fünf Gräber bis Kairo*.

»Nein, Sir!« sagte Mitchell. »Mache nur eine Pause. Tut mir schrecklich leid, daß ich Ihnen Unannehmlichkeiten bereitet habe, Mr. Tone.«

Mitchell wirkte geknickt. Er zog sich die Milchmannmütze in die Stirn, so daß man den Knubbel am Haaransatz nicht mehr sah.

»Haben Sie auch Buttermilch dabei?« fragte Franchot Tone.

Mitchell wurde sofort munter. Er schenkte Franchot Tone sein bestes herzensbrechendes Lächeln. »Aber selbstverständlich, Mr. Tone!« sagte er. »Ich habe gute frische Buttermilch in Halbliter- und Literflaschen.«

»Verkaufen Sie mir einen halben Liter, ja? Ich hab 'n Brett im Kopf und den Magen voller wütender Skorpione.«

»Nein, Sir«, entgegnete Mitchell. »Ich *verkaufe* Ihnen keine Buttermilch. Die geht auf Kosten des Hauses, mit Empfehlungen von Mitchell Selfage.«

Franchot Tone sah Mitchell an, als mache dessen strahlendes Lächeln seine Kopfschmerzen noch schlimmer, als sie ohnehin schon waren. »Danke, Mitch«, sagte er und nahm die Flasche Buttermilch an. Er trank sie in einem Zug aus und reichte Mitchell die leere Flasche, dann ging er in sein Haus zurück.

»Ich glaube nicht, daß das Franchot Tone war«, sagte ich auf unserer Rückfahrt zum Lager der Challenge Milk Company. Ich biß mir auf die Zunge, spürte aber, wie sie sich von den Worten bog, die sie wiederholen mußte.

»Du hast ja keine Ahnung, was du da redest«, sagte Mitchell.

»Ich glaube, Franchot Tone hat mehr Haare auf dem Kopf«, sagte ich. Ich begann, den Satz zu flüstern, aber Mitchell kniff mich in die Wange und unterbrach mich.

»Du hast einen Franchot-Tone-Film gesehen, und schon bist du Experte«, sagte er gehässig.

»Zwei«, sagte ich. »Zwei«, flüsterte ich.

»Das heißt gar nichts. Im wirklichen Leben sieht kein Star wie im Film aus. Du mußt die Schminke in Betracht ziehen, die natürliche Verzerrung durch das Kameraobjektiv. So manchem gelingt der Übergang vom wirklichen Leben zum Film nicht sehr gut und umgekehrt.«

Das war mir zu hoch, also stritt ich gar nicht erst mit ihm. Ich dachte gerade an Franchot Tone, wie er in einer Bar in Algier saß und hart, mager und sehr müde aussah. Der Mann, dem Mitchell die Buttermilch spendiert hatte, war beinahe kahl, hatte einen wulstigen Schmerbauch und trug grüne Arbeitskleidung aus Jeansstoff. Er sah nicht kriegstauglich aus.

»Franchot Tone«, sagte Mitchell verträumt. »Mein Gott, Franchot Tone persönlich.«

Azad Yaznur war neu in unserer Schule in der Marvin Street. Er kam eine Woche nach mir. Er stammte aus irgendeinem Land im Nahen Osten und sprach nicht sehr gut Englisch. Und noch schlimmer: er war dick. Dadurch eignete er sich besser zum Opfer des allgemeinen Spottes als ich.

Sie nahmen sich Azad rasch vor. »Deutscher Spion! Deutscher Spion!« riefen die Kinder und hetzten den dicken Jungen über den Schulhof. Azad hatte nichts Deutsches an sich, aber das war egal. Er war fremdartig, anders, und das genügte. Allein deswegen kam er als deutscher Spion in Frage.

Ich war begeistert. »Der junge Mister Napoli« hing mir zum Hals raus. Schaukelnde Mädchen ließen sich hoch in die Luft tragen und sangen mit klaren glockenhellen Stimmen und so laut sie konnten »Junger Mister Napoli«. Kurz nach Beginn des Schuljahres machte ich den Fehler, mich zu verlieben. Das Mädchen, Jane Webster, war eine flotte Blondine mit Zöpfen. Sie saß ein Pult hinter mir. Sie ging mir nicht aus dem Kopf. Nachts stellte ich sie mir an der Zimmerdecke vor, wie sie auf dem Schulhof der Marvin-Street-Schule hoch in den Himmel schaukelte. Als Beweis meiner Liebe zeigte ich ihr eine Methode, wie man geheime Nachrichten verschlüsselte. Ich hatte sie aus einem »Captain Marvel«-Comic-Heft. Man schrieb das Alphabet auf, dann schrieb man es noch mal unter das erste Alphabet, und zwar rückwärts. Anschließend stellte man aus dem zweiten Alphabet die entsprechenden Buchstaben zu dem Wort zusammen, das man verschlüsseln wollte. So wurde »Ich mag dich« zu »Rxs nzt wrxs«. Jane wirkte interessiert, als ich ihr dieses geniale Verschlüsselungsprinzip zeigte, aber in der Pause auf dem Schulhof warfen sie und ihre Freundinnen mir seltsame Blicke zu. Sie liefen kichernd vor mir davon, und ich hörte den gefürchteten Singsang »Junger Mister NAH-poli« immer und immer wieder. Als daher Azad Yaznur kam und zum deutschen Spion erklärt wurde, war ich so erleichtert, daß ich mich zu seinen Peinigern gesellte.

In jeder Pause verfolgten wir Azad und nannten ihn Spion. Er begriff nicht, was los war, und hatte Angst. Er war untersetzt und sah sehr verletzlich aus. Er hatte einen seidigen schwarzen Oberlippenflaum – nahöstlicher Milchbart – und weiche olivenfarbene Haut. Er war immer gut gekleidet, trug eine Freizeithose, gewienerte Schuhe sowie ein bis zum Kinn zugeknöpftes langärmeliges Hemd. Wenn er vor uns davonlief, verfolgten wir ihn grölend.

Ich errang den Beifall der anderen Kinder, indem ich einen gräßlichen Singsang erfand, mit dem deutsche Spione terrorisiert werden sollten:

Deutscher Spion! Deutscher Spion!
Adolf Hitler
Der TOD ist sein Lohn!

Azad hielt sich die Ohren zu und rannte, aber wir kannten kein Erbarmen.

Meine enthusiastische Verfolgung Azad Yaznurs geschah um so tatkräftiger, als ich auf diese Weise feierte, daß mich die anderen Kinder akzeptierten. Einmal, als die anderen eine interessantere Beschäftigung gefunden hatten, verfolgte ich Azad ganz allein. Hinter einem Baseballfangnetz trieb ich ihn in die Enge.

Deutscher Spion! Deutscher Spion!
Adolf Hitler
Der TOD ist sein Lohn!

Ich scheuchte ihn in eine Ecke. Er fing an zu weinen. Seine Schluchzer waren gewaltige winselnde Stöhngeräusche, die der Ungerechtigkeit seiner Lage Ausdruck verliehen. Er litt, aber das verschaffte mir kein gutes Gefühl, weil niemand anders *dabei* war. Verfolgung war auf eine Menschenmenge angewiesen. Es lief auf »ich gegen Azad« hinaus, und gegen Azad persönlich hatte ich nichts. Aus unserer Konfrontation wurde eine stumme Gegenüberstellung unfertiger Egos. Azad hörte auf zu heulen. Ich hörte auf zu rufen. Ich wußte nicht, was ich sagen sollte. Ich sagte: »Spion.« Ich sagte es sanft. »Spion«, flüsterte ich.

Azad hieb mich mit seiner weichen Faust auf die Nase. »Jonga Miista NAH-poly«, sagte er.

Tränen schossen mir in die Augen. Erstaunt stellte ich fest, daß das Rinnsal auf meiner Lippe rot war. Azad rannte weg, »Jonga Miista NAH-poly« rufend, während ich blutend neben dem Netz stand. Es war mir ausgesprochen peinlich, und ich war dankbar, daß keiner den Zwischenfall bemerkt hatte. Ich blieb bei dem Auffangnetz stehen, bis meine Nase nicht mehr tröpfelte.

Azad und ich wurden Freunde. Wir spürten, daß wir beide mehr oder weniger unwiderruflich Außenseiterstatus hatten. Es war eine negative Bande – wir mochten einander nicht besonders. Doch nach der Schule ging ich häufig zu ihm. Das Haus der Yaznurs war ein alter Bungalow in der Marvin Street. Seine Mutter sorgte drinnen für Düsterkeit. Auf mich wirkte es geheimnisvoll, mit eigenartigen Gerüchen und noch eigenartigerer Musik angefüllt. In Azads Zimmer hing ein Wandteppich. Er hatte ein niedriges Bett, auf dem reich bestickte Decken lagen. Spielsachen hatte er keine, aber ein großes Tischradio Marke Philco mit vier Kurzwellenbändern. Wir verbrachten viele Nachmittage damit, unermüdlich den aufgeregten Stimmen der Welt im Krieg zu lauschen. Dann, wenn es Zeit für unsere Sendungen war, schalteten wir zurück auf die Frequenz, wo Hop Harrigan, Terry und die Piraten, Superman und Captain Midnight liefen.

Ich war immer noch in Jane Webster verliebt, wenn ich auch kaum noch mit ihr sprach. Ging ich an ihnen vorbei, sahen sie und ihre Freundinnen mich immer noch seltsam an und verdrehten die Augen. Ich schrieb ihr ein verschlüsseltes Liebesbriefchen.

WF YRGH VRM HZVGAXSVM
PLNN AF NRI MZXS SZFH
DZVIHG WF VRM PZVGAXSVM
TZVY RXS WRI VRMV NZFH

(Du bist ein Schätzchen / Komm zu mir nach Haus / Wärst du ein Kätzchen / Gäb ich dir eine Maus.) Es war ziemlich dumm, was ich auch wußte. Ich gab es ihr nie. Daher war ich zunächst erstaunt und dann aufgeregt, als Jane *mir* ein in unserem Code verfaßtes Briefchen überreichte:

WF IRVXSHG MZXS KRKR
MRNN VRM YZW

Sie schob es mir nach der Schule in die Hand. Mein Herzschlag setzte aus. Ihre Augen ließen meine Knie weich werden. Es waren große blaßblaue Augen, die immer entsetzt aussahen. Es war, als hätte sie etwas Unglaubliches gesehen... wie Explosionen auf dem Mond. Und wenngleich dieser Anblick sie erfreute, lag in ihrem Blick auch eine gewisse Verärgerung, wenn sie einen ansah... man war so viel *weniger* als eine Mondexplosion.

An jenem Nachmittag machte ich nicht bei Azad halt, obwohl er mich am Pulli zerrte, bis der Ärmel etliche Zentimeter zu lang für meinen Arm war. Ich mußte ihn ein dutzendmal auf die Schulter hauen, bis er endlich losließ. Dann lief ich, bis ich an unserem Wohnhaus ankam.

Ich kritzelte das Alphabet hin, dann noch einmal verkehrt herum. Ich entschlüsselte die Nachricht sorgfältig, wollte bei jedem Buchstaben verweilen, damit der Entschlüsselungsprozeß kein Ende nahm. Ich hätte den Rest meines Lebens damit zubringen können, die wunderbare Kryptologie der Liebe zu entziffern.

Die Nachricht war deutlich und grauenhaft:

DU RIECHST NACH PIPI
NIMM EIN BAD

Ich zog meine Bluejeans aus und roch im Schritt. Pipi. Der unangenehme Pipi-Geruch brannte mir fast in den Augen. Ich gelobte, meine Jeans und Shorts von nun an mindestens zweimal wöchentlich zu wechseln. Doch was Jane Webster betraf, war es zwischen uns aus. Diese erstaunten Augen sahen mich nie wieder an.

William und ich fuhren mit dem Pacific Electric bis Santa Monica. Es war Samstag morgen, und im Waggon wimmelte es von Strandbesuchern. Es war zwar Februar, dennoch wehte der Santa-Ana-Wind – manche nannten ihn »roter Wind« – und brachte warme Luft aus der Wüste mit. Um zehn Uhr morgens waren über fünfundzwanzig Grad. Bis zum Nachmittag sollten es über fünfunddreißig Grad werden. Ich freute mich nicht nur auf das Baden im Meer, sondern auch auf die tollen Fahrten auf dem »Ocean Park«-Vergnügungspier. Besonders freute ich mich auf die Flugzeuge. Es waren große Flugzeuge für zwei Passagiere, durch Kabel mit einem hohen stählernen Turm verbunden. Die Kabel waren an einer Welle im Turm befestigt, die von einem Elektromotor gedreht wurde. Die Flugzeuge »flogen« im Kreis, immer schneller, während der die Welle drehende Elektromotor in Gang kam. Bei Höchstgeschwindigkeit wurden die

Flugzeuge vom Turm weggetrieben, über das Pierende hinaus, so daß man sich mit ein wenig Phantasie vorstellen konnte, einen, sagen wir, Bombenflug über dem Pazifischen Ozean zu unternehmen oder einfach nur in die Kurve zu gehen, die einen auf den Flugzeugträger zurückbrachte. Einem unbestätigten Gerücht zufolge war einmal eines der Kabel gerissen und hatte eine junge Frau in den Tod geschickt. Angeblich war ihr Flugzeug in die Brandung gekracht. Ob diese Geschichte nun stimmte oder nicht, sie machte das Abenteuer nur noch aufregender.

Wir fuhren mit den Flugzeugen, der Achterbahn und dem Riesenrad, aßen einen Hot dog und schwammen dann kurz im kalten Meer. Es war ein toller Tag. Ich mochte den Geruch von Tang, die weiße Salzkruste auf meiner Haut, sogar die geschäftigen Sandfliegen. Die Quallen, von denen es an jenem Tag Unmengen gab, fand ich eklig, andererseits faszinierten sie mich auch. Wenn William eine Qualle auf dem Sand entdeckte, drehte er sie mit einem Stock um. Mit der richtigen Seite nach oben sahen sie einfach bloß exotisch aus, aber umgedreht bewirkten sie, daß einem das Kotzen kam.

Fleischblumen, dachte ich. »Fleischblumen«, sagte ich.

»Schleimige Scheißdinger wolltest du sagen«, sagte William.

Schleimige Scheißdinger, schleimige Scheißdinger, dachte ich. »Schleimige Scheißdinger«, sagte ich.

»Sie sehen wie irgendwelche Eingeweide aus«, sagte William.

Ich dachte an meine Eingeweide. Wieso konnten die wie eine umgedrehte Qualle aussehen? Ich sah mich mit geöffnetem Bauch auf dem Strand liegen, und in der Sonne zerflossen meine Eingeweide. *Wozu brauchen wir Eingeweide?* dachte ich. »Wozu brauchen wir Eingeweide?« fragte ich.

»Damit wir scheißen und furzen können«, antwortete William. »Was glaubst du denn?«

Scheißen und furzen, dachte ich. »Scheißen und furzen? Zu mehr sind sie nicht gut?«

»Zum Pissen und Ficken auch«, sagte William nachdenklich.

»Pissen und ficken«, sagte ich. »Pissen und ficken«, flüsterte ich.

»Übers Pissen weißt du Bescheid«, sagte William. »Ficken kommt später.«

Manchmal ärgerte mich seine offensichtliche Überlegenheit. »Ich weiß darüber Bescheid«, sagte ich. »Ich weiß darüber Bescheid.«

»Ein erfahrener Mann«, sagte William.

Wir befanden uns auf dem Strand, in der Nähe des Piers. Zwei Jungen stützten sich auf das Geländer. Sie trugen Levis und weiße T-Shirts. Beide hatten blond gebleichte Bürstenhaarschnitte.

»Wo ist dein Zoot Suit, dein Zuhälteranzug, Schmalzlocke?« sagte einer der zwei.

Beide lachten. Die Bemerkung galt William. Seine schwarzen Indianerhaare glänzten im dunstigen Sonnenschein. Er nahm ein Päckchen Camels aus seiner Hemdtasche und zündete eine an. Das überraschte mich; ich hatte ihn noch nie rauchen sehen.

»Ey, Pachuco«, sagte der Junge. »Wo ist dein Zoot Suit? Taub oder was?«

»Deine Mutter lutscht an Eselpimmeln«, sagte William.

Ich schob mich langsam den Strand entlang und rechnete damit, daß William meinem Beispiel folgte, aber er bewegte sich nicht. Er stand einfach da, tippte lässig die Asche von seiner Camel und musterte die beiden blondgebleichten Bürstenköpfe.

»Wir sollten besser abhauen«, sagte ich. »Wir sollten besser abhauen«, flüsterte ich.

Einer der beiden Jungen war größer als William, der andere schwerer. Sie kamen auf ihn zu, die Daumen in ihre vorderen Hosentaschen gehakt.

»Was war das, Arschgeige?« sagte der Junge, der fürs Reden zuständig war. Sein Gesicht war von harten grauen Furunkeln übersät.

»Ich sagte, deine Mutter bläst allem einen, was vier Beine hat«, sagte William.

Es passierte so schnell, daß ich eine volle Sekunde lang glaubte, es sei überhaupt nicht passiert. Der rotgesichtige Junge hatte eine Bewegung in Richtung William gemacht, doch noch ehe diese Bewegung so richtig in Schwung kam, schlug ihn William ins

Gesicht. Das Geräusch war das Geräusch einer rohen Kartoffel, die von starken Händen entzweigebrochen wurde. Der Junge fiel um, die Hände vor dem Gesicht, über sein Kinn und auf das Hemd lief Blut. Ehe sich der andere Junge bewegen konnte, schlug William ihn in den Magen. Er klappte zusammen und fiel um, sich windend und mit offenem Mund, aber ohne einen Laut von sich zu geben.

»Gehen wir«, sagte William.

Er schob die Rolle Zinkpennies in seine Hosentasche zurück. Ich hatte nicht gesehen, wie er sie herausgeholt hatte. Die blondgebleichten Jungen wohl auch nicht.

»Kommst du nun oder was?« sagte William.

Ich war zu verdutzt, um mich zu bewegen. In meinem Kopf rasten die Gedanken. Das war zwar mein Cousin William, aber plötzlich war er ein Fremder, in der Lage, unvorstellbare Dinge zu tun. Ich wußte nicht recht, ob es sicher war, ihm Gesellschaft zu leisten.

»Meine Nase, meine *Nase*«, stöhnte der blutende Junge. Der andere wand sich immer noch lautlos im feuchten Sand.

Eine Zeitlang folgte ich William, bis ich ihn schließlich am Bahnhof einholte. Wir mußten eine Viertelstunde auf unseren Zug warten. Ich sah mich ständig um, da ich erwartete, die beiden Blondgebleichten hinter uns herkommen zu sehen.

»Warum bist du so nervös?« sagte William. Er zündete sich noch eine Camel an und blies mir Rauch entgegen. Er wirkte verärgert und geistesabwesend. Mir fiel auf, daß die Haut an den Knöcheln seiner rechten Hand abgeschürft war und blutete.

Ich zuckte mit den Schultern. Ich wollte eine Zigarette haben, obwohl ich wußte, daß ich von dem Rauch einen Hustenanfall bekommen würde. Ich wollte sie nicht rauchen, ich wollte sie halten. Wenn einem lässig eine Zigarette im Mund baumelte, konnte man überhaupt nicht ängstlich aussehen. Ein Raucher sieht immer ruhig aus. Er sieht aus, als wäre er in der Lage, in jeder Situation klar zu denken. Ein Raucher hat immer Zeit, alles zu durchdenken. Er läßt sich nicht unter Druck setzen. Der Blick eines Rauchers ist ein furchtloser Blick.

»Ich wünschte, ich könnte rauchen«, sagte ich und wiederholte es flüsternd.

»Du bist zu jung«, sagte William. »Wenn du in deinem Alter mit Rauchen anfängst, wächst du nicht mehr. Du bleibst dein Leben lang ein Liliputaner. Wie würde es dir gefallen, den Rest deines Lebens auf Gürtelschnallen zu glotzen? Womöglich gerätst du einer Titte in den Weg und verlierst ein Auge. Kleinwüchsig sein ist echt gefährlich, Tryg.«

»Wann hast du angefangen zu rauchen?« fragte ich. »Wann hast du angefangen zu rauchen?«

»Ich hab dich beim ersten Mal gehört. Was ist los mit dir, Kleiner? Hast du 'ne Flüstermacke oder was?«

Ich zuckte die Achseln, peinlich berührt von meiner zwanghaften Angewohnheit.

»Ich habe etwa mit elf angefangen zu rauchen«, sagte er.

»Aber...«

Er unterbrach mich. »Aber ich bin trotzdem gewachsen. Weil ich nämlich nicht inhaliere. Denn Inhalieren macht einen fertig.«

»Dann werde ich eben nicht inhalieren«, sagte ich und verwünschte das geflüsterte Echo, das ohne mein Zutun über meine Lippen kam.

»Nä. Du würdest inhalieren. Du bist der Typ, der inhaliert. Du bist der Typ, der sich selber zugrunde richtet. Wenn du dich zum Liliputaner machen könntest, würdest du es tun.«

Ich wußte nicht, ob er nur Spaß machte oder es ernst meinte. So oder so, ich war gekränkt. »Was weißt *du* denn?« sagte ich. »Was weißt *du* denn?« Ich bereute meinen Ton, als mir die beiden Jungen einfielen, die unter dem Pier von Santa Monica lagen. William sah einen manchmal so ausdruckslos an, daß man einfach nicht wußte, woran man bei ihm war.

»So kompliziert ist das gar nicht, Tryg«, sagte er einlenkend. »Es ist gar nicht so schwer, aus den Leuten schlau zu werden. Dich kann ich lesen wie die Comics in der Sonntagszeitung. Dieser Rat ist kostenlos, Tryg. Nimm ihn am besten an.«

»Ha!« sagte ich laut, was mich selbst erschreckte. »Ha«, flüsterte ich vorsichtig.

William packte mich am Genick und schüttelte mich ein wenig. Dann lachte er und zerzauste meine Haare.

Die Viertelstunde nahm kein Ende. Die Sonne war untergegangen, und ich fröstelte, obwohl es noch über zwanzig Grad waren. Ich hatte den Ocean Park Boulevard hinauf zum Douglas-Werk gehen wollen, wo meine Mutter und Tante Ginger arbeiteten, aber das mußte ich auf ein andermal verschieben.

Dann sah ich den Großen Roten Zug über die Gleise auf uns zugleiten.

William ließ einen Furz fahren.

»Vom Winde verweht«, sagte ich. »Vom Winde verweht.«

»Realistisch« gehörte zu Mitchell Selfages Lieblingswörtern. »Wir wollen realistisch sein, was den Krieg betrifft«, sagte er. »Spielt es eigentlich eine Rolle, wer gewinnt?«

Mutter und Tante Ginger sahen ihn an, als hätte er soeben ein Baby mit Benzin übergossen. »Was willst du damit sagen?« sagte Mutter. »Hast du gehört, was er eben gesagt hat?« fragte sie Tante Ginger. »Vielleicht will er, daß die Japsen uns vergewaltigen und Kinder in die Luft schmeißen, um sie anschließend mit ihren Bajonetten aufzufangen.«

Mitchell posierte mit seiner Zigarette, trieb Rauch aus seinen Nasenlöchern. »Glaubst du alles, was du liest, Liebes?« sagte er. Er sah aus wie Zachary Scott, der Joan Crawford in die Ecke trieb. »Die Propagandamaschinerien beider Seiten neigen zur Übertreibung. Die Leute an der Heimatfront müssen aufgehetzt bleiben. Warum sollte sonst irgendwer seine Jungs in die Schlacht schicken wollen?«

»Was ist mit den Wochenschauen?« sagte Mutter. »Ich habe *gesehen*, was sie in Burma gemacht haben und was die Nazis in Polen gemacht haben.«

»Hast du nicht«, sagte Mitchell verbindlich. »Du hast gesehen, was du sehen *solltest*. Du hast sorgfältig inszenierte Propaganda gesehen. Außerdem, glaubst du wirklich, Amerikaner und Briten behandeln die Japaner oder Deutschen mit christlicher Nächstenliebe? Grausamkeit gehört nun einmal zur Kriegführung, meine Lieben.«

»Warum dann überhaupt Krieg führen?« sagte Mutter.

»Oh, das Kämpfen *ist* notwendig, versteh mich nicht falsch. Nur geht es dabei nicht um die Dinge, die uns die Propaganda weismachen will.«

»Worum geht es *dann*?« sagte Mutter. Langsam wurde sie ärgerlich, weniger wegen der Ungeheuerlichkeiten, die Mitchell von sich gab, als wegen seines ewigen überheblichen Getues. Sie zündete eine Zigarette an und sog nachdenklich daran. Tante Ginger hörte dem Gespräch nur mit halbem Ohr zu. Sie saß neben dem Fenster und schaute auf die Straße, und ihre Gedanken durchstreiften die Jahrhunderte. Sie summte leise.

»Um das, weshalb alle Kriege geführt werden«, sagte Mitchell. »Der ständige Kampf um Märkte. Unsere Expansionspläne stehen in direktem Gegensatz zu den japanischen Expansionsplänen. Punkt. Das war's. Ende der Durchsage. Was die Deutschen angeht, die wollen einfach ihr Reich zurückhaben. Um es zu kriegen, müssen sie die Engländer, Franzosen, Holländer und wen sonst noch alles aus dem Weg schieben.«

»Wie du das sagst klingt das so schmutzig und borniert«, sagte Mutter.

»Genau«, sagte Mitchell. »Ganz genau das ist es.«

»Dann gibt es für dich also keinen Grund hinzugehen«, stellte Tante Ginger fest. Das sagte sie keineswegs sarkastisch oder irgendwie gemein, sondern verträumt und leichthin. Wahrscheinlich dachte sie an ein früheres Leben, als Krieg noch romantisch war und aus Gründen wie Ruhm und Ehre geführt wurde, nicht wegen der Eroberung von Märkten.

»Was soll das nun wieder heißen?« sagte Mitchell.

»Was glaubst du denn«, sagte Mutter. »Es heißt, daß du dir ganz hervorragend selbst ausredest, dich zum Militär zu melden.«

Mitchell lachte spöttisch. »Ich muß mir gar nichts ausreden. Ich werde mich nicht – um der ›Peinlichkeit‹ zu entgehen – zu Kanonenfutter für Roosevelt, seine superreichen Freunde und ihresgleichen machen lassen.«

»Präsident Roosevelt ist ein sehr bedeutender Mann«, sagte Tante Ginger.

»Das will uns die Propagandamaschinerie weismachen.«

Es war an einem Sonntagmorgen im späten Winter. William war mit seinem Luftgewehr draußen und schoß nach Amseln, die auf Telefondrähten saßen. Ich hatte gerade die Comics ausgelesen und war unterwegs ins Schlafzimmer, um herauszufinden, was auf den Kurzwellen los war. Ich blieb stehen und hörte mir Mitchells Einschätzung des Zweiten Weltkriegs an.

Seine Argumente waren deprimierend, auch wenn ich ihm nicht glaubte. *Nein, nein,* dachte ich im stillen. So ist der Krieg ganz und gar nicht. Die Japaner und die Deutschen sind böse und müssen vernichtet werden, sonst werden sie uns vernichten.

»Der flüsternde Smith«, sagte Mitchell. Er warf mir einen vernichtenden Blick zu. Wieder einmal hatte ich meine innersten Gedanken offenbart, ohne es auch nur zu ahnen. Mir wurde heiß im Gesicht. Mitchell stand auf und ging ins Bad. Er kam mit einer Rolle Heftpflaster zurück. Davon schnitt er mit seinem Taschenmesser ein Stück ab und klebte es mir über den Mund. »Wir werden diesen Quatsch ein für allemal beenden«, sagte er.

»Was treibst du da eigentlich?« sagte Mutter. Sie erhob sich vom Sofa und kam auf mich zu.

Mitchell hielt ihren Arm fest. »Er flüstert und wiederholt«, sagte er. »Irgend etwas stimmt nicht mit ihm. Ich finde, wir sollten das unterbinden.«

»So nicht, kommt nicht in Frage«, sagte Mutter. Sie zog das Heftpflaster von meinem Mund. Mitchell riß es ihr aus der Hand und pappte es mir wieder über den Mund.

»Anders geht es nicht. Er muß ständig daran erinnert werden. Jetzt ist es noch eine schlechte Gewohnheit, die sich aber zu einer Art Irrsinn entwickeln könnte.«

Mutter zog das Band wieder ab. Diesmal knüllte sie es zusammen und schmiß es in den Papierkorb. Mitchell schnitt seelenruhig noch ein Stück von der Rolle ab und preßte es mir auf die Lippen.

»Ich glaube, ich weiß, was ich da tue. Ich habe auf der Universität zwei Semester Verhaltenspsychologie studiert.«

»Ist mir egal, was du studiert hast. Du wirst Trygves Mund nicht zukleben. Das ist unmenschlich.«

Sie riß das Pflaster von meinen Lippen. Ich schrie auf.

Mutter musterte Mitchell angewidert. »Dir macht es Spaß, ihn zu demütigen, stimmt's?«

»Großer Gott!« sagte Mitchell. »Sei realistisch. Ich will bloß, daß der Junge sich anpaßt. Er muß sich anpassen, verstehst du. Sonst sollte er wohl besser zu seinen Großeltern zurück.«

Ich war wie vom Donner gerührt. Ich hob ein Stück weggeworfenes Pflaster auf und klebte es mir über den Mund. Sie bemerkten es nicht. Ihr Streit lenkte sie ab. Den Mund von Heftpflaster verschlossen, ging ich ins Bad und schaltete den Kurzwellenempfänger ein, ganz laut, um alle Gedanken an Nordmontana und das Haus meiner Großeltern zu übertönen.

Während Sambas aus Rio de Janeiro in meinem Kopfhörer wummerten und mein Mund zugepflastert war, wurden unnötige Erinnerungen aus ihren Verstecken entlassen. Der leicht medizinische Geruch des Heftpflasters und Mitchell Selfages Drohung, mich wieder zurück nach Montana zu schicken, riefen mit einer nie zuvor erlebten Klarheit Mutters Bild in mir wach, wie sie in das schwarze Auto stieg, das in der Auffahrt meiner Großeltern stand. Ich war draußen auf dem Feld, beinahe einen halben Kilometer entfernt. Ich dachte, sie wäre gekommen, um bei uns zu bleiben, und war nie glücklicher als damals. In ihrer Begleitung war ein großer dunkelhaariger Mann mit Hakennase. Er trug immer einen Anzug, sogar beim Frühstück, und seine Fingernägel waren perfekt manikürt. Und selbst wenn sie nicht gekommen war, um zu bleiben, würde sie mich bestimmt mitnehmen, wenn sie abreiste. Doch da stand sie in ihrem geblümten Kleid und den weißen Schuhen und stieg in das Auto. Der Mann trug einen Hut und winkte mir auf dem Feld zu, als das Auto über den Feldweg Richtung Stadt fuhr. Ich jagte dem Wagen hinterher, aus voller Kehle brüllend, auch dann noch, als ich es nicht mehr sah. Später am selben Tag beging ich Selbstmord.

Jedenfalls sollten das meine Großeltern glauben. Ich wollte, daß es ihnen leid tat. Ich wollte, daß sie Trauer empfanden über das, was sie mir angetan hatten. An besagtem Nachmittag ließen sie mich allein im Haus. Großmutter mußte Großvater zur Behandlung in die Klinik fahren – wie immer einmal im Monat. Ich mochte meine Großeltern nicht besonders, aber ich hatte nur sie. Und jetzt mußte ich zusehen, wie auch sie von mir wegfuhren, mich allein in dem alten Haus zurückließen, mit keiner anderen Gesellschaft als dem Seufzen des Windes.

Ich ertrug es nicht, allein zu sein. Angst, dann Wut ließen mich zu verzweifelten Maßnahmen greifen. Ich entdeckte Großmutters größtes Fleischermesser und überlegte lange, wie es sich anfühlen würde, wenn es die Haut zwischen meinen Rippen und danach mein Herz durchbohrte. Ich zog mein Hemd aus und drückte die stählerne Spitze gegen meine blasse Haut. Dann fiel mir ein Film ein, den ich einmal gesehen hatte, in dem es *knirschte*, als das Messer den Rücken eines Mannes durchbohrte. Den Schmerz hätte ich ertragen können oder auch nicht, doch ich wußte, das *Knirschen* hätte ich nicht ausgehalten.

Und so stieß ich die Messerspitze in ein etwa fünfzehn mal fünfzehn Zentimeter großes, flaches Brett. Mit etwas Heftpflaster befestigte ich das Brett an meiner Brust. Ich zog mein Hemd wieder an... der Effekt war beängstigend. Ein großes Fleischermesser mit schwerem Griff war mitten in meinen kleinen Brustkorb gestoßen worden. Tot, ich wußte, daß ich tot aussah. Um es sogar noch echter zu machen, verteilte ich eine halbe Flasche Ketchup an der Einstichstelle auf meinem Hemd.

Dann legte ich mich mitten auf den Küchenfußboden und wartete, daß sie heimkamen.

Doch ich wurde von norwegischem Fatalismus besiegt. Falls sie erstaunt waren, ihren ermordeten Enkel auf dem Küchenfußboden liegen zu sehen, so ließen die unbeeindruckten Mienen keine Rückschlüsse auf ihre Gefühle zu. Durch zusammengekniffene Augen sah ich, daß sie sich verhielten wie immer. Großmutter war einkaufen gewesen und machte sich nun daran, Büchsen und Gläser in die Regale zu räumen. Großvater kratzte sich nachdenklich die Rippen und gähnte. Hätte ich zu faulen begonnen, er hätte nicht mal die Nase gerümpft. »Sieht aus, als wären wir heute bloß zwei zum Abendessen, stimmt's?« sagte er. Dann, ohne auf Antwort zu warten, schlurfte er auf seinen steifen Beinen aus der Küche.

Großmutter stellte das Rundfunkgerät an; Zeit für die Polkastunde. Sie machte den Morgenkaffee warm und goß sich eine Tasse ein. Sie nahm ihre Häkelarbeit heraus und summte zu den Polkas.

Ich wußte, daß ich absolut tot aussah, und so leicht würde ich nicht aufgeben. Irgendwann würde eine Fliege auf meinem Gesicht landen, und ich würde ihr erlauben, in meinen grotesk geöffneten Mund zu krabbeln. Das müßte doch fraglos meinen Anspruch untermauern, tot zu sein. Aber es kam keine hilfreiche Fliege. Nach ungefähr einer weiteren halben Stunde machten die fröhlichen Akkordeons meiner Entschlossenheit ein Ende.

Mein Rücken schmerzte. Mich juckte es im Schritt. Ich blinzelte.

Langsam stand ich auf und versuchte zu vermeiden, daß meine Gewichtsverschiebung den Fußboden zum Knarren brachte. Ich schlich aus der Küche.

»Weich das Hemd ein«, sagte meine Großmutter.

Ich sah, wie die Frau Mitchell einen flüchtigen Kuß auf die Wange drückte. Als er zum Lieferwagen zurückkam, bemerkte er, daß ich ihn merkwürdig ansah. »Mach dir keine Sorgen«, sagte er. »Das ist meine Cousine Millie.«

Seine Cousine Millie wohnte nicht weit vom Wilshire Boulevard, in der Nähe des MacArthur-Parks, also ein gutes Stück von seiner Milchstrecke entfernt. Nachdem wir bei Don the Beachcomber's Sandwiches mit Roastbeef gegessen hatten, fuhren wir eine halbe Stunde, ohne etwas auszuliefern. Wir machten an einem verputzten, von Bougainvillea-Ranken überwucherten Cottage halt. Das Haus schien vor lauter grellroten Blüten zu brennen. Mitchell ging hinein und blieb über eine Stunde. Er hatte einen Koffer voller Butter, Sahne und Eier mit hinein genommen.

»Millies Mann ist in Nordafrika«, erklärte Mitchell. »Er ist bei der Panzertruppe. Millie bekommt eine Regierungsunterstützung, braucht aber ein wenig mehr für die Kinder. Sie sind wohl deine Cousins und Cousinen zweiten Grades.« Er schlug mir auf die Schulter, als wolle er mir zu dieser Verwandtschaft gratulieren.

Jeden dritten oder vierten Samstag fuhren wir zu Cousine Millies Haus. Ich fand es gräßlich, die Stunde, die er bei Cousine Millie verbrachte, in dem abgestellten Wagen zu hocken. Manchmal unternahm ich aus Langeweile einen Spaziergang. Dann ging ich zum MacArthur-Park und besuchte das Vogelschutzgebiet. Das große schwarze Standbild des Prometheus zog mich immer in seinen Bann. Es stand am Parkeingang, wie ein riesiger Wächter über die Geheimnisse im Inneren. Wenn ich an der Statue vorbeikam, spürte ich, wie sich mir die Nackenhaare sträubten. Ich beruhigte mich erst, wenn ich bei den Vögeln angelangt war.

Immer schlenderten eine Menge Soldaten und Matrosen mit Mädchen durch den Park. Manchmal sah ich sie zusammen auf dem Gras liegen, wo sie sich ungehemmt küßten und fummelten. Das lag am Krieg. Die Chancen standen gut, daß die Soldaten und Matrosen nicht zurückkamen. Sie sahen sich selbst als tote Männer. Todgeweihte. Wer dem Tod geweiht war, konnte sich nicht mit Anstand oder Vorsicht aufhalten. Das verstand ich. Ich selbst hatte mir vorgestellt, völlig ungehemmt zu sein. Es gab jedoch eine Voraussetzung. Man mußte dem Tode geweiht sein. Es war ein angenehmer Pakt. Dem Tode geweiht zu sein, verlieh einem eine Unbeschwertheit und Offenheit, von der gewöhnliche Bürger nur träumen konnten. Sämtliche Matrosen und Soldaten, die ich im MacArthur-Park mit ihren Freundinnen sah, legten diese Unbeschwertheit und Offenheit an den Tag. Es machte sie gottähnlich. Ich wußte, daß sich ihre Nackenhaare nicht sträubten, wenn sie unter dem leeren Blick des Prometheus vorbeigingen. Wie der drei Meter große Gott standen sie über kleinlichen menschlichen Sorgen.

Als ich beinahe über einen Matrosen und sein Mädchen stolperte, die hinter einem Oleanderbusch lagen, überraschte mich nicht, daß sie in ihrem Tun nicht innehielten. Nur einem war das Ganze peinlich, nämlich mir. »Verzeihung«, sagte ich. »Verzeihung«, flüsterte ich. Ich machte mich rückwärts aus dem Staub. Doch sie nahmen von meinem Auftauchen nicht die geringste

Notiz. Sie lagen eng umschlungen und mit nackten Beinen da. Ich stolperte über meine eigenen Füße, als ich mich davonmachte.

Ich war besessen von Filmen über »Himmelfahrtseinsätze«. Das U-Boot, das an den eisernen U-Boot-Netzen vorbeischlüpfen muß, um in die Bucht von Tokio zu gelangen, damit es den Boden für einen Luftangriff vorbereiten kann. Das einzelne Jagdflugzeug, das einen Flug ohne Wiederkehr nach Deutschland unternimmt, um die im Untergrund tätige Widerstandsbewegung zu retten. Der Funker von der Marineinfanterie, den sein Kommandeur bittet, seine Ausrüstung auf einem Hügel aufzubauen und nach Luftunterstützung zu funken, obwohl ihn das Bataillon beim Abzug allein zurücklassen muß.

Wenn Mitchell Cousine Millie besuchte, spielte ich solche Szenen durch. Ich war dem Tode geweiht. Genüßlich betrachtete ich mich selbst als tragischen Helden. Nachdem ich unter Prometheus' aufmerksamen Blick hindurchgegangen war, steckte ich die Hände in die Taschen und schlenderte zwischen den bummelnden Paaren durch den Park. Ich war, nicht weniger als sie, ein Todgeweihter. Beim Gehen verlagerte ich mein Gewicht vor allem auf die Fersen und verwarf Mitchells gleitenden Schritt, der die Fußballen bevorzugte. Wenn die Soldaten und Matrosen und ihre Mädchen mich sahen, sahen sie einen der Ihrigen. Sie sahen Charlie Jones, Bill Tucker, Jerry Granger oder Buddy Thompson, einen, der sich über die belanglosen Sorgen jener erhob, die ein hohes Alter erleben würden.

Ich fand diese Pose toll. Ich fand es toll, jemand zu sein, den jeder mögen konnte. Um diese Sicht meiner Person zu fördern, mußte ich es anschaulich machen. Es anschaulich zu machen, erforderte einen starken und unerschütterlichen Akt der Phantasie. Ich mußte die Einzelheiten meines bevorstehenden Todes im Feindeinsatz präzisieren. Das war wichtig. Ich mußte daran arbeiten. Ich konnte mir nicht leisten, die Einzelheiten zu vernachlässigen.

Zurück im Milchwagen, auf dem Fahrersitz hockend, sah ich Blutfontänen aus meinem Brustkorb spritzen. Ich roch den beißenden Qualm meines brennenden Flugzeugs. Ich hielt das

Lenkrad fest umklammert, riß es vor und zurück, als ich gegen eine massive Instabilität im beschädigten Steuerungssystem meiner B-17 ankämpfte. Ich spürte, wie ich das Bewußtsein verlor, spürte, wie das große Flugzeug zu einem tödlichen Sackflug ansetzte. Und doch, die unermüdlichen deutschen Jagdbomber folgten uns, Geschütze glänzten am halbdunklen Himmel. Mein Kopilot Larry Kinkaid war tot. Sein Kopf schlenkerte schlaff gegen die Rückenlehne seines Sitzes. Seine Augen glotzten traurig.

Es fiel schwer, an den strahlenden Frühlingsnachmittagen von Los Angeles an solchen Tagträumen festzuhalten. Man konnte nur eine gewisse Menge Blut verlieren. Man konnte nur eine gewisse Zeit lang in die traurigen Augen seines toten Kopiloten schauen.

Als sich Mitchell einmal besonders lange bei Cousine Millie aufhielt, beschloß ich anzuklopfen. Es hatte schon fast anderthalb Stunden gedauert. Ich hatte jede meiner besten Dem-Tode-geweiht-Tagträume schon etliche Male durchgespielt. Sie nutzten sich langsam ab.

Ich klopfte leise, dann lauter, aber niemand antwortete. Ich drückte auf die Klinke, und die Tür öffnete sich auf geräuschlosen Angeln. Das Rundfunkgerät spielte Tanzmusik, doch das Haus wirkte leer. Auf den Fußballen schritt ich durch die Küche und ein kleines Eßzimmer, dann in einen Flur. Das Haus steckte voller Nippes. In jedem Zimmer standen Regale mit Porzellanpuppen und -tieren, kleine Krippenszenen, bemaltes Geschirr von der Weltausstellung, trompeteblasende Engel, alle möglichen Andenken. Am Ende des teppichbodenbelegten Flurs hielt ich vor einer Tür, die einen Spalt offenstand. Eine Weile lauschte ich an der angelehnten Tür, hörte aber nur die Tanzkapelle. Ich schob die Tür noch ein paar Zentimeter auf und spähte in das Zimmer.

Mitchell lag völlig bekleidet auf dem Bett, die Beine in Höhe der Knöchel überkreuzt. Er rauchte eine Zigarette. Millie saß auf der Bettkante. Sie trug einen Bademantel und hatte ein Bein über das andere geschlagen. Sie betrachtete ihren Fuß. Die Zehen waren gespreizt, und ich roch den durchdringenden Geruch von Nagellack. Ihre Zehennägel glänzten rot.

Irgendwo in Nordafrika walzte sich der Panzer von Millies Mann die glühendheißen Dünen rauf und runter. Ich sah sein rotes, sonnenverbranntes Gesicht, seine blutunterlaufenen Augen beinahe vor mir. Gedankenverloren streckte Mitchell die Hand aus und berührte Millies Arm. Sie lächelte.

Auf den Fußballen ging ich rückwärts durch den Flur zurück, ein vorsichtiger Schritt nach dem anderen, bis ich es in das Wohnzimmer schaffte, wo mein Ellbogen gegen ein Regal voller Nippes stieß. Ein Porzellanengel wackelte und fiel. Ich fing ihn, ehe er auf den Boden traf, aber durch meinen verzweifelten Griff bekam seine Trompete einen Sprung. Das Schallstück der Trompete brach und fiel, wobei es auf eine metallene Heizungsklappe traf. Es zerbrach in viele Stücke. Ich schob die Stücke in die Heizungsklappe und stellte den trompetenlosen Engel auf sein Regalbrett zurück.

Draußen im Wagen machte ich mir einen halben Liter Kakao auf.

Millie hatte mich gesehen. Ich zweifelte nicht daran, daß ich bemerkt worden war, aber ihrem Augenausdruck nach zu urteilen, hätte ich eins ihrer Nippesfigürchen sein können. Es war ihr egal. Sie war eine Frau, die meine Mutter »ordinär« genannt hätte, weil ihre gelben Haare zentimeterlange schwarze Wurzeln hatten. Aber ihre erstaunlich kühlen grünen Augen waren nicht ordinär. Sie waren die gelassenen Augen einer Todgeweihten. Millie hatte jenen »Dem-Tode-geweiht«-Blick vieler Soldaten und Matrosen.

Deshalb war es ihr egal, daß ich sie in ihrem Bademantel auf dem Bett sitzen sah, während Mitchell neben ihr lag.

Deshalb hatte sie mir zugeblinzelt.

»Irgend etwas ist immer«, dachte ich. Dann sagte ich es. Mit dieser Methode besiegte ich den Zwang, mich zu wiederholen. Wenn es als *Gedanke* anfing, dann müßten es die Leute nur *einmal* hören, wenn ich es wiederholte. Wenn ich mich mit anderen unterhielt, »dachte« ich meine Redebeiträge zuerst. Das einzige Problem bei dieser Strategie bestand darin, daß ich vor dem Sprechen zögerte. Damit dieses Zögern gerechtfertigt erschien, versuchte ich nachdenklich zu wirken. Ehe ich sprach, runzelte ich die Stirn oder fuhr mir heftig mit der Hand durch die Haare, als wählte ich meine Worte sorgfältig.

Tante Ginger trank ihren Kaffee. »Ich weiß, Tryg«, sagte sie.

Ich mochte Tante Ginger, weil sie mich verstand, obwohl ich nicht sagen konnte, was mir durch den Kopf ging... wenigstens nicht so, daß es mich überzeugt hätte.

»Wenn du nämlich *tot* bist und alles schwarz und leer ist, tja, das kann einfach nicht ewig dauern.« Zuerst dachte ich es und sagte es dann, aber es war immer noch nicht genau das, was ich sagen wollte.

»Tod, wo ist dein Stachel?« sagte Tante Ginger und rührte Zucker in ihre Tasse.

Ich strubbelte mir heftig über den Kopf und runzelte die Stirn. »Weil immer *irgend* etwas da sein muß, selbst wenn die Sonne explodiert und Erde und Mond in Rauch aufgehen.«

»Ja, ja, Tryg, das stimmt«, sagte Tante Ginger. Ihre gewöhnlich so verträumten Augen waren vor Aufregung elektrisiert.

Ich fühlte mich ermutigt. »Ich bin ich und du bist du«, sagte ich. »Aber wenn ich nicht ich wäre und du nicht du, dann wären statt uns andere hier, sie würden sich genau wie wir unterhalten, und es könnten sogar wir sein, wir selbst, auch wenn es eigentlich unwichtig ist.«

Ich machte mich selbst konfus, glaubte aber, was ich sagte. Tante Ginger langte über den Frühstückstisch und drückte meine Hand. »Vielleicht sind wir immer als wir selbst hier, ohne überhaupt eine Wahl zu haben«, sagte sie ernst. Ich sah, wie sich flink eine Träne aus ihrem Auge quetschte.

William stand mit gereiztem Grunzen auf. Er räumte den Tisch ab und stellte das Geschirr laut klappernd in die Spüle. Wir drei hatten soeben ein spätes Frühstück beendet. Mutter und Mitchell waren im Cadillac zu einer Spritztour die Küste hinauf aufgebrochen, was mich wütend machte. Sie hatten allerdings versprochen, zum Abendessen zurück zu sein, und als ich mir das in Erinnerung rief, beruhigte ich mich etwas. Es war ein strahlender Samstag im Mai. In der Zeitung hatte ein wunderbarer Artikel über die letztjährige Schlacht im Korallenmeer gestanden. Sechs Flugzeuge der Japsen hatten versucht, auf dem amerikanischen Flugzeugträger Yorktown zu landen. Die Piloten, nach der Hitze der Schlacht und durch schlechtes Wetter verwirrt, verwechselten die Yorktown mit einem ihrer eigenen Flugzeugträger und wurden während des Versuchs zu landen einer nach dem anderen abgeschossen. In derselben Schlacht wurde die Shoho, ein japanischer Flugzeugträger, binnen zehn Minuten von Dauntless-Dive-Jagdbombern und Devastators, einem ebenfalls von Douglas hergestellten Torpedobomber, zerstört.

Ich war hingerissen! Dauntless-Dive-Jagdbomber! Die Flugzeuge, die Mutter und Tante Ginger nieteten! Ich hatte Tante Ginger auf die Meldung hingewiesen, aber die schien das nicht besonders zu interessieren.

»Die Toten begraben die Toten«, raunte sie geheimnisvoll.

Ich wußte zwar nicht, was sie damit meinte, aber sie erinnerte mich an das Problem, über das ich an diesem Morgen nachgegrübelt hatte, während ich im Bett lag und mir das Samstagmorgen-Rundfunkprogramm anhörte.

Daß ich mir immer und immer wieder meinen Tod im Kampfeinsatz vorstellte, führte mich zu der Überlegung, wie sich der Tod anfühlte, nachdem man umgebracht worden war und das Herz nicht mehr schlug. Vom Himmel und den Engeln hielt ich nicht viel, was vor allem daran lag, daß ich sie mir nicht vorstellen konnte. Der Himmel war ein unbestimmter Ort, zu sauber und weiß, um besonders interessant zu sein. Was konnte man schon an so einem Ort tun, wo die Jahrhunderte wie Sekunden vergingen? Das Langeweilepotential war unermeßlich. An diesem wolkigen, engelbefallenen Ort konnte ich mir den Allmächtigen nicht sehr gut vorstellen. Höchstens als einen alten Mann auf einem goldenen Thron, wie Washington oder Lincoln, nur in reines Weiß gekleidet, auf seinen Arm gelehnt ein Nickerchen haltend, während eine Hundertschaft Engel auf ihren silbernen Harfen Schlaflieder spielten. Ich konnte mich einfach nicht für den Himmel, Engel oder das Höchste Wesen interessieren. Was mich interessierte, war das Problem des Todes. *Da* lag das ganze Geheimnis. Wenn man starb, was kam danach? Überhaupt nichts? Aber das ergab keinen Sinn. Man war »tot«, bevor man auf die Welt kam, aber vor der Geburt gab es eine vollständige *Welt*, die von »jemandem« gesehen, gespürt und bewohnt wurde. Wie konnte diese Reichhaltigkeit ausgelöscht werden, weil man »tot« war? Ich erfand einen privaten Katechismus, der mir helfen sollte, das Problem des Todes einzukreisen:

> Trygve Soren Napoli *war* tot, und er wird wieder tot *sein*.
> Doch die Welt bleibt auch weiterhin eine Welt, Trygve hin oder her.
> Was, wenn alle auf der Welt tot wären?
> Aber das könnte man nicht sehen oder fühlen. Nur das Leben kann man sehen oder fühlen.
> Aber daß alle auf der Welt tot sind, gibt es gar nicht.
> Vielleicht gab es vor Erschaffung des Universums Millionen von Milliarden von Trillionen Jahre überhaupt nichts.
> Doch das wollte gar nichts heißen, weil niemand zugegen war, der darauf warten mußte, daß sich das Universum ereignete.
> Millionen von Milliarden von Trillionen Jahre wären das gleiche wie ein Millionstel einer Sekunde, wenn keiner da wäre, um über die Zeit auf dem laufenden zu bleiben.
> Es gibt also nie nichts.
> Immer gibt es etwas.
> Ob Trygve Soren Napoli da war oder nicht.
> Ob Charles Jones, Bill Tucker, Bob Smith oder Jerry Smith da waren oder nicht.
> Ob die sechs Japsenpiloten, die versucht hatten, auf der Yorktown zu landen, da waren oder nicht.

Nach dem Frühstück ging ich zu Azad. Er machte zwar die Tür auf, ließ mich aber auf der Veranda stehen. »Laß uns reingehen und Radio hören«, sagte ich.

»Jetzt nicht«, sagte er. »Meine Mutter ist noch nicht angezogen.«

Wir alberten auf dem Rasen herum. Die Yaznurs kümmerten sich nicht um ihren Garten, und das Gras war gelb und lang.

Azad war in gelassener Stimmung. Wir balgten ein Weilchen herum. Er ließ sich von mir auf den Boden drücken, ohne sich groß zu wehren. Dann kam seine Mutter, eine stämmige schwarzhaarige Frau, mit einem Tablett voller Kekse und Limonade nach draußen.

»Waren wir tot, bevor wir geboren wurden?« dachte ich, dann sagte ich es.

»Was?« sagte Azad. Er wirkte verwirrt. Seine großen runden Augen sahen aus wie feuchte Schokolade.

»Ich glaube, etwas wie den Tod kann es gar nicht geben«, sagte ich.

»Jo, es gibt Tott«, sagte er.

Ich lächelte nachsichtig über seine ausländische Einfältigkeit. Ich runzelte die Stirn. »Nein, eigentlich nicht, Azad. Sieh mal, wenn du tot bist, na, dann ist doch nur Azad tot.«

Er sah mich an, seine weichen braunen Augen verhärteten sich. »Dommchen«, sagte er. »Du kennst den Tott nicht. Du hast den Tott nie erlebt.«

Ich zuckte mit den Achseln, fuhr mir heftig mit der Hand durch die Haare. »Und?« sagte ich. »Vermutlich hast *du* ihn erlebt?«

»Jo, ich habe erlebt.«

»Ein Mann von Erfahrung«, sagte ich, Williams beißenden Ton nachahmend.

»Sie haben meinen Vater geschissen«, sagte Azad.

»Geschissen?«

»Geschossen. Geschossen, jo, tott, bumm in den Kopf.«

»Erschossen, meinst du«, sagte ich. »Erschossen, meinst du«, flüsterte ich, vorübergehend meine Technik vergessend.

Azad hielt einen Finger hoch, als wäre er eine Pistole, und sagte: »Bumm«, seine besorgten Augen lebten die Szene nach. »Der deutsche Mann hat ihn geschossen.«

Ich zuckte zurück. Plötzlich fürchtete ich mich vor ihm. Er kam mir älter als ich vor, erfahrener. »Laß uns Radio hören«, schlug ich vor.

Wir gingen in sein Zimmer. Als wir an der Küche vorbeikamen, sah mich Azads Mutter an, und in ihrem Blick lag gewaltiger Zorn. Ich war froh, in das Zimmer zu kommen, wo das Rundfunkgerät stand. Azad schaltete es an und stellte es auf das Neunzigmeterband ein. London dröhnte herein. Big Ben erklang, und eine englische Stimme verkündete uns wichtigtuerisch die Greenwicher Zeit.

Eine neue Familie zog in das Wohnhaus, die Bruckners. »Juden«, sagte Mitchell. »Nicht nur Juden, sondern auch noch Juden mit Kindern. Wartet ab, bis Hobarth davon erfährt.«

Hobarth war der Vermieter. Die Wohnung, in der wir wohnten, wurde »eingeschränkt« vermietet. Das stand in kleinen, sorgfältig gemalten Druckbuchstaben draußen auf einem Schild. »Eingeschränkt« hieß, daß weiße Christen die einzig akzeptablen Mieter waren.

»Wer sollte es ihm verraten?« sagte Mutter. »Du?«

»Dem braucht keiner auch nur ein Wort zu verraten. Er muß sie sich nur ansehen. Ich glaube, die Sturdevants werden sich schnell was einfallen lassen müssen.«

Die Sturdevants verwalteten das Mietshaus. Dafür bekamen sie nur vierzig Dollar im Monat, weshalb sie bei den Vorschriften des Vermieters ein Auge zudrückten. Außerdem hatten die Sturdevants selbst einen sechsjährigen Jungen.

»Sie machen einen sehr netten Eindruck«, sagte Tante Ginger.

Mitchell höhnte: »Warum sollten sie keinen netten Eindruck machen? Wenn du ein Jude in einer für dich nicht zugelassenen Wohnung wärst, würdest du dann nicht auch einen netten Eindruck machen wollen? Würdest du deine Mickey-Katz-Schallplatten mit voller Lautstärke dudeln oder auf den Fluren Hora tanzen?«

»Meine Güte, wir haben 1943«, sagte Mutter.

»Juden sind Juden, Nichtjuden sind Nichtjuden, ob 1943 oder 1953. Was hat das Jahr damit zu tun?« sagte Mitchell.

Wir saßen am Abendbrottisch und machten uns eben über den Nachtisch her. Nachtisch war mein Geburtstagskuchen. Ich war gerade elf geworden. Elf kam mir wie eine magische Zahl vor. Ich fand, dies sei meine Gelegenheit, die Kindheit hinter mir zu lassen. Elf war eine Pforte.

Mutter seufzte müde. Nach der Arbeit hatte sie einen Rollbraten und einen Geburtstagskuchen gemacht. Jetzt war es nach acht. William und ich wollten uns im Variety einen neuen Film mit Bela Lugosi ansehen. Vor der zweiten Vorstellung hatten wir noch eine Stunde Zeit. Es war Freitag nacht und Vollmond. Mein Magen ahnte die kommenden Schrecken voraus. Trotzdem genehmigte ich mir ein zweites Stück Kuchen.

Malcolm Bruckner kam mit. William und ich hatten ihn am selben Nachmittag kennengelernt, und als wir ihm von dem neuen Draculafilm erzählten, fragte er, ob er mitkommen könne. Malcolm war zwölf. Er hatte ein breites Lächeln und große Lükken zwischen den Zähnen. Er war ein gutes Stück größer als ich, aber kleiner als William.

William und ich hatten ihm die Festung gezeigt und das Pfeif-Warnsystem erklärt. Wir erzählten ihm, wie die Kinder aus der Hintertür der Mietskaserne laufen mußten, sobald der Vermieter auftauchte. Malcolm interessierte die Vorstellung, daß die Kinder Flüchtlinge waren.

»Was passiert, falls wir erwischt werden?« fragte er.

»Das wird man nicht«, sagte William drohend.

»Man *wird's* eben nicht«, wiederholte ich, die Stirn gerunzelt, offensichtlich wegen des Ernstes unserer Lage als illegale Bewohner.

»Klar, aber wenn *doch*?« Malcolm ließ nicht locker.

William fuhr sich mit einem Finger über die Kehle, als wäre er die Klinge eines Messers.

Nach dem Kino gingen wir drei unter dem knochenweißen Mond nach Hause. In meinem Kopf lief der Film noch einmal ab. Etwas daran kam mir völlig vernünftig vor, doch ich wußte nicht recht, was es war. Es hing mit dem Problem zusammen, das ich mit dem Tod hatte. Ein Vampir war etwas, das tot und doch lebendig war.

Es kam mir genau wie das vor, wonach ich suchte. Ein Vampir ernährte sich von den Lebenden, damit er unsterblich blieb. War es nicht genau das, was ich über das »Etwas« hatte sagen wollen, das immer den Tod eines einzelnen Menschen überlebte? Der einzelne Mensch stirbt, aber etwas sieht und spürt die Welt auch danach. Dieses Etwas ist unsterblich, selbst wenn die Sonne explodiert und der Planet verbrennt. Wenn nämlich nichts ist, existiert nicht einmal mehr das Gefühl eines Nichts. Denn Nichts ist genau das: nichts. Der Vampir ist der Seher und Fühler, der durch die Jahrhunderte fliegt, unverändert. Der Vampir ist in uns, blutet nach und nach unsere Leben aus, schenkt uns aber auch eine Art Unsterblichkeit.

»Aufwachen, Tryg«, sagte William und packte mich am Genick.

Ich war am Adams Boulevard in den Straßenverkehr getreten, ohne auf die Ampeln zu achten.

Ich rieb mir mit beiden Händen über den Kopf. »Sieh mal«, sagte ich, »wenn man tot ist, na, das ist doch genauso, wie wenn der Vampir zurück in seinen Sarg muß, weil die Sonne aufgeht.«

»Großer Gott«, sagte William. »Kannst du nicht zur Abwechslung mal über was anderes reden? Mir läuft's ja eiskalt den Rücken runter, wenn du mit meiner Stiefmutter andauernd über den Tod quasselst.«

»In Wirklichkeit«, sagte ich, immer noch laut denkend, »ist ein Vampir nicht lebendig *oder* tot. Lebendig sein und tot sein ist für einen Vampir ein und dasselbe.«

»Wenn du nicht den Rand hältst, schmeiß ich dich in einen Gully«, sagte William.

»Redet der immer so?« fragte Malcolm. »Was ist das für einer, hat der 'n Ding an der Birne oder was?«

Malcolm kam irgendwo aus dem Osten, und wir fanden seinen Akzent komisch. William lachte. »Der hat sogar 'n paar Dinger an der Birne«, sagte er. »Die ganze Birne ist Matsch.«

Mich störte das nicht. Irgendwie gefiel es mir sogar, daß sie über mich redeten, als wäre ich nicht anwesend. Ich fühlte mich abwesend, und in meiner Abwesenheit fühlte ich mich geehrt.

»Ey, Monk«, sagte Malcolm. »Haste 'ne Matschbirne?«

William lachte. Malcolm begann, um mich herumzutanzen, mich am Arm zu berühren, wie beim Sparring oder beim Fangenspielen.

»Monk«, sagte William. »He, das ist gut, Malcolm. Mönch, Monk. Paßt genau auf ihn.«

Das war was anderes, als in der Schule »der junge Mister Napoli« genannt zu werden. Mir gefiel es, wenn man mich »Monk« nannte. Es paßte dazu, daß man über mich sprach, als sei ich nicht anwesend. Ich fühlte mich geehrt.

William machte später »Der Monk« daraus. Wenn er sich über mich ärgerte, etwa weil ich im Bett das Morsealphabet übte, indem ich ganze Reihen Punkte und Striche zischte, sagte er gewöhnlich: »Der Monk macht mich wahnsinnig« oder: »Gleich wird Der Monk mit Fußtritten aus dem Bett befördert.«

Mich störte das nicht; einen besonderen Spitznamen zu haben, paßte dazu, daß man elf war. Ich war mir vage bewußt, daß sich mir neue Möglichkeiten erschlossen. Es machte nichts, daß diese neuen Möglichkeiten ein wenig merkwürdig waren. Wichtig war, daß ich mich veränderte und daß diese Veränderungen mir ein Gefühl unbegrenzter Chancen gaben. Hätten die Veränderungen zur Folge gehabt, daß mir bei Vollmond Fledermausflügel wuchsen, wäre ich einverstanden gewesen.

Wir gingen den Adams Boulevard hoch bis zum Ridgely Drive und bogen in den Ridgely Drive ein, zu unserem Mietshaus. William und Malcolm gingen ein paar Schritte vor mir. Ich hörte William sagen: »He, Malc, wer war das Mädchen mit den großen Titten, mit der du dich heute an den Müllverbrennungsöfen unterhalten hast?«

»Du meinst Betty?« sagte Malcolm. »Betty ist meine Schwester.«

»Oh«, machte William.

»Ist schon in Ordnung«, sagte Malcolm. »Sie ist stolz auf ihre Titten. Du solltest ihre Titten sehen. Warzenmelonen.«

Bela Lugosi hatte sich die Titten des Mädchens angesehen, das er angegriffen hatte, aber es war ein kurzer, beinahe verlegener Blick gewesen. Einmal zuckte seine schwarze Zunge heraus, doch dann nahm er sich ihren Hals vor. Sie wurde starr, ihre Augen sprangen auf, und sie gab einen kleinen Laut von sich, ehe sie starb.

Mir kam die verrückte Idee, daß sie es genoß. Was in meinen Augen bewies, daß ich tatsächlich ein Ding an der Birne hatte.

Monk, der Spinner. Ich schwenkte die Arme wie Flügel über

meinen Kopf und stieß ein durchgedrehtes Geräusch aus. William und Malcolm sahen sich nach mir um und schüttelten die Köpfe. »Der Kleine ist ein hoffnungsloser Fall«, sagte William.

Franchot Tone kam zum Essen. Bloß war er, genau wie ich gedacht hatte, gar nicht Franchot Tone. Sondern Jack Twilly, Franchot Tones Mädchen für alles. Wenigstens sagte er uns das.

»Ich habe nie behauptet, ein anderer als Jack Twilly zu sein«, sagte er zu Mutter und zählte die Kette von Ereignissen auf, die zu seiner Essenseinladung geführt hatten. »Ihr Alter hier hat sich vertan.«

»Die Sache ist die«, sagte Mitchell. »Jack arbeitet als Schreiner unten bei Warner Brothers. Jack kennt Mr. Tone und eine Menge andere Stars.«

»Ach Gottchen, ja«, lachte Jack Twilly. »Ich kenne die Penner. Ich kenne einen ganzen Haufen von denen.«

»Er nennt sie Penner«, sagte Mitchell, voller Bewunderung für Jacks Insiderstatus.

»War bloß ein Scherz, Mrs. Selfage. Teufel, die meisten sind verdammt nette Burschen und Mädels, im Gegensatz zu dem, was Sie vielleicht in den Klatschblättern gelesen haben.«

»Jack hat an den Kulissen von *Manuel* mitgearbeitet«, sagte Mitchell.

»Tja, das ist nun mal mein Beruf, die Tischlerei«, sagte Jack Twilly bescheiden.

»Siehst du, das hat er in Franchot Tones Haus gemacht«, erklärte Mitchell meiner Mutter. »Er hat ein paar Schränke für Mr. Tones Schußwaffensammlung gebaut.«

»Also wissen Sie«, sagte Jack Twilly. »Ein wenig geschauspielert habe ich auch.«

Das war Mitchell neu. Er setzte seine Kaffeetasse so fest ab, daß ein Stück der Untertasse absprang. »Wirklich?« sagte er. »Sie nehmen mich doch nicht wieder auf den Arm, Jack, oder?«

Jack Twilly beugte sich mit gerunzelter Stirn über den Tisch. »Ich nehme niemanden auf den Arm, Mitch«, sagte er. Dann blinzelte er Mutter zu und fuhr fort: »Höchstens eine so gutaussehende Dame, wie Sie es sind.«

Mutter stand vom Tisch auf und räumte das Geschirr ab. Sie ging in die Küche. Über dem Geräusch des fließenden Leitungswassers hörte ich sie seufzen.

»Weihen Sie uns doch ein, Jack. In welchen Filmen sind Sie aufgetreten?« fragte Mitchell eifrig.

Jack Twilly blickte mit zusammengekniffenen Augen an die Decke, sich seine zahlreichen Auftritte in Kinofilmen in Erinnerung rufend. »Haben Sie vor ein paar Jahren zufällig *Im Zeichen des Kreuzes* gesehen? Mit Claudette Colbert in der Hauptrolle?«

»Klar!« rief Mitchell. »*Sie* haben da mitgespielt? Das war kein Billigstreifen. Das war eine Großproduktion. Ich glaube, ich habe im ›Pantages‹ anderthalb Dollar Eintritt bezahlt.«

»Genau. Also, ich war, was man einen ›Kostümkomparsen‹ nennt. Erinnern Sie sich an die Milchbadszene, als Claudette in eine Wanne voller Milch steigt?«

»Aber natürlich!« sagte Mitchell aufgeregt. »Wie könnte jemand diese Szene vergessen!«

»Der Bursche, der die Milch in die Badewanne gießt... das war ich, verkleidet als römischer Palasteunuch.«

»Na, da soll mich doch...«, begann Mitchell.

»Ich weiß, was Sie sagen wollen«, sagte Jack Twilly. »Sie wollen wissen, ob sie wirklich nackt war oder ihre Wäsche anhatte.«

Jack Twilly nahm ein Schlückchen Kaffee, ließ die Spannung steigen. William war schon aufgestanden und gegangen, ich war kurz davor. Aber dieses letzte verlockende Stückchen hollywoodschen Insider-Tratsches sorgte dafür, daß ich wie angewurzelt auf meinem Stuhl klebenblieb.

»Nehmen Sie zur Kenntnis, Gentlemen«, verkündete Jack Twilly, »daß Miss Colbert nichts anhatte außer ihrem Evaskostüm.«

»Ich dachte...«, setzte Mitchell an.

»Sie dachten, daß das Hays Office solche Dinge überwacht. Das stimmt. In Wirklichkeit hat der Kinozuschauer nicht sehr viel zu sehen bekommen. Der typische Kinozuschauer hat eine ausgeprägte Phantasie, und die meisten meinten, ein kleines Brustwärzchen über die Milchblasen lugen zu sehen. Aber die Hays-Leute haben die Kopie mit einem Vergrößerungsglas betrachtet und durchgehen lassen.« Er gähnte und schaute auf seine Uhr. »Tja, ich sollte mich wohl auf den Weg machen. Mr. Tone möchte, daß ich morgen ein paar Bücherregale aus Buchenholz für ihn aufstelle. Er ist übrigens eine richtige Leseratte. Die meisten Leute glauben, Filmstars hätten bloß einen Körper und keinen Geist. Stimmt nicht. Das sage ich aus persönlicher Erfahrung. Stimmt ganz und gar nicht.«

»Moment mal«, sagte Mitchell. »Wie war das mit Claudette Colbert? Ich meine, ist sie einfach *splitternackt* vor die Kamera getreten – läuft das so zwanglos ab?«

Jack Twilly kniff sich nachdenklich in die Nase. »Mitch, im Studio war kein Mann, der nicht einen Ständer hatte... oh, Verzeihung, Ginger, Sie sind so still, da hatte ich vergessen, daß Sie da sind.«

Tante Ginger, die zwischen Mitchell und Jack Twilly saß, hatte während des gesamten Essens kein Wort gesagt. Jetzt sah sie Jack Twilly an, verwundert.

»Vergessen?« sagte sie.

»Ich hatte Mitch hier gerade davon erzählt, wie Claudette Colbert nackt ein Bad genommen hat. Teufel auch, klare Sache! Wir alle haben sie gesehen! Jeder vitale Mann im Atelier war bereit, in den Krieg zu ziehen. Mal abgesehen von den Tunten, natürlich.«

»Ich habe den Film gesehen«, sagte Tante Ginger. »Er war so traurig.«

»Ja, ja, das war ein echter Schmachtfetzen«, sagte Jack Twilly.

»Es war eher eine Erinnerung als ein Film«, sagte Tante Ginger.

Jack Twilly musterte sie. »Hm-m«, machte er, »ich weiß, was Sie meinen. Ein Film ist dann gut, wenn er in etwa Ihrer eigenen persönlichen Erfahrung entspricht.«

»Sagen Sie, Jack«, sagte Mitchell. »Wie wird man eigentlich Komparse?«

»Nun, was mich angeht, ich war gerade zufällig in der Nähe. Aber wenn Sie von diesem leicht verdienten Geld was abhaben wollen, dann gehen Sie ins Zentrale Besetzungsbüro und füllen ein Formular aus. Aber Sie sehen womöglich zu gut aus, um auf einer Komparsenliste zu landen. Dort will man Typen, keine Hauptdarsteller.«

Mitchell wirkte geschmeichelt und enttäuscht zugleich.

»Was dagegen, wenn ich ein paar Bratenscheiben mitnehme, Mitch?« sagte Jack Twilly.

Mitchell stand auf und ging in die Küche. Mit einem Stück Wachspapier kam er zurück. Er schnitt ein halbes Dutzend dikker Scheiben Roastbeef für Jack Twilly ab und wickelte sie sorgsam in das Wachspapier.

»Woher um alles in der Welt kriegt ihr eigentlich solches Fleisch?« fragte Jack Twilly.

Mitchell wollte ihm gerade antworten, aber Jack Twilly war schneller. »Teufel aber auch. Hab's vergessen. Sie sind ja Milchmann. Sie stecken bis über beide Ohren im Schwarzmarkt.«

»Nicht an die große Glocke hängen, Jack«, sagte Mitchell augenzwinkernd.

»Wie käme ich dazu! Wie sieht's mit Benzinmarken bei Ihnen aus, Mitch?«

Mitchell zwinkerte.

»Hören Sie, ich mache Ihnen einen Vorschlag. Für ein Heft Benzinmarken stelle ich Sie Mr. Tone vor. Was sagen Sie dazu? Wohlgemerkt, ich kann Ihnen nicht garantieren, daß er etwas für Sie tut, aber ein Händeschütteln kriege ich hin. Wie wär's damit? Ich weiß, daß Sie auf die Leinwand wollen. Und, ehrlich gesagt, in meinen Augen sind Sie der Typ, der mal groß rauskommt.«

Mitchells Blick wurde ein wenig glasig. Er atmete tief durch und stützte sich schwer auf den Tisch. »Mr. Twilly«, sagte er, »der Handel gilt.«

Das Schuljahr endete mit einem Mißklang. Eine der illegalen Katzen in unserem Mietshaus wurde getötet. Von einem Auto überfahren. Es war ein großer freundlicher Kater, den wir Tarzan nannten. William und ich beerdigten Tarzan auf dem unbebauten Grundstück, wo sich die Festung befand. Nach der Beerdigung der Katze vergrößerten wir die Festung. Da die Anzahl der Kinder in dem Wohnhaus zunahm, wurde die Festung zu klein. Im Dezember waren es noch sechs gewesen; jetzt, im Juni, waren es mindestens neun, einschließlich Malcolms Schwester Betty, die sich aber weigerte, in die Festung zu laufen, wenn die Warnpfeife geblasen wurde. Es war unter ihrer Würde. Außerdem war sie groß und reif genug, um als Erwachsene »durchzugehen«. Jedesmal, wenn Mr. Hobarth in seinem großen schwarzen Packard vorfuhr, blieb Betty in der Wohnung und spielte Klavier. Sie war eine ausgezeichnete Klavierspielerin, und da ihre Eltern beide draußen bei Lockheed in der Nachtschicht arbeiteten, spielte sie meist nachts. Einige Mieter beschwerten sich, aber nicht viele, weil sie so schön spielte.

Mittels einer Spitzhacke verlängerte William den Hauptgraben der unterirdischen Festung um weitere anderthalb Meter. Erst lockerte er die feste Erde mit der Hacke, dann schippte er sie nach draußen. Nach etwa fünf Stunden harter Arbeit war die Sache geschafft, wenn man von den Brettern absah, die wir brauchten, um den neuen Graben abzudecken. Als die Bretter an ihrem Platz lagen, bedeckten wir sie mit Erde und tarnten so die unterirdische Zuflucht perfekt.

Betty und William besuchten dieselbe High-School. Sie hatten einander nicht viel zu sagen, aber ich wußte genau, daß William in sie verknallt war. Wie er sich verkrampfte, wenn sie in Sichtweite war – seine langen dürren Arme dramatisch anspannte oder in künstlerischer Vollendung zwischen seine Füße spuckte –, das verriet ihn.

Was ich ihm übrigens nicht verdenken konnte. Auch ich war in sie verschossen und in meiner Phantasie unzählige Male in ihren Armen verblutet. Betty war eher hübsch als schön, aber das Betörende an ihr war ihre Persönlichkeit. Sie war absolut ehrlich und weigerte sich, der Form halber irgendwelche Kompromisse zu machen. Sie hatte lange, lockige schwarze Haare, haselbraune Augen, die alles ansahen, solange sie wollten, und einen breiten Streifen Sommersprossen, der sich von einer Wange zur anderen erstreckte und den Sattel ihrer Nase wie ein kleines rotbraunes Sternbild überzog. Und ihre Brüste waren, genau wie Malcolm uns erzählt hatte, so groß wie Melonen.

Ich hatte sie gesehen.

Ich war mit Malcolm in der Wohnung der Bruckners gewesen

und hatte Pachisi gespielt. Mr. und Mrs. Bruckner waren zur Arbeit ins Lockheed-Werk gefahren. Es war etwa sieben Uhr abends, und wir warteten darauf, den Lone Ranger zu hören.

»Monk«, sagte Malcolm und sammelte die Pachisisteine ein, als im Rundfunk unsere Sendung anfing, »ich sollte dich wohl besser warnen.«

»Wovor?« fragte ich, nachdem ich darüber nachgedacht hatte.

»Meine Schwester. Sie ist anders.«

Der Lone Ranger fing an. Den Anfang fand ich am besten, wenn der aufgeregte Ansager sagte: *Ein feuriges Pferd, so schnell wie das Licht, eine Staubwolke und ein kräftiges hi-yo Silver – der Lone Ranger!* und die Ouvertüre aus Wilhelm Tell die Ankunft des großartigen Maskierten verkündete.

»Monk, hör mir mal 'ne Sekunde zu, klar?«

Ich drehte den Lautstärkeregler an dem großen Zenith-Radioschrank der Bruckners höher. »Hi-yo *Silver*!« rief der maskierte Reiter.

Betty Bruckner kam herein und stellte das Radio leiser. »Ihr werdet es nicht auf volle Kanne stellen, ihr kleinen Pimpfe«, sagte sie.

Sie war gerade aus der Dusche gekommen und trocknete sich ab. Außer dem großen Badetuch hatte sie nichts an. Ihre melonenrunden Brüste tanzten vor meinen Augen, als sie sich bückte, um die Lautstärke zu drosseln. Die großen Brüste mit perfekten Warzen glänzten leuchtend rosa vom Duschen. Wie sie da unter dem Badetuch hervorschauten, raubten sie mir den Atem. Sie waren wie ein Traum von Brüsten, eine zu weit entfernte Erinnerung, um etwas anderes als ein Traum zu sein. Die wilde Masse schwarzer Kraushaare zwischen ihren Beinen, bei deren Anblick mir fast das Herz stehenblieb, lag jenseits von Erinnerung oder Traum. Ich wandte mich so rasch von ihr ab, daß ich das Pachisibrett vom Couchtisch schmiß und die Figuren durch die Gegend schleuderte.

Sie ging wieder.

»Schlechte Männer auf Pferde töten Bankier«, sagte Tonto gerade mit seiner ausdruckslosen Indianerstimme.

»Das meinte ich mit anders, Monk«, sagte Malcolm.

Ich kümmerte mich um das verstreute Pachisispiel und die donnernden Hufschläge meines Herzens.

»Ein sinnloses Verbrechen, Tonto«, befand auch der Lone Ranger.

Onkel Geralds Schiff hatte in Long Beach angelegt, und wir fuhren hin, um ihn abzuholen. Auf den Straßen wimmelte es von Matrosen und Soldaten, die eher wie ein zügelloser Mob als militärisch geordnet gemeinsam marschierten. Mitchell mußte wiederholt anhalten, weil sie ihm in Gruppen vor den Wagen liefen. Sobald er anhielt, schauten die Matrosen und Soldaten in die Fenster des Cadillac, als suchten sie jemand Bestimmtes.

»Sie suchen Mexikaner«, sagte Mitchell. »Das zeichnet sich schon seit ein paar Wochen ab.«

»Man sollte meinen, sie hätten genug Krieg geführt«, sagte Mutter.

»Warum Mexikaner?« fragte Tante Ginger.

»Nicht *alle* Mexikaner«, erklärte Mitchell. »Nur die Banden. Die in den Angeberanzügen, den Zoot Suits. Die Jungs wollen einfach dem Ärger mit den Jugendbanden ein Ende bereiten.«

Das große Auto schaukelte ein wenig, als sich ein Trupp Matrosen dagegenlehnte. Mutter und Tante Ginger saßen vorn neben Mitchell. William und ich teilten uns die Rückbank. Ein Matrose sah William an. William zeigte ihm den Mittelfinger.

»Das ist eine wüste Truppe«, sagte Mitchell. Er wurde langsam nervös. Zwei Soldaten saßen auf der Motorhaube des Cadillac und musterten Mutter und Tante Ginger. Die Soldaten stießen bewundernde Pfiffe aus und rollten die Augen.

Der Matrose, dem William den Finger gezeigt hatte, versuchte, die Wagentür aufzureißen, aber zu viele andere Matrosen drückten dagegen.

»Wir hauen wohl besser ab«, sagte Mutter.

»Ich kann nicht. Ich bin eingekeilt«, sagte Mitchell.

Plötzlich schwang die Hintertür auf, und der Matrose war im Auto und auf William drauf. William trat nach ihm, und der Matrose schrie um Hilfe.

»Fahr verdammt noch mal *los*!« brüllte ich zu meinem eigenen Entsetzen. Der Matrose hatte William an den Haaren gepackt und knallte dessen Kopf gegen die Rückenlehne. Endlich setzte Mitchell den Wagen nach vorn in Bewegung, und der Matrose, der halb im Auto und halb draußen war, verlor den Halt. Er ließ Williams Haare los, und William versetzte ihm noch einen Tritt, diesmal mit aller Kraft gegen den Brustkorb. Der Matrose keuchte die Luft aus seiner Lunge und rutschte aus dem Wagen. William knallte die Tür zu und verriegelte sie. Tante Ginger kniete auf dem Vordersitz und beugte sich nach hinten. »Hast du dir etwas getan, hast du dir etwas getan?« fragte sie. Ihr Gesicht war feucht, und ihr Mund sah verzerrt aus. Mein Herz pochte wie verrückt. Ich fühlte mich elend.

»Mir geht's besser als dieser Teerjacke«, sagte William. »Der bescheuerte Drecksack hat meinen Kopf gegen das Sitzpolster geschlagen – so kann man sich nicht verletzen.«

»Befleißigt ihr Jungs da hinten euch gefälligst einer anderen Ausdrucksweise?« sagte Mitchell. »Das gilt besonders für dich, Trygve. Du bist ein wenig zu jung, um mit derartigen Ausdrükken um dich zu werfen. Mit wem hast du eben eigentlich geredet?«

»Weiß ich nicht«, nuschelte ich.

»Na, entschuldige dich gefälligst. So geht's nicht, Trygve. Wäre ich ein weniger kultivierter Typ, würdest du eine ordentliche Tracht Prügel beziehen, wenn du solche Ausdrücke benutzt, vor allem in Gegenwart von Damen.«

»Tschuldigung«, sagte ich.

Wir fuhren auf den Long Beach Boulevard, und Mitchell beschleunigte auf achtzig Stundenkilometer, ein gutes Stück über der Geschwindigkeitsbegrenzung. Er packte das Lenkrad mit beiden Händen und saß stocksteif auf seinem Sitz. Ich sah, wie Mutters Schultern sich verkrampften, als das Auto dröhnte und schaukelte, aber sie schwieg. Tante Ginger, die an der Tür saß, schaute aus dem Fenster auf die vorbeifliegenden Gebäude.

»Wir haben massenhaft Zeit«, sagte Mutter schließlich.

»Sag mir nicht, wie ich Auto fahren soll«, sagte Mitchell. Er beschleunigte um weitere fünfzehn Stundenkilometer.

In meinem Kopf blitzten Visionen des Kinderheims auf. »Vielleicht sollten wir besser langsamer fahren«, sagte ich.

»Was habe ich dir gerade gesagt, Trygve?« sagte Mitchell.

»Ich habe keine ordinären Ausdrücke benutzt«, sagte ich.

»Darum geht es nicht. Es geht darum, daß du sprichst, obwohl dich keiner gefragt hat... das ist genauso schlimm.«

»Gar nicht wahr«, sagte ich. Ich war über mich selbst erstaunt, daß ich so etwas von mir gab. Meine Stimme klang anders. *Ich wiederholte mich nicht.* Das zeigte mir, wie abrupt die Veränderung gekommen war. Mitchell schleuderte den Wagen von eine Fahrspur auf die andere, während er langsamere Verkehrsteilnehmer überholte. Er fuhr wie besessen. Vermutlich hatte ihm die Soldaten- und Matrosenmeute angst gemacht, und nun mußte er sich abreagieren. Man roch förmlich das seinen Poren entströmende Adrenalin.

»Großer Gott«, seufzte Mutter.

Mitchell funkelte sie an und sah zu diesem Zweck einen Sekundenbruchteil von der Straße weg. In diesem Augenblick überfuhr er beinahe eine Frau, die mit einem Hund spazierenging. Er kam erneut ins Schleudern, und die Reifen quietschten, als das Auto beinahe umkippte.

»Warum haltet ihr nicht alle die Klappe?« sagte Mitchell.

Schließlich verlangsamte er auf fünfzehn Stundenkilometer über dem Tempolimit. Mutter schaltete das Radio ein. Auf dem Sender KFI sang Jo Stafford »Again«. Der Song riß Tante Ginger aus ihrer Trance. Sie sang mit Jo Stafford. *Again, this couldn't happen again*, sang sie, ihre Stimme ein hingehauchtes Flüstern.

Am Anlegeplatz der Marine am unteren Ende der Pico Avenue wartete Onkel Gerald auf uns. »Wo habt ihr bloß gesteckt, verflucht noch mal?« fragte er.

Mitchell sagte ihm, wir seien in den Menschenmengen steckengeblieben, aber Onkel Gerald wirkte nicht überzeugt. Er fror, war wütend und wollte einen Drink. Er wirkte wie in Nebel und Salzluft eingehüllt. Er roch nach Meerwasser und Erdöl. Seine Augen waren müde, als hätte er tagelang im Kielwasser von Torpedos aufs Meer hinausgestarrt.

Er stieg zu mir und William auf den Rücksitz, nachdem er

seinen Seesack in den Kofferraum geschmissen hatte. »Nein«, sagte er. »Noch kein Begrüßungsgetue. Erst halten wir an und kippen einen Kurzen, dann gibt's den Begrüßungskuß.«

Mitchell hielt an der ersten Bar, die er sah, der Kneipe »Hair O'the Dog Saloon«. »Ich hätte selbst nichts gegen einen Drink einzuwenden«, sagte er.

William und ich warteten im Wagen. In den Straßen sammelte sich Nebel, so daß um die wenigen Straßenlaternen Höfe entstanden.

Das Alleinsein mit William machte mich ein wenig verlegen. Ich war im Besitz geheimer Informationen über das Mädchen, in das er verknallt war: Ich hatte Betty Bruckners Titten gesehen. Ich hatte mehr als ihre Titten gesehen. Alles hatte ich gesehen, aus der Nähe und aus der Ferne, und zwar mehr als einmal. In Anwesenheit von Malcolm und mir verhielt sich Betty absolut ungezwungen... als wären wir bloß zwei tote Hausfliegen auf dem Fensterbrett. Sie dachte wohl, der Anblick ihres voll entwickelten erwachsenen Körpers hinterlasse keinen Eindruck in unseren unreifen Grundschulhirnen. Wir waren »Pimpfe«. »Seid bloß ruhig, ihr Pimpfe, ich sitze gerade an meinen Matheaufgaben«, sagte sie beispielsweise; oder: »Nehmt die Finger aus dem Kühlschrank, Pimpfe, der Geflügelsalat ist für morgen.« Sie lief in Slip und BH durch die Wohnung, oder nur in ihrem Slip, aber noch öfter trug sie weder das eine noch das andere. Mit herablassender Unbefangenheit schritt sie durch die Zimmer. Ich konnte sie nicht direkt ansehen, sondern warf ihr nur kurze Blicke zu, wenn ich mich sicher fühlte. Doch wenn sie mich dabei ertappte, brauchte sie mich nur mit diesen festen haselnußbraunen Augen anzusehen, und schon verdrehte ich meinen Hals, um nicht in Asche verwandelt zu werden.

William und ich warteten eine knappe Stunde lang fast ohne zu sprechen, bis sie wieder aus der Bar kamen. Onkel Gerald hatte die Arme um Tante Ginger und Mutter geschlungen. Er sang in einem heiseren Bariton. Während er hochgestimmt aussah, wirkten die anderen bedrückt. Mitchell nahm hinter dem Lenkrad des Cadillac Platz und ließ den Motor an. Er drückte zu lange auf das Anlasserpedal. Das Kreischen schleifenden Metalls übertönte das Brüllen des Achtzylinders. »Gottverdammtes Scheißding«, sagte Mitchell, im blassen Schein der Straßenlaterne das Gesicht so weiß wie eine Kerze.

»Immer mit der Ruhe«, sagte Onkel Gerald. »In unserer Marine hat man nichts davon, wenn man Gottes Zorn herabruft.«

Alle vier saßen vorn, Tante Ginger seitlich auf Onkel Geralds Schoß, ihr Gesicht Mitchell zugewandt.

»Wenn du dich nicht zurückhältst, gehe ich zu Fuß«, sagte Mutter, als Mitchell die Kupplung zu schnell kommen ließ und der Wagen vorwärts schoß.

»Gott, ist das schön, wieder zurück zu sein«, sagte Onkel Gerald mit zitternder Stimme. Tante Ginger zog seinen Kopf an ihre Brust und strich ihm übers Haar. Doch später am Abend, in unserer Wohnung, wurde Onkel Gerald mißmutig und beleidigend und nannte Tante Ginger »billige Hure« und »ordinäre Schlampe«, bis sie weinte, und als sie weinte, verdrehte er ihr den Arm, damit sie wieder aufhörte. »Verdammte öffentliche Metze«, sagte er mit zusammengebissenen Zähnen, seine betrunkenen Augen hart und blind.

Wir alle fuhren zu einem Picknick die Küste hoch. Nördlich von Ventura hielten wir an einem ruhigen Fleckchen. Onkel Gerald hatte eine Weile dem Alkohol abgeschworen und war guter Laune, wenn auch ein wenig schwermütig. Ich hatte nichts dagegen. William und ich breiteten die Decken aus und trugen dann Körbe voller Essen und Getränke aus dem Auto nach unten.

Es war ein phantastisches, unberührtes Fleckchen Erde, von hohen Felsen umschlossen. Kilometerlanger weißer Sand grenzte an den endlosen, sich gen Westen erstreckenden Ozean. Die warme Brise trug den scharfen Geruch von Salzwasser und Tang heran, den ich mittlerweile so sehr mochte. Ich ging zu dem feuchten Sand hinunter, um Muscheln zu suchen. Onkel Gerald begleitete mich.

»Hoffentlich verachtest du mich nicht, wenn du größer wirst, Tryg, Alter«, sagte er.

Sein freundlicher Tonfall machte mich verlegen. »O nein«, beteuerte ich.

»Mir ist klar, daß ich gelegentlich etwas unangenehm sein kann.« Er stand da und betrachtete das Meer, den Rücken mir zugewandt. Er war ein großer stämmiger Mann mit dichten schwarzen Haaren, die sich in schwarzglänzenden Locken auf seinem massigen Kopf wellten. Beim Reden hielt er die Hände hinter dem Rücken verschränkt. Es waren große fleischige Hände, von zahlreichen Adern durchzogen und mit dicken Knöcheln. Ich mochte nicht glauben, daß ein Mann mit solchen Händen eine schöne Frau ins Gesicht schlagen konnte. Vor meinem inneren Auge sah ich den Schlag, der Tante Ginger von den Beinen geholt und als einen schluchzenden Haufen zu Boden geschmissen hatte; ich sah Tante Ginger, wie sie sich vor ihm davonwand; ich sah den entschlossenen, kompromißlosen Wahnsinn in Onkel Geralds Augen und seine gräßlich nach unten gezogenen Mundwinkel.

»Manchmal geht mein Temperament mit mir durch«, sagte er. »Aber das soll keineswegs eine Entschuldigung sein.«

Ich fand einen perfekten Sanddollar und steckte ihn in meine Tasche.

»Ich möchte mich bei dir entschuldigen, Master Trygve«, fuhr er fort, immer noch dem Meer und dessen Toben zugewandt.

»In Ordnung«, sagte ich, doch mein kleines Stimmchen wurde vom Wind wieder zum Strand zurückgeweht, und ich wußte, daß er mich nicht gehört hatte. Seine Stimme trug, denn obwohl er mir den Rücken zudrehte, konnte ich ihn gut hören.

»Bei William habe ich mich schon entschuldigt«, sagte er. »Ich glaube aber nicht, daß er es gelten läßt. Er kann ganz schön dickköpfig sein.«

»Allerdings«, pflichtete ich ihm bei.

»Ich habe seine Mutter getötet, weißt du«, sagte er.

Ich sah mir wieder seine Hände an. Die Daumen kamen mir so groß vor wie die roten Gummigriffe an Fahrradlenkern. Das waren Hände, die töten konnten.

»Oh, nicht absichtlich«, sagte er. »Es lag an meinem Trinken. Wir fuhren von Nanaimo nach Ladysmith, das liegt auf der Vancouver-Insel. William war noch ein Baby und schlief in seiner Korbtrage auf dem Rücksitz. Philly – so hieß sie, Kurzform von

Philomena –, Philly und ich hatten getrunken. Es ist eine alte Geschichte, Tryg. Du wirst sie noch oft hören, ehe du in die Jahre kommst. Jedenfalls sagte Philly etwas, das ich nicht richtig fand, und wir stritten uns. Was dich vielleicht nicht überraschen wird. Ich packte nach ihr und verlor die Kontrolle über den Wagen. Wir kamen von der Straße ab – nicht bei hoher Geschwindigkeit, wohlgemerkt – und rammten einen Pfahl. Philly wurde aus der Tür geschleudert und brach sich den Hals. Der Wagen war nicht mal beschädigt. Ich fuhr später damit fort. William hat das Ganze verschlafen. Er schlief mit einer heilen Mutter ein und wachte ohne Mutter wieder auf.« Er wandte sich zu mir um, und ich merkte verblüfft, daß er die ganze Zeit, während er mir das erzählte, geweint hatte. »Trygve, ich kann dir nicht sagen, wie traurig das Leben ist. Dafür fehlen einem die verfluchten Worte.«

Ich suchte weiter nach Muscheln. Onkel Gerald half mir beim Suchen. Wir gingen den Strand hinauf, schweigend, und starrten auf den Sand. Ich fand noch etliche perfekte Sanddollars und ein großes Stück vom Gehäuse eines Meerohrs. Der Regenbogenglanz der perlmuttartig glänzenden Innenseite dieser Schnecke kam mir vor wie der Himmel einer kleinen entlegenen Welt.

»Donnerwetter«, sagte Onkel Gerald. »Sieh dir das an, Tryg.«

Er hielt eine Venusmuschel hoch. Sie war schlammig und enthielt noch die lebende Muschel. Überhaupt nicht schön, völlig uninteressant. Doch Onkel Gerald fuchtelte damit vor meinen Augen herum, damit ich ihr auch ja meine Aufmerksamkeit schenkte. »Dieser bescheidene kleine Bursche könnte dir vielleicht eines Tages das Leben retten, Tryg.«

Ich schaute wieder die Muschel an, dann Onkel Gerald.

»In deiner Miene entdecke ich Ungläubigkeit, Knabe«, sagte er. Aus seiner Tasche nahm er ein stumpfes Seemannsmesser und drückte die Muschelhälften auseinander. Das war ausgesprochen anstrengend, sogar für ihn, aber er öffnete sie einwandfrei. Dann holte er mit seiner Klinge den weichen, grauen Klumpen Fleisch heraus und stopfte es sich in den Mund. Mir schnürte es automatisch die Kehle zu, und ich mußte wegsehen.

»Phantastisch«, sagte Onkel Gerald. »Verdammt phantastisch.«

Er grub mit seinem stumpfen Messer im Sand nach und fand noch eine Venusmuschel, etwas kleiner als die erste. »Dann mal los, Tryg«, sagte er. »Mal sehen, was für ein Seemann du bist.«

Entsetzt sah ich zu, wie er die Muschel aufbrach und das Fleisch herauswühlte. Er reichte es mir auf seiner Messerklinge, die Venusmuschel mit seinem großen Daumen festhaltend.

»Nein danke«, sagte ich und schüttelte den Kopf.

Er sah mich aus den Augenwinkeln kurz an, die Augen vor fröhlicher Herausforderung zusammengekniffen. »Na komm, sei ein Mann, Tryg. Nimm sie.«

Meine Kiefer waren so fest aufeinandergepreßt, daß sie schmerzten. Ich schüttelte den Kopf.

»Schau mal, Tryg. Es ist leicht. Du mußt sie nicht kauen. Du könntest sie übrigens gar nicht kauen. Sie schwimmt einfach deinen Hals runter – ist überhaupt nichts dabei. Du wächst zwei Zentimeter davon, so nahrhaft ist sie.«

Sanft nahm er meine Kinnlade in die Hand. Mein Mund öffnete sich. Er ließ die Muschel von dem Messer auf meine Zunge gleiten. Sie war nicht so groß, wie ich gedacht hatte. Dennoch ließ der Reflex, der mir die Kehle zuschnürte, nicht zu, daß sie meine Speiseröhre hinunterschwamm. Ich behielt sie eine Weile im Mund, meine Augen tränten, sandiger Speichel sabberte aus meinen Lippen.

»Ist schon in Ordnung, Jungchen. Locker bleiben. Immer mit der Ruhe. Betrachte dich als Schiffbrüchigen, seit einer Woche nichts gegessen. Zwischen dir und dem Hungertod steht nichts als diese einfache kleine Muschel. Mehr hast du nicht, Tryg. Du brauchst sie so dringend wie die Luft zum Atmen.«

Ich sah mich an einem Strand verhungern, meine zerstörte Dauntless halb in der Brandung versunken. Ein nach mir suchendes Rettungsflugzeug überflog mich, doch ich hatte meinen Signalspiegel verloren. Ich verhungerte langsam.

Die Venusmuschel rutschte runter. Ich schüttelte mich, schluckte schwer, schluckte erneut, damit mein Mageninhalt nicht hochkam. Onkel Gerald klopfte mir auf den Rücken. »Guter Mann!« sagte er. »Na, war doch gar nicht so schlimm, oder?

Vergiß bloß nicht, wer dir beigebracht hat, wie man mit nichts am Strand überlebt, Tryg. Wer weiß, vielleicht gerätst du eines Tages in üble Schwierigkeiten.«

Elend, aber eher stolz als elend, ging ich zu der Stelle am Strand zurück, wo unsere Decken lagen.

Malcolm, Betty, William und ich fuhren gemeinsam mit dem Pacific Electric nach Santa Monica. Direkt über uns war der Himmel blau, aber Nebel verkürzte den Horizont. Es war Ende Juni und ein kühler, windiger Tag. William und Betty gingen trotzdem schwimmen, während Malcolm und ich auf dem Vergnügungspier blieben. Das meiste Geld gaben wir für die Flugzeuge aus. Seite an Seite flogen wir in einem roten Doppeldecker über den Sturzwellen.

»Nimm dies, Kraut«, rief Malcolm und spähte durch das Visier seines imaginären Maschinengewehrs. Er machte das Knattern des Maschinengewehrs nach, dann die pfeifende Explosion des vor uns detonierenden Stuka.

Malcolm führte seinen Krieg über Frankreich, ich meinen im Pazifik. Meine P-38 donnerte über den Wellen, als ich nach meinem abgeschossenen Geschwaderkameraden Wally Malone suchte. Von hinten stieß eine Mitsubishi auf mich nieder. Ich schaute auf das Flugzeug hinter mir, ein blauer Eindecker, in dem zwei junge Mädchen aus der High-School saßen. »Scheiße!« schrie ich sie an. »Wo zum Teufel kommst *du* denn her, Tokyo Joe?«

Die Schülerinnen zeigten mir den Mittelfinger. In ihren Armen starb ich einen süßen Tod.

Der Nebel wurde dichter. Malcolm und ich gingen runter zum Strand, um William und Betty zu suchen. Nur wenige Schwimmer trotzten der schweren Brandung. Wir sahen keinen der beiden. Malcolm ging unter den Pier, auf die Kaimauer zu. Ich folgte ihm.

»Ich hab sechs Zeros abgeknallt«, sagte ich, nur um ein Gespräch in Gang zu bringen.

»Stukas«, erwiderte Malcolm. »Ich hab zwanzig erwischt.«

»Zwanzig! Also wirklich, zwanzig! Sei doch realistisch.« Ich hatte eins von Mitchells Lieblingswörtern gebraucht. Er stellte gern seinen Wortschatz zur Schau, und ich hielt ihn deswegen immer für einen Angeber, aber ich tat genau das gleiche. Ein anderes Lieblingswort von ihm war »absurd«, noch eines »im Prinzip«. Und so baute ich beide in einen einzigen Satz ein: »Malc, das ist im Prinzip absurd.«

Malcolm musterte mich mißtrauisch. »Was? Du lieber Himmel, Monk, red Englisch.«

»Du kriegst keine zwanzig. Überhaupt niemand kriegt zwanzig.«

»Ich sagte zwanzig, und das meine ich auch, und wennschon! Ich hasse die Deutschen, Monk. Das nächste Mal erwische ich vierzig.«

»Aber du mußt auch exemplarisch sein«, sagte ich, womit ich ein weiteres von Mitchells Lieblingsworten unterbrachte.

»Hä? Arisch? Hast du gesagt, ich muß *arisch* sein?«

»Nein, *exemplarisch*«, sagte ich. Ich wußte nicht genau, was es hieß. »Es heißt genau«, behauptete ich.

Malcolm packte mich an der Schulter. »Nenn mich nie wieder arisch, Monk. Ich kann die Deutschen nicht ausstehen, diese Wichser.«

»Liegt das daran, daß du Jude bist?« fragte ich. Ich wußte von Hitlers Hetzreden gegen die Juden und andere Rassen.

Malcolm sah mich lange und sorgfältig an. »Du bist ein Genie, Monk«, sagte er. »Hitler und die Nazis wollen die Juden umbringen. Ich würde *ihn* gern umbringen. Vielleicht tu ich es eines Tages.«

»Davon mal abgesehen«, sagte ich. »Zwanzig Stukas abzuknallen, ist im Prinzip...«

Malcolm furzte.

»Vom Winde verweht«, sagte ich.

Eine Zeitlang gingen wir schweigend weiter, traten gegen Seetangklumpen, hoben hier und da ein schönes Muschel- oder Schneckengehäuse auf. Vor uns hatte jemand ein »Kilroy war hier«-Männchen auf die Kaimauer gemalt. Man sah sie überall, auf die Mauern von Gebäuden gekritzelt, auf Zäunen, auf Bürgersteigen, auf den staubigen Fensterscheiben abgestellter Autos. Die gezeichnete Gestalt Kilroys faszinierte mich. Er sah immer gleich aus, ganz egal, wer ihn malte – ein im Grunde gesichtsloses Wesen, das sich hinter einem Zaun befand und von dort auf die Welt hinausspähte, wobei man nur seine Augen und manchmal die Hände sah. Und zwar so:

Wer war Kilroy? Warum war er hier gewesen? »Hier« bedeutete natürlich überall, denn dort sah man Kilroy – überall. Ich dachte darüber nach, als wir auf das finstere Ende der unteren Seite des Piers von Santa Monica zuschlenderten. Kilroy war hier. *War*. So lautete das exemplarische Wort – *war*. Kilroy *war* hier hieß, daß er *nicht mehr* hier war. Jetzt war er woanders. Und doch schaute er einen von Gebäudemauern, von abgestellten Autos und von der Kaimauer in Santa Monica an.

Kilroy war hier. Doch jetzt war er weg. Wie die Milliarden und Abermilliarden Toten. Gesichtslos, identitätslos, überall. Wie das Gespenst der kollektiven Menschheit persönlich.

Oder wie ein Vampir.

Es ergab Sinn. Wie der Vampir in den Bela-Lugosi-Filmen war Kilroy das Ding, das überlebte, nachdem sein Opfer ausgeblutet war. Das untote Ding, das in alle Ewigkeit weiter- und immer weitermachte.

»Kilroy der Vampir war hier«, sagte ich.

»Verrückter Monk«, sagte Malcolm.

»Nein, wirklich«, sagte ich. »Sieh mal, wenn ...«

»Monk, ich muß mal pissen. Laß mich wenigstens pissen, ohne daß du von Vampiren und so'm Kram schwätzt, okay?«

Ich ging auch pissen. Seite an Seite stellten wir gelbe Bänder in den dunklen Sand. »Du bist anders«, sagte ich.

»*Du* bist anders«, sagte er.

»Ich meine deinen Pimmel«, sagte ich.

Seite an Seite verglichen wir unsere parallelen Pimmel.

»Dein Pimmel sieht eigenartig aus«, sagte ich.

»Dein Pimmel ist der eigenartige, Monk«, sagte er.

»Du hast nichts dran«, sagte ich.

»Du meinst die Vorhaut«, sagte er. »Nein, ich bin beschnitten. Diesen blöden Hautfetzen vorne an deinem nennt man Vorhaut.«

»Beschnitten? Heißt das, sie schneiden die Vorhaut *ab*?«

»Sie tun das, wenn man noch ein Baby ist. So bringt es einen nicht um. Es ist 'ne jüdische Sitte.«

Wir standen da und betrachteten unsere unterschiedlichen Pimmel. Das bedeutete es also, Jude zu sein. Hitler wollte die Juden umbringen, weil ihre Pimmel anders aussahen.

»Was treibt ihr beiden Schwuchteln da?« sagte William.

Er und Betty waren uns gefolgt. Ich stopfte meinen Pimmel wieder in die Hose und knöpfte sie zu. Malcolm tat das gleiche. Wir wandten William und Betty immer noch unsere Rücken zu.

»Ich hab dir doch gesagt, dein Cousin ist unheimlich«, sagte Betty.

»Er ist nicht mein Cousin«, sagte William. »Soviel ich weiß, ist er Draculas Cousin.«

»Das ist im Prinzip absurd, William«, sagte ich so würdevoll, wie es mir möglich war. Ich ging von ihnen weg, auf meinen Fußballen gleitend, anmutig, flüssig und elegant.

Wir vier gingen den Ocean Park Boulevard hoch zum Douglas-Werk. Etliche Straßenzüge bevor wir die Fabrik erreichten, fanden wir uns plötzlich unter einem riesigen Netz wieder. Es war ein über die Straße gespanntes Tarnnetz, das seinen höchsten Punkt über dem Douglas-Hauptwerk erreichte, am anderen Ende davon abfiel und mit Pappdekorationen behängt war, die, von der Besatzung eines Bombers aus großer Höhe betrachtet, wie gewöhnliches Farmland aussahen. Als wir von der Straße nach oben schauten, sahen wir Häuser, Scheunen, Milchkuhherden, Bäume und die unterschiedlichen Farben einer ländlichen Gegend. Es schien, als wäre man hundert Meter tief in der Erde vergraben, hätte aber wie Superman den Röntgenblick, so daß wir bis an die Oberfläche sehen konnten.

»Die Japsen werden nicht drauf reinfallen«, sagte William und spuckte aus.

»Warum nicht?« fragte ich. Ich hielt es für eine großartige Idee – das gesamte Industriegebiet für Späher aus der Luft verborgen, indem man es wie eine ländliche Gegend aussehen ließ.

»Zunächst einmal mußt du sehen, wo wir sind. In Kalifornien. Was sie an diesem Netz befestigt haben, sieht aus wie der Mittlere Westen. Schau mal, da oben hängt nicht mal eine Palme. Ich glaube, die Japsen würden einen Blick darauf werfen und sich krumm und schief lachen. Der Trottel, der das entworfen hat, kommt bestimmt aus Iowa.«

Ich war beleidigt. »Ja, aber *das* wissen die Japsen doch nicht«, sagte ich.

»Glaubst du, die sind *dämlich*, Monk?« sagte William. »Glaubst du, Leute, die fast den gesamten Pazifik erobern können, sind dämlich?«

Ich war nie auf den Gedanken gekommen, die Japaner als intelligente Wesen zu betrachten. Es waren bloß mörderische *Japsen*, denen ihr eigenes Leben nicht lieb war. Aber wenn sie *intelligent* waren, machte sie das noch furchterregender als zuvor. Was, wenn sie so schlau wie Amerikaner waren? Was, wenn William recht hatte und die Japsenpiloten, die Los Angeles erreichten, die Tarnnetze über Douglas und unseren anderen Verteidigungsfabriken nur belachten? Zum erstenmal stellte ich mir vor, wir könnten den Krieg womöglich *nicht* gewinnen.

»Mach dir deswegen keine Sorgen, Monk«, sagte Malcolm. »Sie haben keine Langstreckenbomber wie die B-17 oder die B-24.«

William spuckte Malcolm kunstfertig zwischen die Füße. »Woher weißt du das, Malc?« fragte er.

»Weil ich ein Flugzeugmelder bin. Ich habe ein Schaubild, auf dem sämtliche japanische Flugzeuge abgebildet sind. Ihre besten Bomber fliegen nur etwa viertausend Kilometer weit.«

»Wenn sie von Flugzeugträgern starten, könnte das reichen«, sagte William.

»Die Betty kann nicht von Flugzeugträgern starten«, sagte Malcolm.

Betty, die während unseres Spaziergangs nicht viel gesagt hatte, wurde munter, als ihr Name fiel. »Sie haben einen Bomber nach mir genannt?« fragte sie und klimperte mit den Wimpern. »Wirklich, ich fühle mich ge*schmei*chelt.«

Malcolm kratzte sich am Kopf. »Tja, falls sie Träger verwendeten, würden sie uns wahrscheinlich mit der Judy angreifen. Die hat eine Reichweite von etwa zweitausend Kilometern.«

»Das könnte passieren«, sagte William.

»Nein, das könnte es nicht!« rief ich zu meiner eigenen Überraschung. »Es könnte nicht passieren!« Ich lief die Straße hoch vor ihnen weg, in meiner chaotischen Phantasie verfolgt von Sylvester Snell in einer japanischen Uniform, ein Gewehr mit langem Bajonett in den Händen.

»Du gehörst mir«, sagte er.

Jetzt, wo Onkel Gerald zu Hause war, wirkte die kleine Wohnung doppelt so klein. Onkel Gerald und Tante Ginger bewohnten das vordere Zimmer, wo sie auf dem Klappbett schliefen. Tante Ginger schlief dort, wenn Onkel Gerald zur See fuhr, aber sie nahm es nicht »in Beschlag«. Jeden Morgen, bevor ein anderer aufstand, hatte Tante Ginger schon das Bett gemacht und zurück in die Wand geklappt. Meist traf ich sie in der Küche an, wo sie vor ihrer Tasse Kaffee saß, Tischradio lauschte. Doch mit Onkel Gerald im Haus war das vordere Zimmer immer übersät von zerknüllten Klamotten, Zeitungen und Aschenbechern voller Kippen und leerer Päckchen. Onkel Gerald schlief gern aus, wenn er Landurlaub hatte, und so durfte das vordere Zimmer in der Regel bis etwa zehn Uhr nicht betreten werden. Da wir durch dieses Zimmer gehen mußten, um in die Küche zu gelangen, waren William und ich mehr oder weniger auf unser kleines

Schlafzimmer beschränkt. Mir gefiel unser Zimmer, aber das Eingesperrtsein war mir zuwider.

Unser Schlafzimmer lag zwischen dem vorderen Zimmer und dem Schlafzimmer von Mitchell und Mutter. Nachts hörte ich streitende Stimmen durch die Wände. Durch eine Wand schleppten sich Mitchells und Mutters Stimmen durch die Nacht. Ich verstand das meiste von dem, was geredet wurde. Mitchell wollte, daß Tante Ginger sich eine eigene Wohnung suchte, wo Onkel Gerald unterkommen konnte, wenn sein Schiff im Hafen lag. Mitchell hielt nicht sehr viel von Onkel Gerald und wollte ihn los sein, aber Mutter fühlte sich verpflichtet, für ihre jüngere Schwester zu sorgen. »Sie kommt nicht gut zurecht«, sagte Mutter. »Vielleicht läßt sie sich vollaufen.« Und Mitchell erwiderte: »Familiäre Verpflichtungen haben ihre Grenzen, meine Liebe. Sei realistisch. Willst du sie ihr Leben lang unter deine Fittiche nehmen?« »Wenn es sein muß«, antwortete Mutter. »Das ist absurd«, sagte Mitchell. »Absolut absurd.«

Durch die andere Wand hörte ich vor allem Onkel Geralds tiefe Stimme. Eigentlich stritt sich Tante Ginger nicht mit ihm, sie lieferte nur so etwas wie schwache, unverständliche Entgegnungen auf seine ständigen Tiraden. Ab und zu begann sie zu schluchzen, was aber Onkel Geralds verbale Attacken nur noch heftiger werden ließ.

Von den nächtlichen Streitereien, der überfüllten Wohnung, in der zu viele Leute dieselbe Luft atmeten, sowie der Hitzewelle, die sich auf Los Angeles gelegt hatte, bekam ich Platzangst. Um ihr zu entkommen, hörte ich mein Kurzwellenradio, doch das Gewirr ausländischer Stimmen und Morsezeichen fügte sich auch in meine Platzangst ein. Ich wäre gern in die Küche gegangen und hätte mich an den Tisch gesetzt. Ich hätte mir gern ein Glas kalte Milch eingegossen und Zeitschriften durchgeblättert, aber dann hätte ich mich in Onkel Geralds beißende Angriffe auf Tante Ginger einmischen müssen, und dazu fehlte mir der Mut.

Also lag ich schwitzend im Bett neben William, der Kettenraucher geworden war. Mitten in der Nacht zündete er sich eine an und rauchte drei oder vier Zigaretten, ehe er wieder einschlief.

Das machte mir Sorgen. Was, wenn er eine Zigarette auf die Bettdecke fallen ließ und ein verheerendes Feuer ausbrach? Die Sorge verstärkte mein Gefühl des Eingesperrtseins.

In der letzten Nacht von Onkel Geralds Landurlaub waren es bestimmt um die fünfunddreißig Grad. Kein Lüftchen bewegte die Vorhänge in dem weit geöffneten Fenster. Sie hingen schlaff in der ungewöhnlich feuchten Luft. Ich schlief immer nur ein paar Minuten am Stück, und wenn ich mal schlief, hatte ich Träume, die eher Erinnerungen als Träumen glichen. Einmal stand ich unter dem das Douglas-Werk bedeckende Tarnnetz und beobachtete, wie Japsenbomber der »Judy«-Klasse eine Bombe nach der anderen abwarfen. Die Bomben wurden von dem Netz aufgefangen und – wie Hochseilartisten im Zirkus – wieder in den Himmel zurückgeschleudert. Das große Netz zitterte vom Auftreffen der ununterbrochen abprallenden Bomben. Als eine über meinem Kopf liegenblieb, hörte ich sie klimpern. Aus ihr drang Klaviermusik.

Ich wachte auf. William rauchte eine Zigarette und starrte an die Zimmerdecke. Im trüben Licht einer weit entfernten Straßenlaterne sah er staubgrau aus. Ich trat die Decken von meiner Seite des Bettes und stützte mich auf einen Ellbogen. »Hör dir das an«, sagte William. Ich hörte Mitchell beim Einatmen böse lachen, durch die Wand gedämpft, aber immer noch durchdringend genug, um mir auf die Nerven zu gehen.

»Er klingt wie ein Esel«, sagte ich.

»Den doch nicht«, sagte William. »Die Musik. Sie ist es. Sie spielt.«

»Wer?« fragte ich. »Wer spielt?« Mitchell hörte auf zu lachen, und da hörte ich Bettys Klavier. Sie spielte klassische Musik, Chopin oder Debussy ... die beiden Komponisten, von denen sie am meisten sprach.

»Sie ist verdammt gut«, stellte William fest.

»Vielleicht spielt sie eines Tages in der Hollywood Bowl«, sagte ich.

»Schon möglich«, sagte William.

»Ich weiß gar nicht, was daran so komisch ist«, hörte ich Mutter sagen.

»Sie ist irre«, antwortete Mitchell. »Das ist so komisch. Sie ist irre, und du erwartest von mir, daß ich sie ernst nehme.«

»Sie ist nicht *irre*«, sagte Mutter. »Sie ist anders. Wir müssen sie verstehen.«

»Oben in Napa verstehen sie sie viel besser«, sagte Mitchell.

»Wo ist Napa?« fragte ich.

»Weiter nördlich«, sagte William. »Nördlich von Frisco. Da oben gibt's ein Irrenhaus. Wahrscheinlich schicken sie dich da eines Tages hin, Monk.« Er zog an seiner Zigarette, so daß sie knisterte.

»Den Teufel werden sie tun«, sagte ich.

William lachte. »So schlimm wird's schon nicht werden, Monk. Es wird dir gefallen. Da kannst du über Vampire und Scheiß reden und was nicht alles, und keinen wird es stören.«

»Ich verstehe nicht, warum du so vehement gegen sie bist«, sagte Mutter.

»Ich bin gegen niemanden vehement eingestellt«, sagte Mitchell. »Ich möchte bloß, daß du realistisch bist. Ginger muß sich aufrappeln und wieder in Ordnung kommen. Ich möchte, daß du sie zu einem Psychiater bringst, sobald Gerald weg ist.«

»Sie ist nicht verrückt!« rief Mutter.

»Herrgott noch mal«, sagte William und zündete sich noch eine Zigarette an. »Ich hau ab.«

»Das hast du schon vor langer Zeit gesagt«, erinnerte ich ihn.

»Wenn ich's gesagt habe, dann war es mir ernst«, sagte er.

Die Klaviermusik erreichte einen Höhepunkt und füllte das Zimmer wie ein kräftiger Luftzug. »Ich verschwinde, wenn die Zeit reif ist, Monk, und nicht eher«, sagte er.

»Ich habe nicht behauptet, sie sei verrückt«, sagte Mitchell.

»Du hast gesagt, sie sei irre«, entgegnete Mutter. »Was hast du denn gemeint, wenn du nicht gemeint hast, sie sei verrückt?«

»Sie ist *noch nicht* verrückt, das hab ich gemeint«, sagte Mitchell. »Aber wenn sie sich weiterhin so verhält wie bisher, dann liegt, realistisch gesprochen, auf der Hand, daß sie auf dem besten Weg dorthin ist.«

»Ich glaube, dir ist es völlig egal, auf welchem Weg sie ist«, sagte Mutter. »Ich glaube, du machst dir Sorgen wegen deinem falschen Filmfreund.«

Mitchell lachte. »Falsch? Ich werde Franchot Tone vorgestellt. Was soll daran falsch sein?«

»Das glaube ich erst, wenn ich es sehe«, sagte Mutter.

»Du wirst es sehen. Und ich will nicht, daß Ginger hier herumlungert, wenn Jack Mr. Tone mitbringt.«

»Das ist es also!« sagte Mutter. »Ich hätte es wissen sollen. Du fürchtest, Ginger könnte dich vor dem großen Franchot Tone blamieren!«

»Ich muß an meine Karriere denken«, sagte Mitchell. »Es geht auch um *deine* Zukunft, verstehst du.«

»Herrgott noch mal!« sagten Mutter und William wie aus einem Mund.

William stieg aus dem Bett und aus dem Fenster. Ich folgte ihm. Wir gingen in Schlafanzügen zu dem unbebauten Grundstück.

»Ich glaube, *wir* wohnen in einem Irrenhaus, Monk«, sagte William.

Wir gingen in die Festung, wo William die nächste Zigarette anzündete.

Um Flugmelder zu werden, mußte man die obere Ecke einer Packung Frühstücksflocken sowie einen Dollarschein irgendwohin nach Ohio schicken und erhielt im Gegenzug ein Schaubild, auf dem seitlich und von unten die Umrisse japanischer wie deutscher Flugzeuge abgebildet waren. Außerdem bekam man ein Fernglas. Laut der schriftlichen Anweisungen, die dem Flugmelderpäckchen beilagen, hatte man die Aufgabe, den Himmel täglich und so lange wie möglich zu beobachten. Wenn man den Umriß eines feindlichen Flugzeugs ausmachte, sollte man seine Beobachtung – unter Angabe der Flugrichtung des Eindringlings sowie seiner geschätzten Geschwindigkeit und Höhe – umgehend der nächsten Militärbehörde melden. Ich schickte meine Schachtelecke und den Dollar ein und erhielt zwei Wochen später meine Ausrüstung. In dem Sommer lagen Malcolm und ich tagelang auf dem Flachdach unseres Wohnhauses und suchten mit unseren Blechferngläsern den Himmel über Los Angeles ab. Wir hielten Ausschau nach Bettys, Judys, Tonys, Helens,

Irvings und Nicks, hergestellt von Mitsubishi, Kawasaki, Nakajima und Yokosuka. Ihre amerikanischen Namen hatten diese Kampfflugzeuge vom Militär erhalten, das sie rasch und eingängig identifizieren mußte. Mehrere Male glaubte ich, Zeros entdeckt zu haben. Jedesmal, wenn ich glaubte, eine Zero habe meinen Gesichtskreis durchflogen, hüpfte mir das Herz im Leibe. Doch es waren nur amerikanische AT-6, ein von Heer wie Marine benutztes Übungsflugzeug. Zero und AT-6 hatten ähnliche Umrisse. Man vermutete, daß die Firma Mitsubishi beim Entwurf der Zero die AT-6 kopiert hatte. Die Zero war natürlich ein auf hohe Geschwindigkeiten ausgelegter Kurzstreckenabfangjäger, und es bestand kaum eine Chance, daß dieses Flugzeug Los Angeles angreifen würde, wie es Pearl Harbor angegriffen hatte. Aber sicher konnte man nie sein.

In jenem Sommer wimmelte es von Flugzeugen am Himmel über Los Angeles. Es brummte und heulte ohne Unterlaß. Testpiloten aller großen Flugzeugwerke erprobten ihre Flugzeuge direkt über unseren Köpfen. P-38 drehten sich durch die Stratosphäre und vollführten Sturzflüge. In niedriger Flughöhe ächzende Douglas-Dauntless-Bomber ließen imaginäre Bomben durch die heißen Straßen hüpfen. Riesige Formationen von B-25 Mitchells ließen die Gebäude erzittern. Schlanke P-51 Mustangs übten den Luftkampf in so großen Höhen, daß man sie nur durch das Fernglas sehen konnte. Die hochfliegenden B-24 hinterließen Kondensstreifen, wenn sie von Westen nach Osten Richtung England unterwegs waren.

Ich bezog an einem Ende des Daches Position, Malcolm an dem anderen. Wir verständigten uns mittels batteriebetriebener Telegrafen. Wir übten beide das Morsealphabet und konnten unsere Namen sowie die meisten Flugzeugtypen verständlich morsen. Die Geräte waren mittels Drähten untereinander verbunden, und wenn von einem Gerät eine Nachricht abgeschickt wurde, ertönte am anderen ein Summer. Falls die Gefahr bestand, daß feindliche Agenten den Summer mithörten, konnte er abgestellt werden, dann wurde eine kleine Glühbirne von den Punkten und Strichen des Morsealphabets erleuchtet.

Manchmal übermannte uns die Langeweile. Dann ließ ich den

Himmel Himmel sein und betrachtete mit meinem Fernglas die Straße unter mir. Einmal sah ich William und Betty vom Adams Boulevard kommend den Ridgely Drive hinaufgehen. Sie hielten Händchen. Ich rief Malcolm rüber, und wir beide beobachteten sie. Sie kamen gerade aus einer Matinee im Variety, wo sie *Casablanca* gesehen hatten. William rauchte eine Zigarette. Sogar aus zwei Blocks Entfernung fiel mir auf, daß er inhalierte.

»Liebespärchen«, sagte Malcolm.

William und Betty machten an einem Laternenpfahl halt. Betty lehnte ihren Rücken dagegen, und William zündete ihr eine Zigarette an. Beide inhalierten.

»Ich kann ihre Lippen lesen«, sagte Malcolm.

Ich stellte mein Fernglas scharf ein, bemerkte aber keine Lippenbewegungen.

»William hat gerade gesagt: ›Betty, du hast ein Paar gewaltige Scheinwerfer.‹«

Ich sah Malcolm an. »Blödsinn«, sagte ich.

»›Wie wär's, wenn du mich deine Scheinwerfer mal angucken läßt, Betty‹, hat William eben gesagt.«

»Es wird immer schlimmer mit dir«, sagte ich.

»Sie küssen sich«, sagte Malcolm.

»Nun komm wieder auf den Teppich«, schlug ich vor, doch als ich mein Fernglas erneut auf die beiden richtete, sah ich, daß es stimmte. Im Freien, am hellichten Tag, ihre Zigaretten vorsichtig zur Seite haltend, damit sie sich nicht versehentlich ansengten, küßten sie sich. Es war ein langer, inniger Kuß.

»Heiliger Strohsack«, sagte ich.

»Sie halten sich für Humphrey Bogart und Ingrid Bergman«, sagte Malcolm.

Durch das Fernglas sah ich, daß William wie Bogart die Augen zusammenkniff, ein ironisches, bogartsches Lächeln im Gesicht.

»Ich setze einen Vierteldollar, daß er ihre Pflaume kriegt«, sagte Malcolm.

Ich wußte in etwa, was er meinte. »Nie im Leben«, entgegnete ich. »Sie sind zu jung.«

Malcolm senkte sein Fernglas und sah mich an. Er musterte

mich mit unbewegter Miene, dann blinzelte er. »Monk, du bist zum Schießen. So was wie dich gibt's nur einmal, Monk.«

Wir beide lachten wie ruinierte Männer von Welt.

Ich hielt mir zugute, daß ich einen Witz gemacht hatte, auch wenn ich ihn nicht verstand.

Die Bruckners hatten keine Verdunkelungsvorhänge, wenn also Verdunkelung angeordnet wurde, mußten sie bei sich das Licht ausmachen. Wir vier – Malcolm, Betty, William und ich – spielten am Küchentisch Pachisi, als die Sirenen losheulten. Malcolm stand auf und schaltete die gesamte Beleuchtung aus. Überall in Los Angeles heulten die Sirenen. Es war aufregend, als würde das Ende der Welt angekündigt.

Die Wohnung der Bruckners lag im zweiten Stock, dem obersten Stockwerk des Gebäudes, und aus dem Küchenfenster sah man die langen Arme der Suchscheinwerfer den Himmel abtasten. Dann und wann leuchtete eine Wolke, wenn sie von einem Lichtstrahl erfaßt wurde. Es war besser als das Feuerwerk am vierten Juli, da die Möglichkeit tödlicher Gefahr die Spannung erhöhte. Ein Jahr zuvor hatten die Suchscheinwerfer etwas erfaßt, was sie für ein japanisches Flugzeug hielten. Fliegerabwehrgeschütze erleuchteten den Himmel mit Flakfeuer und Leuchtspurgeschossen. Viele Geschosse explodierten erst, als sie wieder runterkamen, wobei sie mehrere Bürger töteten und Brände auslösten. Ich hoffte, daß sich so etwas wiederholen würde. Ich wollte einen Luftangriff überleben, ich wollte ein Flugzeug sehen, das in den sich überkreuzenden Strahlen von einem Dutzend Suchscheinwerfern gefangen war, während es die Flakgeschütze mit Leuchtspurgeschossen vollpumpten.

William zündete eine Zigarette an und reichte sie Betty. Dann zündete er eine für sich an.

»Diese Streichhölzer sieht man meilenweit«, sagte ich.

»Dann sind wir geliefert«, sagte William. »Die Japsen haben jetzt unsere Adresse. Hoffentlich ist es kurz und schmerzlos, zwischen die Augen.«

»Ich meine es ernst«, sagte ich.

»Wann nicht, Monk?« sagte Malcolm.

Ich ging in das vordere Zimmer, wo ich den Zenith der Bruckners ein- und auf Kurzwelle umschaltete.

»Vorsicht, Monk«, sagte William. »Die Japsen können diese Radioskalenbeleuchtung noch hundertfünfzig Kilometer weit draußen im Meer sehen. Was hast du vor, willst du ihnen die Position von Los Angeles verraten? Bist du so was wie'n Spion, Monk?«

»Halt den Mund«, sagte ich und versuchte, Australien zu kriegen.

»Du könntest als Verräter gehängt werden, Monk«, fuhr William fort. »Ich persönlich halte dich nicht für einen Verräter, aber woher soll man wissen, daß das FBI das nicht anders sieht?«

»Vielleicht sollten wir ihn zu seinem eigenen Schutz in den Schrank sperren«, schlug Betty vor. »So kann er den Japsen nicht die geheimen Informationen verraten, wo sich Los Angeles befindet.«

Bei der Vorstellung, von Betty Bruckner in einen Schrank gesperrt zu werden, lief mir ein verbotener Schauer den Rücken hinunter. Kaum hatte sie das gesagt, wußte ich, daß ich noch tagelang ausgeklügelte Wachträume um diese Idee spinnen würde. Noch nackt und glänzend von ihrer Dusche, würde sie mich an der Hand zu ihrem Schrank ziehen. Besagter verbotener erregender Schauer schwächte meinen Widerstand. Im Schrank schob sie mich dann zu Boden, mitten auf ihre Schuhe. Ich roch fast das Leder der Schuhe, deren intimen Fußgeruch und die drückende abgestandene Luft des Schrankes. »Du bleibst hier«, würde sie sagen, »bis die Gestapo wieder weg ist. Sie werden nicht auf den Gedanken kommen, dich hier drin zu suchen.« Und bevor sie mich allein in dem Schrank zwischen ihren wohlriechenden Schuhen liegen ließ, sagte sie noch: »Ich bin so stolz auf dich, weil du das für mein Volk getan hast. Du bist der tapferste Mensch, der mir je begegnet ist.« Daraufhin zuckte ich mit den Schultern. Ihre Brüste leuchteten, unversehens vom Strahl eines Suchscheinwerfers erfaßt.

William und Betty kamen in das vordere Zimmer und setzten sich auf das Sofa. Zwischen den einzelnen Sendern, in den toten Winkeln auf der Skala, hörte ich, wie Betty »Amm, amm«

machte, das feuchte Geräusch von sich zusammen- und auseinanderschiebenden Lippen und herein- und herausströmender feuchter Atemluft. Ich schaltete das Rundfunkgerät aus und ging zurück in die Küche.

»Monk, sieh mal«, sagte Malcolm. Er zeigte aus dem Fenster auf ein helles Netz von Suchscheinwerferkegeln. In den Strahlen war ein winziges Flugzeug gefangen, wie eine Fliege in einem Spinnennetz. »Mann-o!« sagte er. »Jede Wette, daß sich dieser Typ in die Hosen pißt.«

»Vielleicht ist es ein Japs«, sagte ich.

»Egal, der pißt sich garantiert mächtig ein.«

Ich wartete gespannt auf die Flakgeschütze, doch sie schossen nicht. Garland Quince – Franchot Tones Agent, zumindest laut Jack Twilly – kam zum Abendessen. Er war ein kleinwüchsiger Mann mit schwarzen, eingesprayt aussehenden Haaren, der einen gewachsten, zahnstocherbreiten Schnurrbart trug. Unter seinem Arm steckte ein Zwergpudel. Die Oberlippe des Pudels war hochgezogen und legte so den Blick auf kleine feindselige Zähne frei.

»Mr. Tone kann gar nichts für Sie tun«, sagte Jack Twilly zu Mitchell. »Will sagen, er ist *Schauspieler*, gewiß ein großer Star, aber er hat keinerlei Interesse daran, eine Probeaufnahme für Sie zu arrangieren. Der richtige Mann für diese Aufgabe ist Garland hier. Er hat den besten Talentriecher in diesem Städtchen.«

Mitchell blickte zunächst skeptisch drein, doch als er Garland Quinces kleine Hand schüttelte, hellte sich seine Miene auf. »Ich bin ein großer Bewunderer von Mr. Tones Arbeit«, sagte Mitchell.

Garland Quince schenkte Mitchell einen gelangweilten, uninteressierten Blick. »Wann essen wir?« fragte er.

Jack Twilly lachte nervös. »Wie wär's erst einmal mit einem Drink, Mitch?« sagte er.

Garland Quince sah auf seine Armbanduhr. »Ich muß heute abend noch zu einem Termin mit Mr. de Mille«, sagte er. Sein Akzent hätte französisch, spanisch oder russisch sein können... ich konnte ihn nicht einordnen, dabei hörte ich seit Monaten auf meinem Kurzwellenradio Stimmen aus aller Herren Länder.

Mitchell mixte ein paar Highballs und brachte sie auf einem Tablett ins Wohnzimmer. Garland Quince nahm ein Glas und roch daran. »Ich muß Ihnen sagen, Meetch«, sagte er, »ich nehme keinen Neuling und Greenhorn ohne zuerst ein Honorar. Das Greenhorn hat noch keinem gar nichts bewiesen. Wenn ich einen Niemand nehme, dann ist das allein mein Risiko, Sie verstehen? Ich verlange das Honorar, in diesem Fall, von dem Niemand.«

»Honorar?« sagte Mitchell.

»Einhundert Dollar«, sagte Garland Quince und nippte an seinem Cocktail.

»Weil er das ganze Risiko trägt, Mitch«, warf Jack Twilly ein. »Er wird in Ihrem Interesse Telefonate führen, er wird Druck ausüben... und das alles *kostet*.«

Garland Quince setzte seinen Zwergpudel auf dem Sofa ab. »Platz, Hermione«, sagte er. Gehorsam rollte sich der Pudel zusammen, hob aber den Kopf, um den der Küche entströmenden Duft zu schnüffeln. Mutter hatte einen Schinken gebraten und machte nun den Salat an.

»Ein*hundert*«, sagte Mitchell und kratzte sich am Kopf. »Ich weiß nicht...«

»Sie sagten, seine Karriere sei ihm wichtig«, sagte Garland Quince zu Jack Twilly.

»Franchot Tone kriegt hunderttausend pro Film, Mitch«, sagte Jack Twilly. »Sie wollen bei mickrigen hundert passen, wo so viel auf dem Spiel steht? Vielleicht mißverstehen Sie da etwas, Mitch. Einen Agenten wie Garland zu *bekommen*, ist allein schon die halbe Miete. Hab ich recht oder nicht, Garland?«

Garland Quince antwortete nicht. Er zog eine elfenbeinerne Zigarettenspitze aus seiner Hemdtasche und schob eine Chesterfield hinein. Jack Twilly zündete sie ihm an.

Ich hatte den Tisch gedeckt, und nun brachte Mutter den großen Schinken in Aspik herein. An dem Abend waren wir zu sechst beim Essen. William hatte Betty zu einem Baseballspiel mitgenommen – die Hollywood Stars spielten auf dem Gilmore Field gegen die Sacramento Solons. Weder William noch Betty interessierten sich für Baseball der Pacific Coast League, sie brauchten nur eine Ausrede, um zusammenzusein.

»Es ist serviert«, sagte Mitchell.

»Und wer ist *das*... Sonja Heine?« sagte Garland Quince und verbeugte sich elegant vor Mutter.

Mutter nahm das Kompliment nicht zur Kenntnis.

»Meine Frau, Sonja Heine«, sagte Mitchell – und lachte. Das laute, den Rachen zerreißende Krächzen erfüllte die Luft.

»Als Sonja meine Klientin war«, sagte Garland Quince, »brachte sie mir bei, wie man Achten auf dem Eis läuft.«

»Sonja Heine war auch Ihre Klientin?« sagte Mitchell.

»Ja, ja«, sagte Garland Quince und lachte verbittert. »Ich habe sie zum Star gemacht, dann verließ sie mich... aber das ist eine sehr alte Geschichte, mein Freund. Falls Sie sich auf dieses Geschäft einlassen, werden Sie sie noch oft zu hören bekommen.«

Sich auf dieses Geschäft einzulassen, war genau das, was Mitchell wollte. Er strahlte übers ganze Gesicht, als er von diesen Insidern mit einbezogen wurde, die über Enttäuschungen und Verrat Bescheid wußten.

»Das Kleingedruckte muß man zweimal lesen«, sagte Mitchell, sich Garland Quinces abgeklärte Sicht des Filmgeschäfts zu eigen machend.

Ich sah, wie Jack Twilly und Garland Quince kurze ausdruckslose Blicke tauschten.

»Mein Gott!« rief Garland Quince. »Was für ein *Schinken*! Mrs. Selfage, wie haben Sie es nur geschafft, so einen herrlichen Schinken zu erstehen?«

Mitchell zwinkerte Jack Twilly zu.

»Er ist Milchmann, Garland«, sagte Jack Twilly. »Benzinmarken hat er auch.«

»Ah«, sagte Garland Quince und zog die Silbe in die Länge. »Sehr ausgezeichnet. Wirklich, sehr ausgezeichnet.«

Ich sah die beiden Filmmenschen erneut Blicke austauschen. Mitchell sah nur die Jupiterlampen seiner Zukunft.

»Trygve«, sagte Mutter, »sieh mal nach, ob Ginger noch kommt oder nicht.«

Tante Ginger saß an dem kleinen Pult in meinem Zimmer und las einen Roman. »Sag ihr, ich esse nichts«, sagte sie. »Sag ihr, ich nehme später ein Häppchen zu mir. Mir ist heute abend nicht nach einem Zusammensein mit diesen Männern.«

Sie war den ganzen Tag über in meinem Zimmer gewesen und hatte ihre Romane gelesen. Sie hatte kein Mittagessen zu sich genommen und zum Frühstück nur eine Scheibe Toast gegessen. Es war Sonntag, und sonntags aßen wir gewöhnlich ausgiebig.

»Ich glaube, du bist krank«, sagte ich.

»Sag ihr, daß ich krank bin, Trygve. Genau. Sag ihr, ich fühle mich nicht gut.« Sie schaute von ihrem Buch auf und lächelte mich an. Ihr Lächeln war traurig und engelhaft wie das Lächeln einer zum Tode Verurteilten, die dem Henker vergab.

»In Ordnung«, sagte ich und wandte mich zum Gehen.

»Warte«, sagte sie. »Ich möchte, daß du dir etwas anhörst.« Sie nahm ihren Roman in die Hand und schlug die letzte Seite auf. Es war *Die Brücke von San Luis Rey*, ein Buch, das sie mehrere Male gelesen hatte, seit wir alle zusammenwohnten. »›Es gibt ein Land der Lebenden und ein Land der Toten, und die Brücke zwischen ihnen ist die Liebe‹«, las sie, »›das einzig Bleibende, der einzige Sinn.‹«

Sie sah mich wieder an, und ich schaute weg, schüchtern vor Unwissenheit.

»Ich weiß, daß du es noch nicht verstehst«, sagte sie sanft, »aber ich möchte, daß du es nicht vergißt, weil du es eines Tages, ganz plötzlich, verstehen *wirst*. Und wenn dieser Augenblick kommt, wirst du es brauchen, Trygve. Du wirst es dringend brauchen, so wie ein Verdurstender Wasser braucht.«

»Ich sage Mutter, daß du krank bist«, nuschelte ich.

»›Das Leben ist zu furchtbar, um es zu ertragen‹«, zitierte sie erneut aus ihrem Roman. »›Wann werde ich sterben dürfen?‹«

»Ich sage ihr, du bist *ganz doll* krank«, sagte ich und entdeckte ein Ziel in meiner Rolle, einen Puffer zwischen meiner kranken Tante und der herzlosen Welt abzugeben. Das *taten* schließlich die Soldaten, Matrosen und Flieger, oder nicht? Um der hilflosen Zivilisten willen opferten sie sich den durch die Meere tobenden Grausamkeiten.

Doch als ich zum Essenstisch zurückkam, hatten schon alle mit Essen angefangen, ohne Rücksicht auf Tante Ginger. Ich setzte mich und nahm mir eine dicke Scheibe Schwarzmarktschinken, eine Portion Bratkartoffeln, runde Erbsen mit Perlzwiebeln vermischt und ein dick mit echter Butter bestrichenes Brötchen.

Der Himmel über dem Rheinland war lachsrosa. Das Dröhnen der vier Motoren meiner B-24 lullte mich ein, bis ich ein Gefühl friedlicher Bewunderung für die Schönheit dieses deutschen Morgens empfand. Zu spät brüllte Tyrone North, mein Kopilot: »Ausweichen, Charlie!« Plötzlich wimmelte es von schwarzen Nelken am Himmel. Wir flogen direkt hinein. Eine blühte in die Windschutzscheibe der B-24 und zerbrach sie. Ich spürte überhaupt nichts. Dann zerlief eine warme Flüssigkeit auf meinem Gesicht. »Es hat meine Augen verfehlt, Ty«, sagte ich.

Ich wachte in klatschnassen Kissen und Laken auf. Im Schlaf hatte meine Nase zu bluten begonnen. Ich stand auf, ging ins Bad und entdeckte, daß meine Schlafanzugjacke blutdurchtränkt war. Ich wusch mir das Gesicht mit kaltem Wasser und hielt das blutende Nasenloch zu, doch das Blut staute sich einfach und floß aus dem anderen Nasenloch. Als ich beide Seiten meiner Nase zuhielt, floß mir das Blut durch den Hals.

»Was ist mit dir passiert, Trygve?« fragte Mutter.

Sie stand in der Badezimmertür, die Arme vor den Brüsten verschränkt. Sie trug ihren Bademantel und hatte ein durchsichtiges Gel auf dem Gesicht.

»Ich weiß nicht«, sagte ich. »Ich bin aufgewacht und hatte Nasenbluten.«

Sie wusch mein Gesicht und versuchte, meine Nasenlöcher zuzuhalten, doch das Blut floß immer weiter. Dann ging sie in die Küche und kam mit einem Tablett voller Eiswürfel zurück. Die Eiswürfel packte sie in einen Waschlappen, den sie gegen mein Genick drückte. Ich beugte mich über die Spüle und sah zu, wie das Blut auf das Porzellan tropfte und zum Abfluß rann. Die Eispackung auf meinem Nacken schien das Tropfen zu verlangsamen, brachte es aber nicht zum Stillstand. Nach etwa einer halben Stunde bekam ich langsam Angst.

»Ich glaube, ich habe eine Menge Blut verloren«, sagte ich.

»Ja«, sagte meine Mutter, »das kann man wohl sagen.«

Ich fing an zu weinen. Ich unterdrückte die Schluchzer, damit es so klang, als schneuzte ich Blut aus meinem Hals. Mutter zerrte mich von der Spüle fort. Sie nahm auf dem Toilettensitz Platz, und ich mußte mich auf ihren Schoß setzen. Ich lehnte meinen Kopf an ihre Schulter. Sie summte ein altes norwegisches Wiegenlied. Ich verstand kein Norwegisch, mochte aber den Klang. Ich wurde locker und verträumt. Ich hielt den kalten Waschlappen an meine Nase, aber das war nur eine Geste. Das Blut schob sich nach unten, und bald waren wir beide davon bedeckt. Es tropfte zwischen Mutters nackte Füße und bespritzte sie. Auf den kleinen weißen Fliesen des Badezimmerbodens bildete es eine Pfütze.

Mitchell kam auf der Suche nach Mutter herein. »Was ist passiert?« fragte er und erbleichte.

»Nasenbluten liegt bei uns in der Familie«, sagte Mutter. »Meine Brüder hatten andauernd welches, als sie noch klein waren.«

»Gütiger Gott«, sagte Mitchell. »Das ist schlimmer als Nasenbluten. Er hat eine Hämorrhagie.«

Ich schluckte einen Mundvoll der rohschmeckenden, salzigen Flut. Ich versuchte, tapfer zu lächeln, wohlwissend, daß meine Zähne rot waren. Mitchell verdrehte die Augen und kippte um. Er fiel schwer, als wäre er erschossen worden. Sein Kopf schlug gegen die Wand – absichtlich, wie es schien –, und ich dachte, er sei verrückt geworden. Doch dann schlug er mit der natürlichen Geschwindigkeit eines toten Gewichts im freien Fall auf dem Boden auf. Dort lag er nun, reglos.

»Was ist mit Mitchell los?« fragte ich.

»Er ist ohnmächtig geworden. Er kann kein Blut sehen«, sagte Mutter.

»Willst du ihm nicht helfen?« fragte ich.

»Er wird schon wieder auf die Beine kommen, Trygve«, sagte sie und strich mir übers Haar. »Im Moment mache ich mir mehr Sorgen um dich.«

Mitchell stemmte sich stöhnend in eine sitzende Position. Als er seine blutdurchtränkte Familie auf dem Toilettensitz sah, wandte er den Kopf ab. »Du kannst es nicht stillen, oder?« sagte er, der Tür zugewandt.

»Nein, ich glaube nicht«, sagte Mutter.

»Ich hol das Auto«, sagte er. »Wir fahren ihn besser ins Krankenhaus.«

»Mir geht's bald wieder gut«, sagte ich.

»Dir geht es *nicht* gut«, sagte Mitchell.

In Wirklichkeit war mir schwindlig. Ab und an schwebte ein schwarzer Fleck von der Größe eines Zehncentstücks durch mein Gesichtsfeld. Als ich ihn das erste Mal sah, hielt ich ihn für eine Spinne und versuchte, ihn mit meiner Hand wegzuwischen.

Mitchell rappelte sich auf und verließ das Bad.

»Keine Sorge, Trygve«, sagte Mutter. »Im Krankenhaus können sie es stillen. Es ist nicht tödlich. Deine Onkel hatten so was andauernd, fast bis sie zwanzig waren.«

»Ich will nicht ins Krankenhaus«, sagte ich.

»Zum Glück zählt deine Stimme nicht«, sagte sie.

Das Krankenhaus bedeutete – wie das Kinderheim oder das Haus meiner Großeltern – erneute Trennung. Es gab keine Garantie, daß die Welt noch intakt sein würde, wenn ich wieder rauskam. Alles könnte sich drastisch ändern, wenn ich nicht da war, um aufzupassen.

»Mir wird's schon wieder gutgehen«, sagte ich und sah zu, wie ein Paar schwarzer Zehncentmünzen spielerisch zusammenstießen.

»Ja, allerdings«, sagte Mutter. »Dafür sind Krankenhäuser schließlich da.«

Mitchell weckte William. Der hatte mein Nasenbluten verschlafen und bemerkte erstaunt, daß er voller Blut war. Ich hörte, wie William beim Anziehen fluchte.

»Ich lasse den Wagen an«, sagte Mitchell, als er wieder ins Bad kam, den Kopf abgewandt. »William hilft dir, Tryg fertigzumachen.«

Während sie sich anzog, ließ Mutter mich auf dem Toilettensitz zurück, den Waschlappen gegen das Gesicht gepreßt. Sie zog ihre Arbeitskleidung an, da sie vermutlich die Absicht hatte, bei mir im Krankenhaus zu bleiben, bis sie zu ihrer Schicht mußte. William kam herein.

»Was ist mit dir los, Monk?« sagte er und zog einen Kamm erst durch das fließende Wasser und dann durch seine Haare. »Willst du das Haus rot streichen?«

Nach seinem Scherz fühlte ich mich besser. Ich schluckte noch einen salzigen Mundvoll und lächelte. »Klar«, sagte ich und kam mir wie ein Held vor. »Ich mag Rot.«

Mitchell deckte den Rücksitz des Cadillac mit einer Wolldecke ab, damit mein Blut keine Flecken auf die Bezüge machte. Ich saß zwischen Mutter und William, hielt mir die Nase zu und schluckte mein Blut, bis mir schlecht wurde. Um meinen leidenden Magen zu entlasten, ließ ich das Blut eine Zeitlang aus der Nase laufen und fing es in einem Handtuch auf.

Als wir das Los Angeles General Hospital erreichten, war es kurz vor dem Morgengrauen. Inzwischen war ich benommen vom Blutverlust. William trug mich die endlos lange Treppe zu dem riesigen, dunklen Gebäude hinauf. Ich war in einer träumerischen Verfassung. Plötzlich riß der Himmel über mir auf, die schwarzen Wolken teilten sich und trieben ab. In der Öffnung, die durch die sich teilenden Wolken entstanden war, breitete sich ein lachsrosa Licht aus... genau wie in meinem Kriegstraum.

»Ty«, murmelte ich. »Ich bin getroffen.«

»Was?« sagte William.

»Ich friere«, sagte ich.

»In einer Minute wird dir wieder warm«, sagte William. Sein Tonfall war verändert. Gewöhnlich redete er in einem scherzhaften Tonfall mit mir, manchmal auch ungeduldig oder spöttisch. Jetzt wirkte er unsicher... beinahe sanft.

Mutter hielt die Tür auf, während William mich in das Gebäude trug. Mitchell blieb in dem Auto, das in zweiter Reihe stand. Eine ältere Krankenschwester, der auffiel, daß ich den weiß gekachelten Fußboden des Wartezimmers mit Blut bespritzte, winkte uns den Flur entlang in ein kleines, hell erleuchtetes Untersuchungszimmer. »Der Doktor kommt«, sagte sie.

Als der Arzt eintraf, wurden Mutter und William gebeten zu gehen. Mutter küßte mich auf die Stirn, und William verpaßte mir einen leichten Klaps aufs Kinn. »Kopf hoch, Monk«, sagte er.

Ich versuchte, ihn anzulächeln, aber meine Lippen waren von geronnenem Blut verklebt. »Sieht aus, als hätte irgendwas dein Spundloch geöffnet, junger Mann«, sagte der Arzt.

Eine Schwester half mir auf einen hohen Untersuchungstisch, dann mußte ich mich auf den Rücken legen. Frisches Blut lief salzig meinen Hals hinunter, und meinem Magen wurde wieder schwummrig. Der Arzt zog ein helles Licht dicht über mein Gesicht und schaute mir mit einem Instrument in die Nase.

»Wir dichten es ab«, sagte er zu der Schwester.

Die Schwester ging zu einem Schränkchen und kam mit einem roten Gummischlauch zurück. Der Arzt nahm ihr den Schlauch ab und beugte sich zu mir runter. »Das wird jetzt ein wenig ungemütlich, aber wenn du mitmachst, bringen wir es in einer Minute hinter uns. Lieg einfach ganz still da, ja?« – er nahm ein Blatt Papier in die Hand und warf einen Blick darauf –, »ja, Trygve?«

Ich nickte. Er schob den Schlauch in mein rechtes Nasenloch. Als er hinten in meiner Nase ankam, tat es weh. Tränen stiegen mir in die Augen, und ich hätte am liebsten geniest. Er schob den Schlauch immer weiter hinein. Ich konnte es nicht fassen... offenbar wollte er ihn mir bis ins Gehirn drücken. Ich packte ihn am Handgelenk. »Onk, onk«, machte ich.

»Ganz ruhig, Trygve. Es dauert nur noch eine Sekunde«, sagte er.

Er griff in meinen Mund und zog das Schlauchende heraus. Eine Schnur im Inneren des Schlauches war an dem Päckchen befestigt – einem fingerdicken Zylinder aus Gaze. Der Arzt zog den Gummischlauch weiter aus meiner Nase durch meinen Mund und ließ das dicke Gazepäckchen zurück. Um das Päckchen in meinem Nasenloch zu verankern, zog er an der Schnur, die hinten in meinem Rachen baumelte. Ich würgte heftig, doch er schenkte dem keine Beachtung, sondern knotete beide Enden der Schnur an meiner Lippe zusammen. Er trat zurück, zufrieden mit seiner guten Arbeit.

»Das lassen wir ein paar Tage drin, Trygve«, sagte er. »Dann müßte die Blutung aufgehört haben.«

»Onk«, sagte ich, bereute es aber sofort. Die Schnur hinter meiner Nase schnitt beim Sprechen in meinen weichen Gaumen. Selbst Schlucken tat weh. Ich war kein bißchen hungrig, aber der Gedanke kam mir doch: Wie sollte ich essen?

Die Krankenschwester war eine massige, schwammig wirkende Frau. Ihre gegen das Vorderteil ihres Kleides drückenden schwammigen Brüste bewirkten, daß die Knöpfe gewaltig an den sie haltenden Fäden zerrten. Sie hatte einen dicken, schwammigen Hals. Ihr Gesicht war rund wie eine Torte und rosa. Wenn ich ihr sauberes rosa Fleisch betrachtete, dachte ich an Essen. Essen im Herd, Kuchen und Kekse und Braten. Sie erinnerte mich auch an Seife. An große rosa Stücke der Marke Lifebuoy mit ihrem durchdringenden Geruch. Sie beugte sich zu mir herab und wusch mit einem warmen Waschlappen sanft das verkrustete Blut von meinen Lippen. »Wir werden so gut für dich sorgen, Trygve«, sagte sie, »daß du nie mehr nach Hause zurück willst.«

Ich wurde auf die Kinderstation gebracht und in ein Bett zwischen einen Jungen in Gips und ein Mädchen gelegt, das überall blaue und gelbe Flecken an ihren Armen und dem Hals hatte. Beide schliefen. Die schwammige Schwester drehte mich sanft um und zog meine Schlafanzughose runter. »Das piekt jetzt ein wenig«, sagte sie und gab mir eine Penicillinspritze. Der Stich tat nicht weh, aber das Penicillin brannte wie Feuer, als es in meinen Körper drang. »Davon wirst du eine Menge kriegen, Trygve«, sagte sie. »Alle drei Stunden eine, einen oder zwei Tage lang.«

»Onk«, machte ich, mein Schweigegelübde vergessend.

»Ärztliche Anweisung. Er glaubt, daß du eine ganz schwere Infektion in der Nase hast. Darum hat es so geblutet.«

Sie zog meine Hose hoch und drehte mich um. Sie deckte mich mit dem sauberen weißen Bettzeug gut zu. »Ich bin Mrs. Silver«, sagte sie. Ihr Name brachte mich zum Lächeln, und das Lächeln spannte die Schnur auf meinen Lippen. Die straffe Schnur grub sich in meinen weichen Gaumen, und Tränen schossen mir in die Augen. Ich mußte lächeln, weil ich nur einen anderen Silver kannte, nämlich das Pferd des Lone Rangers. Ich fand die Vorstellung komisch, daß das Pferd des Lone Rangers eine menschliche Frau hatte, die als Krankenschwester im General Hospital von Los Angeles arbeitete.

Als ich an jenem Morgen einschlief, dachte ich an Radio- und Filmpferde und ihre menschlichen Frauen – Mrs. Trigger, Mrs. Tony, Mrs. Scout, Mrs. Thunder –, die allesamt als Schwestern im Los Angeles General arbeiteten. Drei Stunden später weckte man mich aus einem Kriegstraum – ich lag verwundet in einem englischen Krankenhaus, und Pferde versammelten sich um mein Bett –, um mir meine zweite Penicillinspritze zu verpassen. Eine neue Schwester gab mir die Spritze, eine junge, hübsche Frau, die ständig sang. »Love me or leave me or let me be lonely«, sang sie mit einer schönen Altstimme. Sogar wenn unsere Blicke sich trafen, hörte sie nicht auf zu singen.

»Sie hält sich für Helen O'Connell«, sagte der Junge in dem Körpergips, nachdem die Schwester die Station verlassen hatte.

Ich konnte nicht viel von ihm sehen, bloß einen Teil seiner Nase, die sich aus dem Gips drum herum erhob, aber seiner Stimmlage nach zu urteilen, schätzte ich sein Alter auf ungefähr fünfzehn.

»Ohnz«, sagte ich so leise wie möglich, nur um ihn wissen zu lassen, daß ich ihn gehört und verstanden hatte, und damit er merkte, daß ich nicht in der Lage war, mich mit ihm zu unterhalten.

»Sie ist aber in Ordnung«, fuhr er fort. »Besonders wenn Badezeit ist. Baden wird dir gefallen, sie ist ganz verrückt danach, die Jungs zu baden.«

Das machte mir ein wenig Sorgen. Ich war in dem Alter, wo die Privatsphäre ein Muß ist. Ich ließ meine Mutter nur ungern ins Bad, wenn ich in der Wanne oder auf dem Klo saß. Manchmal, wenn sie es eilig hatte, platzte sie trotzdem herein, und das nahm ich ihr immer übel. Eigentlich war es mir nicht peinlich, ich fand nur, daß meine Rechte als Individuum nicht respektiert wurden. Doch die Vorstellung, von einer völlig Fremden gebadet zu werden, stellte eindeutig eine Verschärfung dieses Problems dar. Mir kam ein aufmunternder Gedanke: Wahrscheinlich würde ich nicht lange genug hier sein, um ein Bad zu brauchen. Höchstens drei oder vier Tage, und wie konnte ich in der Zeit dreckig werden, wo ich doch bloß im Bett lag?

»Jeden Tag um sechs, gleich nach dem Abendessen«, sagte der Junge neben mir, als läse er meine Gedanken. »Ob du es brauchst oder nicht.«

Da wurde mir klar, daß er garantiert log. Er war mit Gips einbandagiert, von Kopf bis Fuß. Er konnte von dieser Schwester unmöglich gebadet werden. Was gab es da zu *baden*? Ich bemerkte, daß sich zwei Jungen am anderen Ende der Station auf ihre Ellenbogen stützten, um mich besser betrachten zu können. Sie kosteten lächelnd den Scherz aus, den sich der Junge in dem Körpergips erlaubte.

Am späten Nachmittag spannten sich meine Pobacken automatisch an, sobald sich die Schwester mit ihrem Spritzentablett näherte. Ich hatte Schmerzen von den vielen Spritzen und fürchtete mich vor dem brennenden Penicillin. Doch es ging mir besser. Meine Übelkeit war verschwunden, und ich war tatsächlich hungrig. Das Mittagessen hatte aus einer Tasse Kraftbrühe und einem Glas Orangensaft bestanden. Jetzt wollte ich Fleisch und Kartoffeln, wußte aber, daß ich nichts Festes hätte schlucken können. Als das Abendessen kam – mehr Consommé und Saft –, schlang ich es herunter und bat um einen Nachschlag.

Ich fühlte mich gut und wollte nach Hause. Das flüsterte ich der singenden Krankenschwester zu, doch sie lächelte nur und sagte, ich müsse Geduld haben. Sie zog einen Wandschirm um mein Bett, so daß eine Art Einzelkabine entstand. Dann klappte sie meine Decken herunter und lockerte die Schnüre meiner Schlafanzughose. »Es ist Zeit für dein abendliches Bad, Trygve«, sagte sie in lieblichem Singsang. Sie zog mir die Schlafanzughose aus und ließ dann meine Arme aus den Ärmeln gleiten. Durch eine Öffnung im Wandschirm zog sie ein Wägelchen, das mit Badezubehör beladen war: eine große Schüssel warmes Wasser, einen Schwamm, einen Waschlappen, Wattetupfer und ein Handtuch.

Ich starb fast dabei, doch ich brachte die Worte heraus: »Ich brauche kein Bad, Ma'am.« Meine Artikulation ließ sehr zu wünschen übrig, und sie starrte mich ein paar Sekunden an, bis sie begriffen hatte.

»O doch. Bäder sind vorgeschrieben. Dies ist ein Krankenhaus, Trygve. Wir dürfen keine unsauberen Patienten haben. Schließlich geben wir dir täglich frische Bettwäsche, stimmt's? Warum sollten wir das für schmutzige Patienten tun?«

Ich verfiel in schwache Onks. »Onk onk onk«, machte ich, was soviel hieß wie: »Ich weiß nicht.«

Doch sie verstand mich. Nicht meine Worte, aber meine Ergebenheit. Ich ließ mich wieder auf mein Kissen sinken und starrte die weiße Decke an. Sie fing an zu singen, während sie den Waschlappen in den Topf mit warmem Wasser tauchte. »When the lights go on again, all over the world«, sang sie mit klagender, trauriger Stimme. Der melancholische Klang ließ mich vermuten, daß sie einen Freund oder Ehemann in der Fremde hatte. Ich stellte ihn mir als Flieger vor, als in London stationierten Jagdpiloten. Er flog P-51 Mustangs und hatte zwölf Messerschmitt ME 109 abgeschossen, bevor er selbst abgeschossen wurde. Er lag ohne Beine in einem Krankenhaus am Rande Londons. Weder konnte er sich an seinen Namen noch an seine Herkunft erinnern, noch hatte ihm jemand erzählt, daß seine Beine amputiert worden waren. An seine Freundin oder Frau konnte er sich erinnern, aber nur an ihr hübsches Gesicht und ihre klagende Singstimme, nicht an ihren Namen. »Jenny«, rief er in seinem Delirium laut. Anschließend versank er wieder in seinen verwirrten Dämmerzustand. »Nein, nicht Jenny«, murmelte er dann.

Die Schwester begann mit meinen Füßen. Sie führte den Waschlappen zwischen meinen Zehen hindurch, zog ihn leicht hin und her. Die Hin-und-her-Bewegung des Waschlappens schickte eine Welle des Fröstelns nach der anderen meine Beine und meinen Rücken hinauf. »Bäh«, machte sie. Angesichts der unmöglichen Aufgabe, mit meinen Knien fertigzuwerden, schüttelte sie den Kopf. Meine Knie waren schmutzverkrustet. »Elefantenhaut«, sagte sie. In der Hoffnung, die Haut aufzuweichen, massierte sie Ivory-Seife hinein. Entnervt tauschte sie den Waschlappen gegen eine Bürste mit weichen Borsten. »Jungs«, sagte sie durch zusammengepreßte Lippen. Die Tätigkeit der Borsten erregte mich, wie ich noch nie zuvor erregt worden war. Die Innenseiten meiner Oberschenkel gerieten ins Schwitzen.

Sie ließ von meinen Knien ab und widmete sich nunmehr meinen schwitzenden Oberschenkeln. Mein Magen knurrte, und mein Herz begann merklich zu pochen. Ich befürchtete, sie könnte sehen, wie es gegen meinen Brustkorb hämmerte. Lässig ließ ich eine Hand auf mein heftig pochendes Herz fallen. Der Waschlappen bewegte sich die Innenseiten meiner Oberschenkel hinauf zu meinem Schritt. Ich biß die Zähne zusammen, um ein Aufheulen zu unterdrücken, das aus meinem Inneren aufstieg. Sie schob den warmen Lappen sehr sanft und behutsam unter meine Geschlechtsteile und dann um sie herum. Mein Gesicht, kein Zweifel, hätte Papier anzünden können. Ich schielte zu den drei schwarzen Haaren auf meinem Handrücken hin, ein Wolfsmensch-Jaulen à la Lon Chaney unterdrückend. Sie schob den sanften Waschlappen zu meinem After. Ich erstarrte, als würden Tausend Volt Wechselstrom durch mich gejagt.

Sie ergriff meinen wippenden Penis. Über seinen Erregungszustand gab sie keinen Kommentar ab. Ich schloß die Augen und stellte mir flammenden Tod über Deutschland vor. Es half nichts. »O*je*mine!« sagte sie mit vor Enttäuschung leiser Stimme. Mein Herzschlag setzte aus. Vorsichtig öffnete ich die Augen. Mit der übersteigerten Sorgfalt eines Entdeckers, der eine fünftausend Jahre alte Mumie auspackt, streifte sie meine Vorhaut zurück. »Schmutz«, stellte sie mit gerümpfter Nase fest. »So leid es mir tut, du badest nicht ordentlich, Trygve«, sagte sie.

Sie hielt meinen Penis mit der zurückgestreiften Vorhaut zwischen Daumen und Zeigefinger, als wäre er eine tote Maus. »Smegma«, sagte sie.

»Onk?« In diesem Moment ging mir mit der Geschwindigkeit plötzlicher Panik auf, daß ich an einem schwerwiegenden, bisher noch unentdeckt gebliebenen medizinischen Problem litt.

»Smegma«, wiederholte sie. Sie nahm einen Wattetupfer und entfernte etwas von der weißen Substanz, die unter der Vorhaut gesteckt hatte.

Smegma, dachte ich. Es schien das perfekte Wort zu sein für die weiße Fäulnis, die stumm unter der Vorhaut lauerte. Falls es in der englischen Sprache ein häßlicheres Wort gab, so kannte ich es nicht.

»Ist dir nicht klar, Trygve«, sagte sie, als sie das Smegma weggetupft hatte, »daß du dich *infizieren* könntest?«

Ich schüttelte den Kopf.

»Eine Infektion an dieser Stelle könnte äußerst ernst sein, Trygve. Wenn sie schlimm genug würde, könntest du dieses Lümmelchen verlieren.«

Sie hielt das Lümmelchen hoch, über seine von Gefahren bedrohte Zukunft nachdenkend. »Von Smegma zu Wundbrand. Dann ist es zu spät. Ab damit, wie jedes andere erkrankte Organ.«

»Onk?«

»Genau. *Ab*«, sagte sie.

Die gesamte Hitze, die ihre sanften Handreichungen verursacht hatten, wich von mir. Selbst unter der Wärme des frisch ausgewrungenen Waschlappens fühlte ich mich kalt, während sie mich zu Ende wusch.

Drüben in dem Krankenhaus am Rande Londons entdeckte ihr Mann oder Freund, daß seine Beine verschwunden waren. Mit schwacher, versagender Stimme rief er nachts nach einer Schwester. »Meine *Beine*«, schluchzte er. »Was habt ihr mit meinen *Beinen* gemacht?«

»Pst, pst«, machte die Nachtschwester besänftigend. »Sie wecken noch die anderen.«

»Aber meine *Beine*...«

»Wundbrand, Lieutenant«, sagte sie, die nun auf der Bettkante saß und seine kalte zitternde Hand griff. »Ihre Beine mußten geopfert werden. Den Ärzten blieb keine Wahl, absolut keine Wahl.«

Die Schwester kam zum Ende und deckte mich zu. Sie sang wieder, dasselbe traurig klingende Lied, das eigentlich nicht traurig klingen sollte, da es davon handelte, daß der Krieg endlich zu Ende ging und alle Soldaten endgültig nach Hause kamen.

Das Mädchen in dem Bett neben meinem war schwach, aber fröhlich. »Ich heiße Hildy«, sagte sie und lächelte mich an. Sie war zu schwach, um den Kopf von ihrem Kissen zu heben, und Lächeln war so anstrengend, daß sie die Augen schloß und einschlief, nachdem sie mir ihren Namen genannt hatte. Ein paar Minuten später wachte sie auf und sagte: »Ich habe Leukämie.«

»Onk?« machte ich.

»Leukämie«, wiederholte sie. »Es hat etwas mit meinem Blut zu tun. Es funktioniert nicht richtig.«

Ihre Augen schlossen sich erneut. Sie hatte eine große »Raggedy-Ann«-Puppe mit. Beim Schlafen hatte sie ihre Arme um die Puppe geschlungen. Später am Tag kamen ihre Eltern zu Besuch. Ein Priester begleitete sie. Der Priester setzte sich auf einen Stuhl neben Hildys Bett und flüsterte ihr etwas zu. Dann senkte er den Kopf und rieb sich mit den Fingerspitzen über die Stirn. Er erinnerte mich an einen Priester, den ich in einem Bela-Lugosi-Film gesehen hatte. Der Priester im Film hielt ein großes Holzkreuz hoch, um zu verhindern, daß Bela Lugosi sich das Mädchen nahm, auf das er es abgesehen hatte, aber Bela Lugosi lachte den Priester und sein großes Holzkreuz nur aus. Hildys Mutter betupfte ihre Augenwinkel mit einem Taschentuch. Ihr Mann, ein vierschrötiger Mensch in einem grünen Anzug, trat nervös am anderen Ende des Bettes von einem Fuß auf den anderen.

»Wein nicht, Mutti«, sagte Hildy. »Ich habe doch Raggedy.«

Hildys Vater wandte Frau und Tochter den Rücken zu. Er hob den Kopf und schloß ganz fest die Augen. Er sah wütend aus. Seine großen Hände öffneten und schlossen sich. Ein kleiner Krampf schüttelte seine Schultern.

Hildy schlief ein. Etwa eine Minute später gingen ihre Eltern und der Priester. Ehe sie ging, zog Hildys Mutter die Decke um Hildys Hals, dann küßte sie sie auf Stirn und Wangen.

Auch ich schlief ein und träumte von Dracula. Er war auf Blut aus, auf meines und Hildys Blut. Er war in der Station, sein großer schwarzer Umhang flatterte hinter ihm drein, als wäre das Krankenhaus von Wind erfüllt. Ich versuchte, um Hilfe zu rufen, doch die Schnur in meinem Rachen schmerzte so sehr, daß es mir nicht gelang, laut genug zu schreien, daß es jemand hörte.

Als ich aufwachte, musterte Hildy mich mit ihren dunklen, glanzlosen Augen. Sie war etwa in meinem Alter, vielleicht ein

Jahr älter, doch ihr Blick machte sie erwachsen. Ihre Augen waren ruhig und unbeteiligt wie die eines Erwachsenen, dem erwachsene Dinge durch den Kopf gingen.

»In welche Klasse gehst du?« fragte mich Hildy.

Ich hielt meine rechte Hand hoch und zeigte ihr fünf Finger.

»Fünfte«, sagte sie. »Fünf A.«

Ich nickte.

»Ich komme in die Sechs A«, sagte sie.

Sie war hübsch, auch wenn ihre Arme und ihr Hals fleckig waren und ihre Augen nicht glänzten. Ich beschloß, ihr zu zeigen, wie man Nachrichten verschlüsselte. Ich schob mich in Sitzhaltung und schwang die Beine aus dem Bett. Davon wurde mir schwindlig, und ich mußte mich ein paar Sekunden lang festhalten. Die kühlen Fußbodenfliesen wirkten wie ein Schock, und mir fiel ein, daß ich seit über einem Tag nicht mehr auf den Beinen gestanden hatte. Als ich stand, gaben meine Knie nach, und ich mußte mich an der Bettkante aufrichten. Doch als ich wieder zu Hildy hinübersah, schlief sie.

»He, Kleiner«, sagte der Junge in dem Körpergips.

»Onk«, machte ich.

»Da du nun schon mal auf bist, könntest du ruhig mal rüberkommen. Mein Fuß juckt wie der Teufel, und ich kann mich nicht kratzen.«

Ich ging um das Fußende meines Bettes herum. Seine Füße ragten aus zwei Gipsröhren heraus. Er mußte flach auf dem Rükken liegen, bewegungslos. Der Gips bedeckte sein Becken, den Oberkörper und den Hals. Seine Arme waren bis zu den Handgelenken eingegipst, der rechte einen knappen halben Meter über dem Bett mitten in der Luft aufgehängt. Zwischen seinen Beinen war ein Loch im Gips, groß genug, um eine Hand durchzustekken. Ich stellte mir vor, wie die singende Krankenschwester mit ihrem erregenden Waschlappen im Inneren dieser dunklen Höhle herumfuhrwerkte und nach Smegma suchte. Ich fragte mich, wie er das aushielt.

»Der rechte Fuß«, sagte er. »Seitlich, direkt über der Ferse. Nimm nicht die Fingernägel, das macht mich verrückt. Nimm das Sandpapier, das unten am Fußende angebunden ist.«

Am Fußende seines Bettes baumelte an einem Stück Seil ein grobkörniges Sandpapier. Damit bearbeitete ich seinen Fuß an der von ihm bezeichneten Stelle. Der Fuß zitterte und zuckte.

»Herrgott«, sagte er, »fester. Sonst kitzelt es.«

Ich rieb so fest, daß es fast blutete, und das schien ihn zufriedenzustellen.

»Danke«, sagte er. »Ich bin froh, daß du hier bist. Du wirst dich noch als nützlich erweisen.«

Am selben Abend besuchten mich Mitchell, Mutter und Tante Ginger. William war wieder mit Betty zu einem Baseballspiel gefahren.

»Wie geht's dem Bluter?« fragte Mitchell.

Ich sah erst ihn an, dann Mutter.

»Er ist kein Bluter«, sagte Mutter. »Meine Güte, heiz seine Phantasie nicht auf. Du kennst ihn doch.«

Das war mir neu. Mutter glaubte, ich hätte Phantasie. Ich registrierte so geschmeichelt wie beunruhigt, daß meine Mutter sich eine *Meinung* über mich gebildet hatte. Geschmeichelt, weil über mich nachgedacht wurde; beunruhigt, weil es zur Distanz führte, wenn jemand über einen nachdachte. Sie *dachte* ungefähr so über mich nach, wie ein Astronom über die Ringe des Saturns nachdenken mochte.

Tante Ginger legte ihre Hand auf meine gerunzelte Stirn und glättete sie. »Er hat eine schöne Phantasie«, sagte sie. Doch auch Tante Ginger redete von mir, als sei ich nicht da, obwohl mir ihre kühle Hand über die Stirn strich.

»Phantasie kann gefährlich sein«, befand Mitchell. »Das Irrenhaus steckt voller Leute mit zu lebhafter Phantasie.«

»Das stimmt«, sagte Mutter. »Warum erwähnst du also die Bluterkrankheit? Jedesmal, wenn er sich schneidet oder kratzt, wird er jetzt glauben, daß er verblutet, so funktioniert seine Phantasie.«

»Also schön«, sagte Mitchell, »er hat nicht die Bluterkrankheit. Er ist bloß ein Bluter.«

Auf einmal sahen mich alle an, als würde ihnen klar, daß ich *da* war, in dem Krankenhausbett, und ihnen zuhörte.

»Ahnzaus«, sagte ich.

»Hä?« sagte Mitchell und neigte sich tief zu mir herunter.

»Er sagt, er will nach Hause«, übersetzte Tante Ginger.

»Du darfst noch nicht nach Hause«, sagte Mutter. »Sie wollen erst noch sichergehen, daß die Infektion abgeklungen ist. Sonst müßten wir dich zurückbringen, falls du wieder anfängst zu bluten.«

»Es könnte wirklich die Bluterkrankheit sein«, sagte Mitchell zu Mutter, als wäre ich so weit weg wie die Ringe des Saturns.

Mutter wirkte verärgert. »Glaubst du nicht, sie hätten es uns inzwischen gesagt, wenn es die Bluterkrankheit wäre?«

»Das hätten sie, falls sie ihn daraufhin *getestet* hätten«, sagte Mitchell. »Wer sagt denn, sie hätten ihn daraufhin getestet?«

»Du hast nicht die Bluterkrankheit«, sagte Tante Ginger und beugte sich zu mir runter. Sie küßte mich auf die Stirn.

»Ahnzaus«, sagte ich.

»Das *geht nicht* und damit basta«, sagte Mitchell.

Ich schloß die Augen und jaulte. Es war ein Hirnjaulen, an dem mein geschwollener Gaumen unbeteiligt blieb. Ich jaulte in meinem Gehirn, wie Lon Chaney den Vollmond anjaulte, als er seine wahre Lage erkannte. Es war ein einsames Jaulen, ein Jaulen, das das Publikum in Trauer, nicht in Angst versetzen sollte. Es hätte sie zum Weinen, nicht zum Zittern bringen müssen.

»Dein Blut gehört mir«, sagte Bela Lugosi.

»Gar nicht wahr«, sagte ich.

Er setzte sich auf mein Bett. »Sei vernünftig, Monk«, sagte er.

»Mein Blut ist *mein* Blut.« Ich ließ nicht locker.

Er lächelte nachsichtig. »Wenn du nur hören könntest, wie lächerlich du klingst«, sagte Bela Lugosi.

Er verwirrte mich. »Ein Vampir sagt alles, um das zu bekommen, was er haben will«, sagte ich.

»Du bist nicht exemplarisch«, sagte er.

Als er sich bückte, um an meinen Hals zu kommen, wachte ich auf. Ich setzte mich im Bett auf und schaute mich in der dunklen Station um. Der Traum war so lebendig und gar nicht traumartig, daß ich fand, Graf Dracula könnte sich überall auf der Station verstecken.

»Hildy?« flüsterte ich, ohne mich um die Schnur zu kümmern, die in meinen Gaumen schnitt.

»Was«, sagte sie.

Ich war froh, daß sie wach war. »Irgendwer *da*?« sagte ich. Die Schmerzen der Artikulation trieben mir Tränen in die Augen.

»Nein, niemand«, antwortete sie. »Nur ich und Raggedy.«

Dann begann sie zu schnarchen. Sie klang wie ein alter Mensch. Ihr Atmen schien vom Alter eingerostet zu sein.

Auch wenn ich mir nicht gestattete, wieder einzuschlafen, mußte ich doch an meinen Traum über Dracula denken. Was hatte er damit gemeint, »Dein Blut gehört mir«? Warum hielt er es für lächerlich, das abzustreiten?

Mein Blut *ist* mein Blut, sagte ich mir im stillen. Es ist in mir, fließt durch mich, hält mich am Leben. Ich besitze es. Es gehört mir. Niemand anders darf es haben.

Das brachte mich auf Transfusionen. Es gab da etwas, das »Blutgruppen« hieß. Ich war 0 positiv. Es gab Leute, die 0 negativ waren, und A positiv und negativ, und vielleicht gab es eine ganze Alphabetsuppe von Blutgruppen, was wußte ich. Nun war es aber so, daß es eine begrenzte Anzahl Gruppen geben mußte und zahlreiche Menschen jede Gruppe gemeinsam hatten. Mein 0 positives Blut funktionierte in den Adern eines anderen Menschen mit 0 positivem Blut. In diesem Fall war mein Blut sein Blut. Wenn es auf der Welt hundert Millionen Menschen mit 0 positivem Blut gab, dann war mein Blut ihr Blut und ihr Blut war meines.

In jener Nacht wurden Blutbesitzverhältnisse für mich zum echten Problem. Ich wollte meinen Kopf abschalten, aber es ging nicht. Blut war nur ein kleiner Teil des Problems. Knochen konnte man genauso betrachten, Fleisch auch. Man konnte Herzen, Lungen, Lebern, Nieren und Gedärme auf genau die gleiche Art betrachten. Wenn es möglich wäre, all deine inneren Organe aneinandergereiht neben denen eines anderen zu betrachten, würdest du den Unterschied erkennen? Könntest du sagen: Das bin *ich*, und das da drüben ist *er*? Nein.

Also hatte Dracula recht. Falls es Ungeheuer gab, die sich von Knochen ernährten, könnten sie genauso argumentieren: Tut mir leid, aber dieser Knochen gehört mir. Ein Lebermonster könnte sagen: Diese Leber gehört mir. Das Gehirn könnte von Hirnmonstern wie eine Miesmuschel aus seiner Hirnschale gerissen werden und so weiter.

Aber wenn Dracula mein Blut nahm, nahm er auch mein Leben. Das stimmte also, immerhin.

Doch was war mein Leben?

Mein Leben war etwas, das Blut, Fleisch, Knochen und sämtliche inneren Organe ermöglichten. Wo wäre »Ich« ohne die Bestandteile meines Körpers?

Ich dachte intensiv über meinen Körper nach. Er gefiel mir. Aber gehörte irgend etwas davon mir? War ich mein Herz und meine Lunge? War ich mein Skelett oder das Fleisch, das mein Skelett umhüllte? War ich die Haut, die mein Fleisch bedeckte? War ich das verständliche Geräusch, das von meiner Lunge an meinen Stimmbändern vorbeigeblasen wurde?

Ja. Nein.

Waren die drei aus meinem Handrücken sprießenden langen Haare *ich*?

Nein. Nichts davon war ich. Ja. Alles davon war ich.

Dieses Etwas, das ich »ich« nannte, war es die Summe all meiner Teile?

Mein Herz mochte die Richtung nicht, die meine Gedanken einschlugen, und es fing an, heftig und schnell zu schlagen. Ich geriet ins Schwitzen und mußte die Decken abstrampeln. *Denk an etwas anderes*, befahl ich mir selbst. Ich setzte mich in das Cockpit eines Dauntless-Dive-Bombers. Am Horizont sah ich den schwarzen Rauch eines japanischen Kreuzers. Ich versuchte, meine Angst an die Angst vor der kriegerischen Auseinandersetzung zu koppeln, doch das funktionierte nicht. Ich hatte vor mir selber Angst, nicht vor den imaginären Japsen.

Trotz meiner Bemühungen, mich wach zu halten, schlief ich wieder ein. Hildy stieg aus ihrem Bett und setzte sich auf meine Bettkante. »Ich muß dein Blut haben«, sagte sie.

»Mein Blut gehört mir«, behauptete ich, wußte aber, daß es gelogen war.

»Hilf mir«, sagte sie.

Sie beugte sich zu mir hinab und legte ihren Mund an meinen Hals. Ich spürte, wie ihre kleinen Zähne eindrangen.

Ich hörte auf, dagegen anzureden. Während sie mein Blut saugte, fiel ich in tieferen Schlaf wie ein Stein. Es war ein finsterer Traum von nichts. Meilen und Äonen des Nichts umgaben mich. Mein pochender Kopf katapultierte mich aus diesem Traum, wie eine Douglas Dauntless von dem Deck eines Flugzeugträgers katapultiert wurde.

Doch ich erwachte nicht. Ich war wieder in meinem ersten Traum, mit Hildy. Sie lag in ihrem Bett, und ein Priester murmelte ihr etwas zu. Er hatte ein Kruzifix dabei, ein großes hölzernes Kruzifix wie jenes, das der Priester in dem Draculafilm benutzt hatte, um das Böse abzuwehren. Nur war dieses anders. Es war teils Kruzifix, teils eine Kilroy-Zeichnung. Der Priester hielt es hoch, damit alle Kinder auf der Station es sahen. So sah es aus:

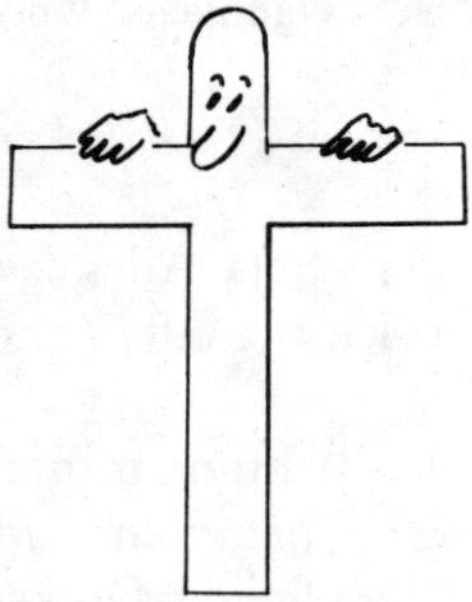

Der Priester knurrte. Ich kannte ihn. Es war Sylvester Snell in Priestergewändern. Ich betete so laut ich nur konnte, weil ich wußte, das jeder einzelne von uns auf der Kinderstation in höchster Gefahr schwebte. Mein Hals schmerzte wie verrückt, da die Schnur in meinen weichen Gaumen schnitt, aber ich ließ nicht nach. Ich mußte mein Gebet schreien, weil ich vor meinem inneren Auge eine kurze Vision des Allmächtigen oben im Himmel gesehen hatte: Er war ein uralter Mann, der auf seinem Arm eingeschlafen war, und die wunderschönen Engel schienen sich keine Sorgen zu machen. Auf ihren silbernen Harfen spielten sie weiter ihre besänftigenden Wiegenlieder, während unser alter Allmächtiger schnarchte.

Als ich aufwachte, war es Vormittag. Hildy war verschwunden, und ihr Bett hatte man abgezogen. Die dünne Matratze war in der Mitte gefaltet worden. Die nackten Sprungfedern glänzten im Morgenlicht.

Was dies bedeutete, erschloß sich mir allmählich, und dann mit lähmender Gewalt.

Nun fiel mir mein Traum wieder ein. Deutliche Bilder liefen vor mir ab, und ich merkte, daß er sehr wohl Sinn ergab. Der Allmächtige war alt, zu alt, um nicht das Interesse an uns zu verlieren. Im Laufe der Geschichte über uns alle zu wachen, hatte ihn schläfrig und gelangweilt werden lassen. Wie sonst ließ sich der Zustand der Welt erklären?

Vielleicht war er zur Zeit von Adam und Eva hellwach gewesen. Damals war alles neu und interessant, er führte über jeden von uns Buch, und nichts geschah ohne guten Grund.

Für Hildys Tod gab es keinen guten Grund.

Keinen einzigen.

Mutter brachte mich am folgenden Nachmittag heim, nach ihrer Schicht bei Douglas. Ich war nur drei Tage im Krankenhaus gewesen, aber mir kam es länger vor. Etwas hatte sich zu Hause geändert. Ich wußte nicht, was es war, doch es gab mir das Gefühl, monatelang weg gewesen zu sein. Ich ging in mein Schlafzimmer. Es sah chaotisch aus, aber schließlich hatte es ja immer chaotisch ausgesehen. Ich überprüfte, ob jemand an meinem Kurzwellenradio herumgefummelt hatte. Es war in Ordnung. Ich bekam sofort KTK herein, den Rundfunksender der Marine in San Francisco. KTK sendete immer und immer wieder eine gemorste Nachricht vom Band aus. CQ CQ CQ DE KTK KTK KTK AR. Dann nannte er die Frequenzen, auf denen er zu empfangen war, dazu eine Reihe Zahlen und Buchstaben, vermutlich verschlüsselte Nachrichten, die nur für die Ohren der Pazifikflotte bestimmt waren. Malcolm und ich hatten immer wieder versucht, diesen Code zu knacken, aber immer nur unsinnige Sätze erhalten. Einmal erhielten wir aus einer Reihe Zahlen und Buchstaben den Satz: Hohe Narren Springen Rechtzeitig. Damit kamen wir einer vernünftigen Nachricht am nächsten.

Ich lauschte den regelmäßigen Rhythmen von KTK und versuchte herauszufinden, was in unserem Haushalt anders war. Ich sah mich in dem unordentlichen Zimmer um und rechnete damit, eine augenfällige Veränderung zu erkennen – vielleicht waren die Wände gestrichen worden, auf dem Bett lag eine andere Decke, es gab neue Vorhänge und so weiter –, doch ich sah nur dieselben Wände, dasselbe ungemachte Bett, geöffnet auf dem Fußboden liegende Comic-Hefte, dieselben Vorhänge, die im Fenster flatterten, Williams Luftgewehr, das in der Ecke lehnte, derselbe Lampenschirm an der Decke mit seiner Kollektion toter Insekten und die gleiche schale, von Zigarettenrauch gesättigte Luft. Überhaupt nichts Ungewöhnliches.

Ich schaltete das Radio aus und nahm den Kopfhörer ab. Ich ging zum Kommodenspiegel und betrachtete mich gründlich. Vielleicht hatte ich mich ja verändert. Ich war farblos. Meine Augen sahen aus, als seien sie tiefer in ihre Höhlen gesunken. Meine Lippen waren dünn und blutleer.

Ich sah wie ein Vampir aus. Mein Hirn war leer, aber meine Miene war die eines Menschen, der lange und komplizierte Überlegungen angestellt hatte. Ich hakte meine Finger in die Mundwinkel und verzog die Lippen zu einem grotesken Grinsen, das meine transsylvanischen Hauer bis zu den Backenzähnen freilegte.

Ich sollte noch ein paar Tage lang nicht spielen, fühlte mich aber gut genug, um allein unter Langeweile zu leiden. Also ging ich zur Wohnung der Bruckners und klopfte. Die Tür war nicht verschlossen und stand einen Spalt offen. Ich schob sie noch ein wenig weiter auf und spähte hinein.

Die Wohnung war leer. Sämtliche Möbel waren weg. Ein paar Kartons und alte Zeitungsfetzen lagen herum. Im Flur standen ein Mop und ein Eimer. In dem Eimer war noch graues Wasser. In der Küche lag ein schmutziger Strumpf. Hinter einem Heizkörper fand ich eine von Bettys Mathearbeiten aus dem vergangenen Schuljahr.

Ich ging in das Wohnzimmer, wo Malcolm und ich uns so viele Rundfunksendungen angehört hatten. Mir fiel ein, wie in diesem Zimmer Bettys Brüste geglänzt hatten und ihr scharfes Mundwerk uns ausgeschimpft hatte. Ihr Klavier war fort. Der große Zenith war fort.

»He!« brüllte ich. »He, Malc!« Die nackten Wände warfen meine Stimme zurück. Mein Gaumen schmerzte noch, deshalb brüllte ich nicht noch einmal.

Ich fand William auf dem Dach des Hauses. Es war ein Flachdach, die Ränder durch eine einen Meter hohe Mauer gesichert. William saß auf dieser Mauer, seine Füße baumelten über die Seite. Er spuckte mit artistischer Präzision drei Stock tief und sechs Meter weit auf die Straße.

»Wo sind die Bruckners?« fragte ich.

William zuckte mit den Schultern.

Er hatte seine Rolle Zinkpennies dabei. Er öffnete und schloß seine Finger um die Pennyrolle, und ich merkte, daß er wieder mal in gefährlicher Stimmung war.

»Sieht so aus, als wären sie weggezogen«, sagte ich. Ich probierte es auch mit Spucken, doch der Speichelklumpen zerfiel in der Luft und wurde mir wieder ins Gesicht zurückgeweht.

»Was du nicht sagst«, sagte William.

»Ich begreif's nicht«, sagte ich.

In hohem Bogen spie William in die Spitze einer Dattelpalme. »Hobarth hat rausgefunden, daß sie Juden sind«, sagte er.

»Hobarth? Der Typ in dem dicken Auto? Er hat sie rausgeworfen?«

»Er hat sie von Sturdevant rausschmeißen lassen.«

Sturdevant, der Hausmeister, war ein furchtsamer Mann, der immerzu Pantoffeln trug. Er schien immer Geräuschen in seinem eigenen Kopf zu lauschen. Wenn er durch die Flure des Wohnhauses ging, hielt er den Kopf schief und machte einen Schmollmund.

»Sturdevant könnte nicht mal eine Fliege rausschmeißen«, sagte ich.

»Er hat sie angefleht«, sagte William. »Seine Frau hat einen Kuchen gebacken. Sturdevant brachte ihnen den Kuchen rauf und flehte sie dann an, auszuziehen. Falls sie nicht auszögen, würden die Sturdevants rausgeschmissen. Das hat er jedenfalls behauptet. Der blöde Sack hat geplärrt.«

»Es ist ungerecht«, sagte ich.

William lachte, wortlos. Ich schaute mich auf dem großen leeren Dach um. Malcolm und ich hatten vorgehabt, eine riesige rechteckige Antenne zu bauen, von einer Ecke zur anderen gespannt, damit wir Sender in Indien und China empfangen konnten. Wir wollten zwei getrennte Zuleitungskabel haben, eins für den Zenith der Bruckners, eins für mein Zweiröhrenradio. »Monk, mit so einer Antenne kriegen wir sogar Sender vom Mars rein«, hatte Malcolm gesagt.

»Sie sind also gerade *weggezogen?*« sagte ich und konnte nicht glauben, daß jemand wie Sturdevant oder sogar Hobarth Menschen wie die Bruckners dazu brachte, das zu tun, was sie von ihnen verlangten.

»Sie mußten. So lautet die Vorschrift. Keine Juden heißt keine Juden, Punkt.«

»Trotzdem«, sagte ich.

»Mr. Bruckner wollte sowieso weg. Er wollte zurück zu Grumman, nach Long Island. Dort gehörten sie hin, hat er gesagt. Er hielt nicht viel von Los Angeles.«

»Er hat für Grumman gearbeitet?«

»Er ist Ingenieur. Er hat an der Konstruktion der Wildcat mitgearbeitet. Er sagte, er wolle zurück und an der neuen Version der Wildcat arbeiten, die Hellcat heißt.«

Ich hatte Fotos dieses neuen flugzeugträgergestützten Jagdflugzeugs gesehen, der Grumman Hellcat. Sie war schnittig und hatte acht Maschinengewehre vom Kaliber .50. Sie flog höher und schneller als die Zero, beinahe so hoch und schnell wie die P-38 »Lightning«. Der große Nachteil der Lightning war, daß sie landgestützt sein mußte, somit war ihr Einsatzbereich begrenzt. Die Hellcat ließ sich überall einsetzen. Mir kam der Gedanke, wenn Mr. Bruckner bei Lockheed geblieben wäre, hätte er bei der Konstruktion einer trägergestützten Lightning helfen können. *Das* wäre nun wirklich interessant geworden. Aber Hobarth hatte es vereitelt.

»Arbeitet Hobarth für die Japsen?« fragte ich.

»Was?« William spuckte, dann sah er mich so an, wie er es immer tat, als wäre ich ein Irrer.

»Er könnte Spion sein«, sagte ich.

»Der Monk klinkt völlig aus«, sagte William. »Der Monk ist unterwegs nach Napa.«

»Nein, wirklich«, sagte ich. »Wenn man drüber nachdenkt. Was, wenn Lockheed eine trägergestützte P-38 in Planung hätte und Mr. Bruckner genau wüßte, wie man das macht und so?«

»Monk«, sagte William.

»Was?«

»Halt die Klappe.«

Er rutschte von dem Mäuerchen und verließ das Dach. Wo er gesessen hatte, sah ich einen Zettel liegen. Es war ein Briefchen, auf violettem Papier geschrieben. Da stand: »Ich liebe dich und werde dich immer lieben.« Unterschrieben war es mit »B. B.« Betty Bruckner.

Mitchell war egal, daß Garland Quince und Jack Twilly Gauner waren, die ihm hundert Dollar, ein Heftchen Benzinmarken und ein paar erstklassige Rindfleischstücke vom Schwarzmarkt abgenommen hatten, bevor sie mit ihm fertig waren. Ihm war egal, daß Franchot Tone unsere Wohnung nie betreten und nie etwas von Mitchell Selfages Hauptdarstellerpotential erfahren würde. Als das Telegramm von dem Präsidenten der Vereinigten Staaten kam, war Mitchell alles egal, von seiner unmittelbar bevorstehenden trostlosen Zukunft einmal abgesehen. Er hatte das Interesse an allem verloren. Er war deprimiert und verängstigt und konnte sich nicht einmal dazu aufraffen, zur Arbeit zu gehen. Nach seiner Musterung – bei der es sich, wie er beharrlich behauptet hatte, lediglich um eine Formalität handele, die jeder zwischen achtzehn und fünfunddreißig hinter sich bringen müsse – war er zum Heer einberufen worden.

»Grüße von dem Präsidenten der Vereinigten Staaten«, begann das Telegramm. Weiter stand dort, Mitchell sei auserwählt worden, seinem Land zu dienen. Es erläuterte – in knappen Worten – seine patriotische Pflicht und wies ihn dann an, wo er sich an welchem Datum einzufinden habe. Am 1. Juli solle er sich im Einberufungsamt in der Innenstadt von Los Angeles melden, von wo er, per Bus, nach Fort Ord transportiert werden würde.

»Wenigstens liegt Fort Ord in Kalifornien«, sagte Mutter. »Dann können wir dich besuchen.« Sie war von dem Telegramm überhaupt nicht erschüttert.

Mitchell betrachtete sie voller Groll. »Die Grundausbildung dauert nur acht Wochen«, sagte er.

»Das liegt doch in der Nähe von San Francisco, oder?« sagte Mutter. »Wir könnten dich an Wochenenden besuchen und uns die Sehenswürdigkeiten angucken. Ich war noch nie in Chinatown.«

»Ich mag die Bay Area«, sagte Tante Ginger.

»Hergott im Himmel noch mal!« schrie Mitchell und sprang vom Essenstisch auf. »Ich werde wahrscheinlich sterben, und ihr beide redet von nichts anderem als von Sehenswürdigkeiten!«

Mutter seufzte. »Ich meinte bloß, wenn du schon in Fort Ord bist, warum sollten wir uns nicht ein wenig amüsieren, bevor du... abreist?«

Zum Nachtisch gab es Sorbet. William hatte seins schon gegessen und las die Zeitungscomics. Ab und zu sah er mich an und zog eine Grimasse. Er hatte wenig Respekt vor Mitchell, und nun war das letzte bißchen Respekt völlig ausgelöscht worden angesichts Mitchells panischer Angst bei der Vorstellung, in den Krieg ziehen zu müssen.

»Findest du irgend etwas komisch, Trygve?« fragte Mitchell.

Ich hatte nicht gemerkt, daß ich über Williams Grimassen gelächelt hatte.

»Nein«, sagte ich. »Ich glaube nicht.«

Nun betrachtete Mitchell uns alle, als wären wir Teil der Verschwörung, die ihn in den Krieg schickte. »Ich gehe raus«, sagte er.

»Schöne Grüße an deine Freundin«, sagte Mutter leichthin.

Mitchell sah sie einen endlosen erstarrten Augenblick lang an, dann mich. Mir kam die Idee, Mutter könnte Millie meinen, die »Cousine«, die in der Nähe des MacArthur-Parks wohnte, und daß der Blick, den Mitchell mir zuwarf, mich beschuldigte, sein Geheimnis ausgeplaudert zu haben. Aber das stimmte nicht.

Mitchell knallte beim Gehen mit der Tür. Wir widmeten uns wieder unserem Sorbet. Das einzige Geräusch in der Wohnung war das Klirren der Löffel gegen die Glasschalen.

»Sie heißt Millie«, sagte ich.

Mutter blickte mich an. Es war ein kalter fatalistischer Blick, der auch ein wenig vergrämte Neugier enthielt.

»Sie ist nett«, sagte ich.

»Das ist dann wirklich schade für sie«, sagte Mutter.

William und ich räumten den Tisch ab und gingen anschließend in unsere Zimmer. Ich stöpselte einen Draht für das Neunundvierzigmeterband ein und durchsuchte die Skala nach Schiffen auf See. Ich bekam jemanden rein, der spanisch brüllte. Er brüllte ein paar Sekunden lang, hielt inne, brüllte dann erneut. Ich sah ein bescheidenes Fischerboot vor mir. Der Kapitän des Fischerbootes hatte vor der kalifornischen Küste ein japanisches U-Boot entdeckt und versuchte, es zu melden. Doch er konnte kein Englisch. Er war Mexikaner und konnte sich der Marine der Vereinigten Staaten nicht verständlich machen. »Fahrt, was ihr könnt«, sagte ich. »Fahrt, was ihr könnt.«

»Der Monk redet wieder mit dem Radio«, sagte William.

Er lächelte mir aber zu, und ich wußte, daß er nicht verärgert war. Er hatte immer noch einen dämlichen, komischen Gesichtsausdruck. Seit er sechzehn geworden war, ließ er sich einen Schnurrbart stehen. Der sah aus wie ein Schmutzfleck. Die Stoppeln standen weit auseinander, das Haar war schwarz und hart.

»Willst du mal was sehen, Monk?« sagte er.

»Klar«, antwortete ich und nahm den Kopfhörer ab.

Er rollte seinen Ärmel hoch bis zur Schulter. Ganz oben auf seinem dürren Arm befand sich eine Tätowierung. Es war ein Herz, in dem »B. B.« stand.

»Woher hast du das?« fragte ich.

»Tijuana. Betty und ich waren da, als du im Krankenhaus lagst. Angeblich waren wir auf dem Ocean Park Pier, aber wir haben den Bus nach San Ysidro genommen und sind über die Grenze gegangen.«

Er verblüffte mich. Ich fragte mich, was für erstaunliche Dinge er in seinem Leben noch tun würde.

»Und ich habe noch was anderes«, sagte er. Er ging zum Schrank und holte einen Schuhkarton heraus. Die Schachtel war voll mit seinen Habseligkeiten – ein Foto seiner leiblichen Mutter, ein paar alte Briefe, kanadische Münzen, eine mit einem Diamanten besetzte Krawattenspange, die seinem Großvater gehört hatte. Mitten zwischen all dem lag ein sorgsam gefaltetes Papier. Er faltete es auf und zeigte es mir.

»Was ist das?« fragte ich.

»Wie sieht es denn aus?«

Ich betrachtete es eine Zeitlang und versuchte, daraus schlau zu werden.

»Verdammt, Monk, es ist eine Geburtsurkunde. Die hab ich in T. J. machen lassen. Hat mich bloß fünf Dollar gekostet.«

Sie sah echt aus:

Behörde für Dokumente und Statistik
Gesundheitsamt

GEBURTSURKUNDE

Hiermit wird bestätigt, daß WILLIAM HAROLD FERGUS, Geschlecht MÄNNLICH, laut der am 15. JUNI 1925 im Büro der Stadt Frezno der Behörde ausgefertigten Geburtsurkunde Nr. 17632 am *10. Juni 1925* in der Stadt FREZNO, KALIFORNIEN, geboren wurde. Zur Beurkundung dessen wurde das Siegel des Gesundheitsamtes der Stadt Frezno, Kalifornien ebenhier an dem heutigen 18. Tag des Monats JUNI 1925 gesetzt.

K-999943 ____________ Direktor der Behörde

Gedruckt war das Ganze auf dickem, teuer aussehendem Papier mit marmorierter Oberfläche. Als ich es betrachtete, wurde mir klar, was genau es bedeutete. Er würde sein Versprechen wahr machen, sich der Marineinfanterie anzuschließen, obwohl er erst sechzehn war und ihm volle zwei Jahre an dem von diesem gefälschten Stück Papier beurkundeten Alter fehlten.

»Sie haben Fresno falsch geschrieben«, sagte ich.

Er riß mir den Schrieb aus der Hand. »Was soll das heißen?« sagte er, und seine Augen musterten jedes betrügerische Wort durchdringend.

»Es enthält kein Z«, sagte ich. »Fresno schreibt man mit S.«

»Blödsinn«, sagte er.

»Nein, wirklich. Das S klingt wie ein Z, ist aber doch ein S.«

William faltete die Urkunde sorgfältig und legte sie wieder in den Schuhkarton. Den Karton trug er zurück in den Schrank.

»Ist auch egal«, sagte er. »Wird schon klappen. Wegen einem verdammten Z wird sich keiner groß aufregen.«

»Vielleicht«, sagte ich.

»*Scheiße* vielleicht. Und wennschon, dann geh ich eben zurück nach T. J. und hole eine andere. So schwierig ist das nicht, Monk. Nichts ist so schwierig. Du brauchst es nur fest genug zu wollen.«

Ich widmete mich wieder meinem Radio. Der brüllende Mann war verschwunden. An seiner Stelle spielte eine Marimba-Band eine Carioca. Die Musik blendete sich ein und wieder aus. Sie schien gegen meine Ohren zu plätschern wie Wellen.

»Jetzt dauert's nicht mehr lange, Monk«, hörte ich William sagen.

Aber ich reagierte nicht. Ich trieb allein auf dem Meer, nur von meiner Schwimmweste oben gehalten. Alle meine Freunde waren fort, und mein Schiff war gesunken.

Der Film *In den Fesseln von Shangri-La* kam ins Variety. Tante Ginger wollte ihn sehen und bat mich, sie zu begleiten. Ich wollte eigentlich nicht, weil ich ihn für einen ernsten Erwachsenenfilm mit haufenweise steifen Dialogen hielt, und so was konnte ich nicht ausstehen. Doch Tante Ginger belehrte mich eines Besseren. »Da gibt's einen Flugzeugabsturz«, sagte sie, »und die Überlebenden geraten in ein Land, wo niemand alt wird.« Sie formte ihre kleine weiße Hand zu einem Flugzeug und ließ es auf der Rückenlehne des Sofas landen, wo wir saßen. Ihre

Hand verkrampfte sich und fiel auf die Sitzfläche. »Bumm«, machte Tante Ginger. Ihr Gesicht wurde von kindlicher Begeisterung erleuchtet, auf die ich einfach anspringen mußte.

»In Ordnung«, sagte ich. »Das hört sich gut an.«

Ronald Colman gehörte nicht zu der Sorte Schauspieler, die ich gern sah, aber so wie Tante Ginger die Story erzählte, klang sie nicht langweilig. Ich beschloß, ich könne es aushalten, einmal einen Film ohne Bela Lugosi oder Boris Karloff zu sehen. Die einzigen anderen Filme, die ich mochte, waren Komödien von Abbott und Costello oder Jack Oakie. Horror und Slapstick-Komödien – davon bekam ich nie genug, und natürlich Kriegsfilme. Alles andere glich zu sehr dem Alltagsleben, und was hatte man davon, wo das Alltagsleben schließlich das öde Zeug war, das man tagaus, tagein ertragen mußte?

Doch dann entpuppte sich auch *In den Fesseln von Shangri-La* als eine Art Horrorfilm. Ich freundete mich nach und nach damit an, und am Ende fand ich ihn toll. Er jagte mir nicht so Angst ein, wie es ein Draculafilm konnte, stimmte mich aber traurig und verunsichert. Es schockierte mich zu sehen, wie das wahre Alter des wunderschönen Mädchens aus Shangri-La sie einholte, als sie das paradiesische Tal verlassen wollte. Es war die Schuld von John Howard, Ronald Colmans jüngerem hitzköpfigem Bruder. Er liebte das Mädchen, und sie liebte ihn, und beide glaubten sie nicht, daß sie eines schrecklichen Todes sterben würde, falls sie versuchen sollte, wegzugehen. Die Liebe machte sie töricht und leichtsinnig. Ronald Colman wußte es besser, doch er brachte keinen der beiden dazu, der Vernunft zu gehorchen.

Kaum waren sie aus dem sicheren Tal und im Hochgebirge, wo ständig der Schneesturm toste, vergingen die Jahre wie Sekunden. Das Mädchen wußte, daß es so kommen würde, doch Liebe und leichtsinnige Hoffnung blendeten sie. Die Krähenfüße der mittleren Jahre kamen; sie konnte mit den Trägern nicht mehr Schritt halten; sie flehte, im Schnee liegen und sich ausruhen zu dürfen; unter ihren Augen tauchten dunkle Vertiefungen auf. Zunächst wußte man nicht recht, ob es tatsächlich geschah. Man wollte es nicht glauben. Man wollte glauben, daß das Mädchen dem entkommen könnte, was offenbar ein örtlich begrenzter Zauber war, wenn sie sich beeilten, wenn sie den Paß überwanden und die eigentliche Welt erreichten.

Doch dann krümmte sich ihr Rückgrat unter dem Gewicht der rasch dahineilenden Jahre. Ein leichter Nebel trübte ihre ehedem lebhaften Augen. Ihre Hände zitterten. »Geh *zurück*!« zischte ich. Eine vor uns sitzende Frau drehte sich um und sagte: »Pst! Sei still!«

Es war zu spät zum Umkehren. Eine tödliche Grenze war überschritten, und die Maschinerie des Verfalls ließ sich nicht mehr aufhalten. Das Mädchen sank in den Schnee, John Howard und Ronald Colman standen hilflos daneben. »Mein Liebling«, flüsterte John Howard und kniete sich neben sie, nahm ihre runzlige Hand in die seine. Sie war jetzt alt genug, um seine Großmutter zu sein. All die angehaltenen Jahre fielen mit Macht auf sie nieder.

Das Publikum wurde langsam unruhig. Die Leute hüstelten nervös. Alle verspürten ein Gefühl süßlicher Verzweiflung. Wie konnte dieser Film ein Happy-End haben? Zuschauer verlangten nach Happy-Ends. In der Welt ging es andauernd traurig aus… wenigstens Filme sollten versuchen, unsere Hoffnungen am Leben zu erhalten.

»So ein *Quatsch*!« schrie hinten ein Mann, als Lord Gainsford den Mitgliedern seines Londoner Klubs erzählte, wie Bob Conway – Ronald Colman – sich zurück nach Shangri-La durchkämpfte, allein unüberwindliche Berge überquerte, um wieder mit der jungen Frau vereint zu sein, die er liebte, und mit dem Land, dem er – so seine Bestimmung – als Hoher Lama vorstehen sollte.

Diesem Teil des Filmes schenkte ich keine Aufmerksamkeit. Für mich endete der Film auf dem Gebirgspaß, wo das Mädchen so rasch gealtert war. Diese Stelle spulte ich in meinem Kopf noch einmal ab, machte sie noch ergreifender. Ich beobachtete, wie die rachsüchtigen Jahrhunderte ihren vernichtenden Tribut forderten. Das einst feste und üppige Fleisch des Mädchens hing schlaff an ihren Knochen, bis es wie über Stöcke drapiertes Pergamentpapier aussah. Dann verloren die Fetzen ihres Fleisches auch den letzten faserigen Zusammenhalt, den es noch hatte, und zerfiel allmählich zu blassen Bändern. Die schlanken Knochen standen dazwischen vor: der Rippenbogen, der grinsende Schädel, das knorpelige Rückgrat. Sekunden und Jahrhunderte später wurden die Knochen porös. Nach und nach fielen sie als kleine Ameisenhügel aus Staub zu Boden, wo der eisige Wind sie spielerisch verwehte. »Donnerwetter, Donnerwetter«, sagte der immer beherrschte Ronald Colman, während sein Bruder verrückt wurde und davonrannte, in einen gähnenden Abgrund stolperte, wo er starb.

Tante Ginger hatte, wie ich jetzt merkte, meine Hand fest gepackt. Sie drückte fest genug, um die Knochen zu bewegen. Es tat weh. Ich sah sie an. In ihren Augen standen Tränen. »Es ist eine Metapher, Trygve«, sagte sie. »Es ist *unsere* Metapher.«

Ich kannte das Wort nicht.

»Es bedeutet, daß man nichts behalten kann. Es bedeutet, daß man an nichts festhalten kann. Es bedeutet, daß man genausogut eine Handvoll Nebel greifen könnte.«

»Ruhe«, sagte die Frau vor uns.

»Der Film, den meinst du«, sagte ich und begriff langsam.

»Ja. Der Film. *Er* ist die Metapher.«

Genau die gleichen Gedanken waren mir wegen der Draculafilme durch den Kopf gegangen. Ich erwiderte Tante Gingers Händedruck, um zu zeigen, daß ich begriff. Wir waren verwandte Seelen. Das hätte ich ihr gern gesagt, wußte aber nicht, wie.

Sie zitterte. Ihre Hand zuckte in meiner Hand. Ihre Zähne klapperten. »Ich muß hier raus«, sagte sie und stand auf. »Gehen wir. Der Rest des Films kann sowieso nur Mist sein.«

Draußen auf dem Gehsteig, unter der glänzenden Markise, zitterte sie krampfartig. Draußen war es immer noch warm, um die fünfundzwanzig Grad, doch sie verhielt sich, als wäre es nahe an dem Gefrierpunkt. Sie tat, als stünde sie in einem Schneesturm hoch oben auf einem Gebirgspaß zwischen Tibet und der wirklichen Welt. Meine Hand hielt sie noch immer in einem Todesgriff. Dann ging sie los, schnell, ruckhaft, in die falsche Richtung.

»Wohin gehen wir?« fragte ich. Ich mußte immer wieder Laufschritte einlegen, um ihr zu folgen.

»Nirgendwohin. Absolut nirgendwohin. Niemand geht irgendwohin«, sagte sie.

»Das ist der falsche Weg«, sagte ich.

Sie gab keine Antwort. Wir gingen in diesem Höllentempo vier Blocks weit, als würde uns irgendeine Katastrophe einholen, falls wir trödelten. Wir kamen an neonbeleuchteten Kneipen vorbei, an Imbißstuben, geschlossenen Geschäften und Gebrauchtwagenhändlern. Ein Mann trat aus einem Schnellimbiß, als wir vorbeikamen. Als er Tante Gingers weitausgreifende Schritte sah, rieb er sich die Hände.

»Hubba-hubba«, knurrte er.

»Halbaffe«, sagte Tante Ginger.

Ich war außer Atem. Sie schleppte mein Gewicht hinter sich her. »Anhalten«, sagte ich. »Warte einen Moment.«

Sie sah mich an. Ihr Gesicht dehnte sich in den grellen Farben der Neonlichter aus. Ihr Blick ging durch mich hindurch. »Ich habe dich schon früher gekannt«, sagte sie. »Glaubst du mir?« Sie schaute durch die Jahrhunderte.

Ich zuckte die Achseln. »Wir gehen jetzt besser nach Hause«, sagte ich. »Es ist spät.«

»Wir waren auch *damals* Freunde.«

»Ich weiß«, sagte ich. Denn ich war verschlagen. Ich redete ihr nach dem Mund. Doch das wußte sie, und sie riß an meinem Arm, als wolle sie mich wachrütteln.

»Laß die Finger davon«, sagte sie. »Ich sag dir das mit Nachdruck. Ich bin immer dein Freund gewesen.«

»Ich weiß«, sagte ich, weniger verschlagen, aber ihr immer noch nach dem Mund redend. In dem Moment wurde mir klar, daß Mitchell wahrscheinlich recht hatte, was sie betraf.

»Du weißt es *nicht*. Du wirst es vielleicht nie wissen. Ich will bloß, daß du nicht vergißt, was ich dir sage.«

»Laß uns nach Hause gehen, Tante Ginger«, sagte ich. Es war ein jämmerliches Flehen. »Ich mache uns einen heißen Kakao.«

Sie lachte und ließ meine Hand los. Dann berührte sie mein Gesicht. »Trygve«, sagte sie, »mach dir wegen mir keine Sorgen. Mach dir nur Sorgen wegen dir selbst. Vergiß nur nie, die Finger davonzulassen.«

»Von *was*?« fragte ich verärgert. »Die Finger von *was* lassen?«

Sie drehte sich, einen graziösen Kreis beschreibend, und ihre hochgehaltene Handfläche deutete auf die schöne Stadt der Engel.

Sie ließ mich stehen. Ich sah sie eine Kneipe betreten. Ich folgte ihr, doch in der Kneipentür hielt mich ein großer massiger Mann an. Er atmete schwer durch den Mund. Als er mich sah, zwinkerte er. Aus seiner Jackentasche wühlte er eine Zehncentmünze. Er reichte sie mir. »Geh und hol mir 'ne Zeitung, Kleiner«, sagte er. »Sei ein guter Pfadfinder. Es macht dir doch nichts aus, oder?«

»Nein, Sir«, sagte ich. »Es macht mir nichts aus.«

Ich steckte die zehn Cents in meine Tasche und ging heim.

Ich bekam eine Postkarte von Malcolm. Er hatte sie in Des Moines, Iowa, abgeschickt: »Monk, der Zug hat hier eine Stunde Aufenthalt, und so habe ich diese dämliche Karte gekauft.« (Auf der Ansichtskarte sah man Milchkühe, die blöde einen grinsenden Jungen mit Strohhut anstarrten.) »Wenn Du unsere Antenne baust, solltest Du Draht der Stärke 12 nehmen, nicht 14 oder 16. Ein langes Stück von 14 oder 16 bricht wahrscheinlich, wenn es stürmisch wird. Und daß Du auf jeden Fall isolierte Ringschrauben benutzt, verzeih mein Französisch. Ha, ha. Laß nicht zu, daß die Japsen L. A. bombardieren.« Dann ergänzte er, verschlüsselt: »$B^1A^1L^3O^3$ E^1L^3 $P^4A^1E^1R^4N^3$ $H^2E^1R^4D^1K^3R^4$.«

Ich arbeitete eine halbe Stunde lang an dem Code, konnte ihn aber nicht knacken. Ich stellte mein Radio an und entdeckte von einem Ende der Skala bis zum anderen auf all meinen Kurzwellenbändern nichts als Rauschen. Heiße Sommertage waren schlecht, wenn man Kurzwelle hören wollte, und ich gelobte, die Antenne zu bauen, die Malcolm und ich geplant hatten, damit ich bereit für Indien und China war, sobald das kühle Herbstwetter kam.

William kam herein und grapschte sich meine Postkarte. Er warf einen Blick auf Vorder- und Rückseite, dann schmiß er sie auf den Schreibtisch zurück.

Ich wußte, was ihm zu schaffen machte: nichts von Betty. Er

schmiß sich aufs Bett und nahm ein Comic-Heft zur Hand. Ich schaltete das Radio aus und ging.

Ich ging aufs Dach rauf und schritt es der Länge und Breite nach ab. Es war neunzig Schritt lang und sechsundvierzig Schritt breit. Ich versuchte so zu gehen, daß drei Schritte einen Meter ergaben. Um ganz sicherzugehen, schlug ich auf jede Messung noch vier Meter drauf. Ich zählte alles zusammen und rundete das Endergebnis auf hundert auf. Einhundert Meter Kupferdraht.

Dann fiel es mir ein: *Kupfer*. Man *bekam* kein Kupfer. Das ganze verfügbare Kupfer wurde für die Kriegsproduktion gebraucht. Darum hatte die Regierung Zinkpennies geprägt!

»Oh, *Scheiße*!« brüllte ich.

Ich brüllte es vom Dach herunter in die Ohren der Welt. Ich brüllte es mit geschlossenen Augen und ohne Rücksicht auf meinen beschädigten Rachen. Das Mädchen von gegenüber warf mir einen neutralen Blick geübter Langeweile zu. Sie saß in weißen Shorts und rückenfreiem Oberteil auf dem Rasen und sonnte sich. Obwohl sie erst dreizehn oder vierzehn war, stellte sie all die Verachtung für kindliche Begeisterung zur Schau, die man bei einer Frau von Welt erwarten würde.

Es war mir gleichgültig. Ich war zu niedergeschlagen, um mich vor Scham vom Dach zu verziehen. Ich setzte mich auf das Mäuerchen und ließ die Beine über die andere Seite baumeln. Es ging gute zehn Meter direkt nach unten. Es war mir egal. Ich saß lokker am Rand und betrachtete die Dächer von West L. A. Ich spuckte, aber so heftig, daß sich die Spucke wie Sprühnebel verteilte. Das Mädchen schaute auf und lächelte schwach.

Aus Verzweiflung machte ich mich auf die Suche nach einer Eisenwarenhandlung. Ich mußte den Wilshire Boulevard elf Blocks hinuntergehen, ehe ich einen fand.

»Ich hätte gern einhundert Meter Kupferdraht«, sagte ich und ergänzte rasch: »Es muß Stärke zwölf sein.«

Der Verkäufer lächelte mich an. »Da bist du nicht der einzige«, sagte er.

Ich zog Geldscheinbündel aus meinen Jeans. Seit Wochen hatte ich einen Teil meines Taschengeldes gespart. Außerdem hatte ich von meiner italienischen Großmutter in New York einen Fünfdollarschein zu meinem Geburtstag bekommen und es geschafft, ihn nicht auszugeben.

»Was für anderen Draht haben Sie?« fragte ich.

»Ein wenig Zaundraht, ein wenig Spanndraht.« Er ging in den hinteren Teil des Ladens und kam mit einer schweren Rolle grauen Drahts zurück.

»Woraus besteht der?« sagte ich.

Er zuckte mit den Schultern. »Es ist Draht. Er besteht aus Draht.«

»Ich meine, aus welchem *Metall*. Ich will ihn für eine Antenne benutzen.«

Er zog ein Stück Draht aus der Rolle und bog es hin und her. »Vermutlich Stahl oder Eisen. Es müßte funktionieren, wenn du bloß eine Rundfunkantenne brauchst. Wahrscheinlich enthält er Zink und Blei.«

Ich erstand zwei Rollen des minderwertigen Drahtes und ein halbes Dutzend isolierte Ringschrauben. Dann schleppte ich alles nach Hause. Von meinem Krankenhausaufenthalt war ich immer noch geschwächt und mußte alle Naselang haltmachen und verschnaufen. Der schwere graue Draht färbte meine Hände silbern. Ich saß auf einer Bordsteinkante und betrachtete meine silbernen Hände. Ich versuchte, mir meine Antenne vorzustellen, die wie ein großes Netz von einer Ecke des Wohnhauses zur anderen gespannt war. Das Netz würde die schwächsten Radiosignale auffangen, die aus dem Himmel fielen. Ich hielt die Hände wie Schalen über die Ohren und stellte mir die neue Unmenge von Sendern vor, die ich in meinem Kopfhörer auffing.

Ich hatte Malcolms Postkarte dabei. Ich nahm sie heraus und versuchte, die verschlüsselte Nachricht zu entziffern, wußte aber wieder nicht weiter. Ich kam mit den Zahlen nicht klar. Ich dachte mir, sie müßten irgend etwas mit der Reihenfolge der Buchstaben zu tun haben, aber dann war ich mit meinem Latein am Ende.

Als ich nach Hause kam, stand Mitchells Cadillac draußen vor dem Wohnhaus. Hinter dem Steuer saß William. »Spring rein«, sagte er.

»Bist du *bescheuert*?« sagte ich. »Mitchell ist im Haus. Er bringt dich um.«

»Ich fahre ihn zum Einberufungsamt. Heute ist der erste Juli, weißt du nicht mehr? Er muß sich melden.«

»Aber du hast keinen Führerschein«, sagte ich. »Du darfst ihn nicht fahren.«

Er zeigte mir ein Papier. Es war ein kalifornischer Führerschein, eine schwarze Fotokopie samt Daumenabdruck. »Wo hast du denn *den* her?« sagte ich.

»Von da, wo auch die Geburtsurkunde herkommt.«

»Mitchell kümmert das nicht?«

»Mitchell kümmert überhaupt nichts. Er denkt sich, er zieht sowieso los, um abgeschlachtet zu werden. Er ist ziemlich deprimiert.«

Die Haustür ging auf, und heraus trat Mitchell, einen Koffer in der Hand. Mutter folgte ihm nach draußen.

Als sie mich sah, sagte Mutter: »Ich habe dir gesagt, du sollst heute in der Wohnung bleiben, Trygve. Du wußtest doch, daß Mitchell abreist.«

»Ich hab's vergessen«, sagte ich.

Mitchell öffnete den Kofferraum des Cadillac und schob sein Gepäck hinein. Dann küßte er Mutter. Der Kuß war nicht der Rede wert. Vermutlich ging ihm zu viel im Kopf herum, um hingebungsvoll küssen zu können. Dann drehte er sich zu mir um. »Wiedersehen, Sohn«, sagte er.

»Wiedersehen... Dad«, sagte ich.

Mein Gesicht wurde heiß. Ich betrachtete meine silbernen Hände. Noch nie waren wir füreinander »Sohn« oder »Dad« gewesen, und das Ausmaß der Fiktion, auf die wir uns gerade verständigt hatten, erfüllte mich mit Scham. Diese Fiktion galt rückwirkend. Sie machte aus dem vergangenen halben Jahr einen Film. Die ganze Zeit über war ich »Sohn« gewesen. Die ganze Zeit über war er »Dad« gewesen.

Mitchell tätschelte meinen Kopf.

Mutter seufzte.

Mitchell und ich reichten uns mannhaft die Hände. »Kümmere dich um alles, Trygve«, sagte er.

»Wird gemacht«, sagte ich automatisch mit tieferer Stimme.

William ließ den Cadillac an. Mitchell saß vorne neben William. Sie fuhren los. Mutter und ich hoben die Hände und winkten, aber Mitchell reagierte nicht.

Ich schleppte meine Drahtrollen ins Haus. Ich versuchte, den silbrigen Überzug von meinen Händen zu waschen, aber sie wurden bloß grau. Sie sahen aus wie die Hände eines Wesens in einem Horrorfilm. Ich betrachtete mein Gesicht in dem Spiegel über der Spüle und entdeckte erstaunt ein spöttisches Grinsen.

»Wiedersehen, ›Sohn‹«, sagte das grinsende Gesicht.

»Wiedersehen, ›Dad‹«, erwiderte ich.

»Kümmere dich um alles, Trygve«, sagte der Grinser.

»Wird gemacht«, erwiderte ich in meiner gekünstelten Baritonstimme.

Ich hatte etwas über mich gelernt. Ich wußte, ich würde von nun an bei Bedarf jede beliebige Lüge über die Lippen bringen. Ich konnte »Dad« sagen, ohne es ernst zu meinen, und ich konnte akzeptieren, von jemandem »Sohn« genannt zu werden, dem es damit auch nicht ernst war. Es war, als entdeckte man eine ungeahnte Begabung. William und Betty hatten diese Begabung nicht, und ich ahnte vage, daß ihnen dieser Mangel teuer zu stehen kommen würde. Außerdem ahnte ich vage, daß die Macht dieser Begabung gewaltig sein würde, wenn man sie ohne Skrupel anwandte.

Und gefährlich. Für den, der sie benutzte, so gefährlich wie Leukämie. Denn Notlügen legen den Lügner selbst rein. Er *will* sie glauben. Und er tut es auch.

»Laß die Finger davon«, hatte Tante Ginger gesagt.

Ihre Worte wiederholten sich in meinem Kopf und gewannen an Bedeutung.

Onkel Gerald kam euphorisch nach Hause. Er war über einen Monat zur See gefahren und hatte nicht ein einziges feindliches U-Boot, Flugzeug oder Kriegsschiff gesehen. Es war wie eine Kreuzfahrt gewesen. Zur Feier des Tages nahm er uns alle mit ins El Capitan Theater in Hollywood, um Ken Murrays Blackouts zu sehen. Die meisten Witze verstand ich nicht, und die Sketche fand ich langweilig, doch die Erwachsenen amüsierten sich. Sogar William, dem andere Dinge durch den Kopf gingen, lachte ab und an laut auf. Nach der Show aßen wir bei Don the Beachcomber's chinesisch. Onkel Gerald genehmigte sich etliche Drinks vor dem Essen, wurde aber nicht unangenehm. Seine gute Laune hatte Bestand gegen die Macht des Alkohols, Leute zu verwandeln. Er gab Tante Ginger zärtliche Küsse, mit ehrlicher Zuneigung, und Mutter küßte er ebenso. Er erzählte lustige Geschichten über exotische Häfen und erklärte William und mir genau, wie Seeminen funktionierten und wie man ein Ausweichmanöver gegen ein sich anpirschendes U-Boot durchführte.

Seine gute Laune hielt am nächsten Tag an. Gewöhnlich, wenn er mal wieder mißmutig war, bekam er nicht viel mit von dem, was um ihn herum vorging. Doch diesmal glänzten seine Augen vor lebendigem Interesse an uns allen. Als er sah, wie ich meine Drahtrollen durch die Wohnung schleppte, fragte er, was ich vorhabe. Ich erzählte ihm von meinem Plan, die von Malcolm und mir entworfene Riesenantenne zu bauen. Sofort wurde er neugierig. »Vielleicht kann ich ein bißchen helfen«, sagte er.

Wir gingen aufs Dach. Ich ließ meine schweren grauen Drahtrollen fallen und knüpfte die Seile auf, die verhinderten, daß die Rollen sich selbständig machten und aufwickelten. Ich kramte die isolierten Ringschrauben aus meinen Taschen und reihte sie neben den Rollen auf.

»Schön«, sagte Onkel Gerald, »aber ich habe eine kleine Frage.« Ich sah ihn an. »Woran willst du es aufhängen?« sagte er.

Über Einzelheiten hatte ich mir nicht groß den Kopf zerbrochen. »Tja, ich dachte, ich lege den Draht auf das Mäuerchen und verlege ihn zwischen den Ringschrauben.«

Onkel Gerald schüttelte den Kopf. »Unausgegoren, unausgegoren«, sagte er. »Wenn du so was machen willst, dann aber mit soviel Respekt, daß du es auch richtig machst. Wenn du den Draht einfach auf die Mauer legst, wirst du alle möglichen Störungen reinkriegen, besonders bei schlechtem Wetter.«

Ich sah zu, wie er auf dem Dach hin und her schritt – die Ecken inspizierte, von Zeit zu Zeit in den Himmel spähte –, von seiner Kritik entmutigt.

»Masten, Trygve«, sagte er. »Du brauchst *Masten.*«

»Masten? Meinst du Stangen?«

»Zum Teufel mit Stangen. Stangen sind für Wäscheleinen. Du brauchst Masten – *Spieren*, Jungchen –, große, massive Kerle, an denen du deinen Draht aufhängst.«

»Ich habe aber keine Masten. Woher sollte ich Masten nehmen?«

Er starrte in die Ferne. Während er starrte, griff er geistesabwesend in seine Jackentasche und zog einen silbernen Flachmann heraus. Er schraubte geistesabwesend den Verschluß ab und hob den Flachmann an seine Lippen. Er nahm ein paar Schlucke, die Augen musterten immer noch den pazifischen Horizont. Er senkte den Flachmann. »Das überläßt du mir, Tryg«, sagte er.

Er fuhr im Cadillac weg und blieb stundenlang fort. Als er zurückkam, war die Abendessenszeit vorbei. Wir hatten ohne ihn gegessen. Betrunken betrat er die Wohnung, mit wirren Haaren und glänzenden Augen. Tante Ginger sah ihn nicht an. In seiner Gegenwart war sie nervös, obwohl er immer noch gutgelaunt zu sein schien.

»Auf geht's, Tryg«, sagte er. »Wir haben zu arbeiten. Sieh mal, uns bleiben noch zwei Stunden Tageslicht. Packen wir's an, Jungchen.«

Ich sah Mutter an. Sie hatte eine Ausgabe der Illustrierten *Life* durchgeblättert. Sie sah erst mich, dann Onkel Gerald kurz an, sagte aber kein Wort.

»Du solltest etwas essen«, sagte Tante Ginger.

»Oh, mein Liebling«, sagte Onkel Gerald. »Ich bin wohlgenährt, mein Liebling. Ich ernähre mich von deinem Anblick, Liebste. Der dich umgebende Duft ist mein Fleisch und Brot, mein Schätzchen, meine Ginger.«

Aus irgendeinem Grund schienen diese Worte, auch wenn sie ohne eine Spur von Spott oder Gereiztheit gesagt wurden, Tante Ginger zu ängstigen. Sie erblaßte und zitterte merklich. Sie stand auf und drückte ihre Hände gegen ihr Kleid. Onkel Gerald ging zu ihr und nahm sie in seine großen Arme. Sie fing an zu weinen.

»Na, Ginger«, sagte er. »Na, mein Liebling. Das sind grundlose Tränen.«

Mutter seufzte und stand auf. Sie ging in die Küche. Ich folgte ihr. »Was ist bloß mit Onkel Gerald los?« fragte ich.

»Er ist betrunken«, sagte sie.

»Nein, ich meine etwas anderes.« Ich suchte nach den richtigen Worten. »Er ist auf niemanden *sauer*.«

»Wenn du dich da nicht täuschst, Trygve«, sagte Mutter gelangweilt und wärmte die Kanne Kaffee auf.

Ich ging raus. Der Cadillac stand vor dem Wohnhaus. Er glich einem Holzlaster. Etwas, das aussah wie vier entrindete Baumstämme, eine Axt und eine Bocksäge, war oben auf dem großen Auto festgebunden. Im hinteren Sitzbereich füllte ein Stapel Zubehör – Tau, Flaschenzüge, Packungen voller Nägel, beinahe kabeldicker geflochtener Stahldraht sowie schwere Porzellanisolatoren – den gesamten Fußraum.

William war mir gefolgt. »Ein Haufen Zeugs für ein kleines Radio mit zwei Röhren«, sagte er.

»Ich *will* das alles nicht«, sagte ich.

»Du willst das alles nicht?« sagte Onkel Gerald. Ich hatte ihn nicht aus dem Haus kommen sehen. Er stand zwischen William und mir. Er warf seine Arme um unsere Schultern. Meine Knie gaben nach.

»Wird das nicht zu groß?« fragte ich und richtete mich auf.

»Blödsinn«, sagte er. »Je größer, desto besser, was Rundfunkantennen angeht. Das ist wie bei einem Teleskop, Tryg. Je größer die Linse des Teleskops, desto mehr Licht fängt es auf. Das hier ist genau das gleiche Prinzip. Du mußt jede noch so kleine Radiowelle aus dem Himmel fischen. Ich werde dir eine erstklassige Antenne bauen, fast genauso wie die auf meinem Schiff. Was sagst du dazu, Jungchen?«

Was *konnte* ich dazu sagen? Ich fand die Vorstellung aufregend, daß eine professionell aussehende Antenne das Mietshaus krönte. Sie machte mir aber auch angst. Ein solches Gebilde, das hoch über dem Dach unseres Gebäudes von entrindeten Baumstämmen getragen wurde, mußte einfach irgendwie illegal sein. Oder wenn schon nicht richtig illegal, dann verstieß es gegen die

Vorschriften des Hauseigentümers, Mr. Hobarth. Wenn er sah, was ich mit seinem Eigentum angerichtet hatte, bekäme er einen Anfall. Die Vorstellung, wie Mr. Hobarth angesichts meiner Antenne vor Wut nach Luft schnappte, war für mich eine größere Genugtuung als alles, was ich je erlebt hatte. Es war auch Malcolm Bruckners Antenne. Meine Genugtuung empfand ich stellvertretend für Malcolm. Noch ehe sie gebaut war, nannte ich die Antenne »Malcolms Rache«.

Onkel Gerald zog sich Latzhosen und Arbeitshemd an. Er band die Taue los, mit denen die entrindeten Baumstämme auf dem Dach des Cadillac befestigt waren, und ließ sie vorsichtig hinabgleiten. Wenn er ein Ende eines Stammes auf der Straße hatte, balancierte er ihn aus und hob ihn mit beiden Armen hoch. Die Baumstämme waren etwa sieben Meter lang und hatten unten einen Durchmesser von mindestens fünfzehn Zentimetern, der sich nach oben bis auf etwa acht Zentimeter verjüngte. Onkel Gerald trug jeden Stamm zur Seite des Mietshauses und lehnte ihn aufrecht gegen die verputzte Mauer. Dann entlud er die Rückbank des Cadillac, und wir drei trugen alles auf das Dach.

»Wie kriegen wir die Baumstämme hier rauf?« fragte ich.

»Du meinst die Masten«, sagte Onkel Gerald. Er schwitzte stark, und sein Gesicht war gerötet. »Wir ziehen sie seitlich am Gebäude hoch, Jungchen.« Er nahm eine Rolle Tau und trug sie zum Rand des Hauses. Er lehnte es an das Mäuerchen und warf das Tau hinüber, ein Ende in der Hand behaltend. »William«, sagte er, »ich möchte, daß du da runter gehst und das Tau an der Spiere befestigst, ziemlich weit oben. Tryg und ich ziehen sie dann aufs Dach.«

William verließ das Dach und tauchte bald unter uns auf. Er ließ einen der entrindeten Baumstämme zu Boden und band das Tau an das dünne Ende. Dann stand er auf und trat beiseite. »Zieht los«, sagte er.

Onkel Gerald zerrte mächtig an dem Tau und holte es ein, Hand über Hand. Der Baumstamm hob sich vom Boden, bis er waagerecht hing. Ich versuchte, das Tau zu greifen, doch für mich war kein Platz. Onkel Gerald mit seinem massigen Körper nahm das Mäuerchen in Beschlag. Die Knochen in seinen dicken

Handgelenken ragten vor wie weiße Steine, und die Adern in seinem Hals schwollen gefährlich violett an, während er den Baumstamm an der Seite des Hauses hochzog. Als die Baumspitze am Rand der Mauer auftauchte, packte Onkel Gerald sie grunzend mit seinen großen Händen. Sein Gesicht wurde vor Anstrengung rot, seine Augen waren fest geschlossen. Es sah aus, als erwürge er irgendein Wesen mit langem Hals und milchweißer Haut. »Hilf mir«, ächzte er, doch für mich war an der Mauer kein Platz. Er ging in die Knie, holte tief Luft und zog.

Auf diese Weise hob Onkel Gerald sämtliche Masten für meine Antenne auf das Dach des Wohnhauses.

Sein Arbeitshemd war schwarz vom Schweiß. Er nahm seinen Flachmann aus seiner Hosentasche und schraubte ihn auf. Er hielt ihn mir hin. Als ich danach griff, zog er ihn weg. »Noch nicht, Tryg«, sagte er. »Noch nicht.« Dann nahm er einen großen Schluck, seine schweißnasse Kehle arbeitete. Er setzte sich hin, die Beine über Kreuz, und trank noch einmal.

»Mehr tun wir heute nicht«, sagte er. »Morgen beginnt die ernsthafte Arbeit. Übrigens kann man mit dem Draht nichts anfangen, den du gekauft hast, Tryg. Wir brauchen Kupfer. Guten Kupferdraht.«

»Man *kriegt* kein Kupfer«, sagte ich. »Niemand hat Kupfer.«

»Es muß Kupfer sein«, sagte er. »Wir dürfen nichts Schlechteres als Kupfer verwenden. Dem Zeug, das du hier hast, fehlt die nötige Leitfähigkeit. Sein Widerstand gegen die von den Radiowellen erzeugten kleinen Elektrizitätsmengen ist zu groß, Tryg. Bei einem so niedrigen Elektrizitätsniveau kann man sich keinen unnötigen Widerstand leisten.«

»Aber ich hab dir doch gesagt...«

»Du hast mir gesagt, daß dein Einfallsreichtum zu wünschen übrig läßt, Jungchen.«

Er zwinkerte mir zu, und eine neue Angst kribbelte an meinen Nackenhaaren. Ich hatte gar nicht daran gedacht, *woher* er die Baumstämme hatte, aber diese – und nun noch eine – Frage ließen mir keine Ruhe: Wo nahm er *Kupfer*draht her? Wessen Bäume hatte er abgeholzt?

Er kippte den restlichen Whisky aus seinem Flachmann runter und stand auf. Der Abendhimmel hatte sich zu einem rauchigen Blau verfärbt. »Ich habe meine Landbeine«, sagte er.

Zum Beweis kletterte er auf das Mäuerchen und ging wie ein Hochseilartist von mir fort, mit zur Balance ausgebreiteten Armen.

Tante Ginger hatte eine Schallplatte von Hildegarde auf den Victrola gelegt. Hildegarde sang: »Darling, je vous aime beaucoup, je ne sais pas what to do... You have stolen my heart.« Das Radio war sehr laut gestellt, und Tante Ginger saß neben dem Gerät und hielt ihr Gesicht in den Händen.

Mutter war in der Küche, wo sie am Eßtisch Kaffee trank. »Was ist bloß mit Tante Ginger los?« fragte ich.

Mutter seufzte. »Sie hat Angst.«

»Aber Onkel Gerald ist bester Laune. Ich hab ihn noch nie so glücklich gesehen«, sagte ich.

»Wo *steckt* Gerald eigentlich?« wollte sie wissen, ohne meinen Einwand zu beachten.

»Er ist, äh, auf dem Dach.«

»Was treibt er da oben?«

»Er ist einfach da oben. Läuft rum. Er hat seine Landbeine.«

Tante Ginger kam herein. Ihr Gesicht war noch tränenfeucht, aber sie weinte nicht mehr. »Hat er das gesagt?« fragte sie. »Hat er gesagt, er habe seine Landbeine?«

»Ja«, sagte ich. »Das hat er gesagt. Dann ist er am Dachrand entlanggelaufen, auf dem Mäuerchen.«

Tante Ginger wurde weiß wie die Wand. »O nein«, sagte sie. Sie rannte aus der Wohnung. Mutter folgte ihr. William kam aus unserem Schlafzimmer.

»Was ist los?« sagte er.

»Frag mich was Leichteres«, sagte ich.

William und ich gingen nach draußen. Mutter und Tante Ginger standen auf der Straße und sahen zum Dach des Wohnhauses hinauf. »Komm runter, komm *runter*«, flehte Tante Ginger.

Onkel Gerald spazierte immer noch auf dem Mäuerchen entlang, aber inzwischen mit den Händen in seinen Taschen. Er pfiff eine flotte Melodie vor sich hin, und ab und zu legte er einen kleinen Tanzschritt ein.

»Ich habe meine Landbeine«, rief er. Vor dem dunkel werdenden Himmel hob er sich als pechschwarze Silhouette ab.

»Komm bitte runter!« sagte Tante Ginger.

»Sonst fällst du«, ergänzte Mutter.

Onkel Gerald lachte. Er trug ein kleines Gedicht vor:

Ich bin eins der Meerestiere
Das läuft sogar auf einer Spiere
Besoffen wie ein Heide
Unter dem nächtlichen Himmel aus Seide.

»Tu's nicht!« schrie Tante Ginger. »*Tu's nicht!*«

»Ich tu's nicht!« lachte Onkel Gerald zurück. »Ich *tu's nicht*!«

Dann stieg er von der Mauer. »Was hast du denn für Sorgen?« sagte er, die Ellenbogen auf die Mauer gestützt.

»Du jagst ihr eine Höllenangst ein«, sagte Mutter.

Die auf die Mauer gestützte schwarze Gestalt sagte: »Das glaube ich nicht. Ich glaube, die Quelle ihrer Angst ist eine andere als die deine.«

William und ich gingen zurück ins Haus. Ich griff mir die Illustrierte *Life*, in der Mutter gelesen hatte, und blätterte sie durch. Es war eine Sondernummer, die sich mit Kampffotos in Farbe dem Krieg im Südpazifik widmete. Es gab das ganzseitige Foto eines Marineinfanteristen, dessen linke Seite von der Explosion einer Geschützgranate weggerissen worden war. Die gesamte linke Hälfte seines Körpers war schartiger roter Matsch. Die andere Hälfte sah normal aus. Die normal aussehende Hälfte glaubte – in dem Sekundenbruchteil, als das Foto gemacht wurde – immer noch, sie sei lebendig. Die normal aussehende Hälfte hielt ein Gewehr hoch, das gerade laufende Bein zur besseren Haftung in den Sandstrand eingegraben. In dem normal aussehenden halben Gesicht sah man ein grimmiges Auge, und der halbe Mund bleckte kampfbereite Zähne.

Tante Ginger kam herein. Sie setzte sich neben mich. »Ich habe von ihm geträumt«, sagte sie, auf den zerfetzten Marineinfanteristen deutend. »Letzte Nacht, bevor ich diese Zeitschrift sah, habe ich von einem halben Mann geträumt. Er lief auf der Straße herum. Ich rief ihm aus dem Fenster etwas zu, doch er musterte mich nur kurz. Er tat, als wäre ich etwas ganz Gewöhnliches wie ein Vogel in einem Baum. Ich wollte ihn vor einer echten Gefahr warnen, aber er schüttelte nur den Kopf, als wolle er sein eines Ohr von Wasser befreien.«

In dem Moment kam Mutter herein und legte eine Jimmy-Dorsey-Platte auf den Victrola. »Ich will ich sein«, verkündete sie. »Wenn sich mir jemand anschließen will, so ist das seine Sache.« Sie machte sich eine Cola mit Rum und schob die Zeitschrift *Life* unter die Couch.

Eine halbe Stunde später kam Onkel Gerald herein. Er war pitschnaß. Er schüttelte den Kopf, daß das Wasser spritzte. Seine Füße waren nackt.

Tante Ginger packte meinen Arm fest genug, um die Blutzirkulation abzuschneiden.

»Ich bin ein wenig im Regen spazierengegangen«, sagte er. »Da stand ich nun und starrte im Regen die Treppe hoch.« Er lachte und wischte sich mit seinem Taschentuch über Hals und Gesicht. »Keine Wolken, kein Regen. Es war ein Irrtum. Ich stand im Sprühregen eines Rasensprengers, dachte an Vancouver und daran, wie schön es um diese Jahreszeit dort wäre.«

Ein träumerisches Lächeln teilte sein rotes Gesicht. Seine Füße, so fiel mir auf, waren weiß wie Papier, als wären sie einen Monat lang unter Wasser gewesen. Tante Gingers Griff um meinem Arm lockerte sich. Sie sackte auf dem Sofa zusammen.

Onkel Gerald zog das Klappbett herunter und legte Tante Ginger darauf. Er kniete sich neben das Bett und rieb ihre Hand. Nach einem Weilchen kam sie in einer unbekannten Welt wieder zu sich. Sie betrachtete die Gesichter um sie her, ohne daß sich in ihrem Blick ein Erkennen abzeichnete. Sie betrachtete ihre eigenen Hände. Erstaunen zerfurchte ihre Stirn. Sie setzte sich hin, sah noch einmal Onkel Gerald an, und dann fiel ihr alles wieder ein. Onkel Gerald nahm sie in die Arme und sagte: »Ist ja gut, kleine Ingrid« und glättete ihr samtig blondes Haar mit seiner großen Hand.

»Ingrid?« flüsterte ich Mutter zu.

»Ja«, sagte sie. »›Ginger‹ ist ein Kosename für ›Ingrid‹.«

Das fand ich erstaunlich. Jemand hatte ihr den Spitznamen »Ginger« gegeben, so wie ich den Spitznamen »Monk« bekommen hatte. Doch ihrer war ihr gedankenlos verliehen worden. Mir gefiel »Monk«, und ich hatte das Gefühl, daß er irgendwie zu mir paßte. Doch »Ginger« schien mir für eine ernste, belesene Frau wie meine Tante ein zu frivoler Name zu sein. Sie hätten es bei Ingrid belassen sollen. Sie war, je mehr ich darüber nachdachte, ganz klar eine Ingrid, keine Ginger. Was, wenn Ingrid Bergman den Spitznamen »Ginger« bekommen hätte? *Casablanca* mit Ginger Bergman in der Hauptrolle. Eine lachhafte Vorstellung.

»Ah, meine süße Ingrid«, sagte Onkel Gerald und strich ihr mit seinen rauhen Händen über den Rücken.

Mutter stieß mich an und nickte abrupt in Richtung Tür. Wir ließen Onkel Gerald und Tante »Ingrid« nun allein. »Ihr Jungs geht jetzt ins Kino oder so was«, sagte sie in der Küche. Sie gab William und mir je einen halben Dollar.

»Es läuft nichts Gutes«, sagte ich.

»Geh trotzdem«, sagte sie.

Im Variety lief ein Film mit Joan Crawford. Er handelte von einer Frau, die ihren untreuen Mann umbringt, indem sie ihm ständig Gift verabreicht. Als ihr Mann endlich in seinem Arbeitszimmer tot umfiel, sagte William laut: »Ach Gottchen, das wurde aber auch Zeit, was?« Die Leute um uns herum zischten uns ruhig. Noch vor der Hälfte des Films standen wir auf, um hinauszugehen. William ließ im Gang einen fahren.

»Vom Winde verweht«, sagte ich.

»Rauch steigt dir in die Augen«, sagte William.

»Wenn Johnny nach Hause gefurzt kommt, hurra, hurra«, sagte ich.

»Du stinkst mir deinen Traum, und ich stink dir meinen«, sagte William.

Vor uns beugte sich ein Mann in den Gang. »Haltet die Klappen, ihr Idioten«, sagte er.

Als wir das dunkle Kino verließen, hörte ich einen Donnerschlag. Es war ein Gewitter – in dem Film. Ich drehte mich um und sah, wie sich Joan Crawford unter ein paar wehende Bäume flüchtete.

Wir traten auf die Straße hinaus, und es regnete. Es war eines jener unvorhersehbaren Sommergewitter, die vom Südwesten hereinwehend Kalifornien überraschen. Der Regen war tropisch, die Tropfen fast heiß, als sie auf meine Haut trafen. Ich war verdutzt. Ich sah William an, aber der hatte den Zusammenhang nicht erkannt:

– Ein Donnerschlag und Gewitter im Film.

– Es regnete auf dem Adams Boulevard.

»Ist das nicht unheimlich?« sagte ich.

»Was? Ist was nicht unheimlich?« sagte William.

Ich deutete zurück auf das Variety. »Im Film war auch ein Gewitterregen.«

»Der Monk hält Gewitterregen für unheimlich«, sagte William.

Es regnete heftig, die großen heißen Tropfen durchnäßten in Sekundenschnelle unsere Hemden. Der Platzregen hüpfte auf der Straße. Ich ging zurück ins Kino. Da der Film schon fast vorbei war, hielt mich niemand auf. Joan Crawford saß gerade hinter dem Steuer eines Autos, die irren Augen schmal und funkelnd, als sie versuchte, in die regnerische Nacht zu schauen. Ihre Scheibenwischer ruckten hin und her. Sie fuhr zu schnell. Auf dem Sitz neben ihr lag ein vernickelter Revolver. Sie hob ihn auf und hielt ihn an ihre Wange, als wolle sie ein heftiges Fieber kühlen.

Ich ging wieder raus. William hatte sich auf den Heimweg gemacht. In der Straße tobte der Platzregen. Da fiel mir Onkel Gerald ein. Er hatte unter einem Rasensprenger gestanden und gedacht, es regne. Die Übereinstimmungen häuften sich. Ich rannte, um William einzuholen. Ich packte ihn am Arm. Bedeutungsschwere spann sich durch die Luft und verband alles miteinander.

»Hier kommt *noch* was Unheimliches«, sagte ich.

William schüttelte meine Hand von seinem Arm und ging weiter.

»Dein Dad dachte, daß es regnet. Er stand im Regen, schaute aber zu den Sternen hoch.«

»Monk.«

»Was ist?«

Er blieb stehen. Er legte die Hände auf meine Schultern und hielt mich auf Armeslänge ab. »Du bist nicht nur *verrückt*, Monk.«

»Bin ich nicht?«

»Nein. Du bist auch noch langweilig. Du langweilst mir den Arsch ab, Monk.«

Als erstes wurden die Masten aufgestellt. Onkel Gerald befestigte sie in den Ecken des Mäuerchens, indem er schwere galvanisierte Bänder in die Eckpfosten der Mauer bohrte. Dann nagelte er die Spanndrähte an strategischen Stellen des Daches fest. Die Spanndrähte waren schon auf halber Höhe an den Masten befestigt worden, genauso wie der herrliche Kupferdraht der eigentlichen Antenne, die von schweren Porzellanisolatoren an der Spitze der sieben Meter hohen Baumstämme nach unten baumelten. Als alle Spanndrähte an ihrem Platz befestigt waren, zog Onkel Gerald mittels einer Seilrollenkonstruktion den Antennendraht hoch. Die Rolle knarrte, während sich der glänzende, extrastarke Kupferdraht vom Dach hob und sich allmählich zu einem blitzenden Rechteck spannte, in dem es schon von Rundfunksignalen aus allen vier Ecken der Erde summte. Von der Mitte einer Antennenseite baumelte ein einzelner Draht herab. Er war mit Gummi isoliert und war nicht nur lang genug, um mein Schlafzimmerfenster zu erreichen, es blieben sogar noch etliche Meter übrig. Das war der Zuleitungsdraht, an den ich mein Radio anschließen würde.

Die Durchführung des Projektes hatte den ganzen Vormittag und einen Teil des Nachmittags gedauert. Onkel Gerald setzte sich und öffnete eine Flasche Ballantine. Er bot mir einen Schluck an. Ich wollte schon ablehnen, griff dann aber doch nach der Flasche. Ich nahm mehrere vorsichtige Schlucke von dem warmen, bitteren Ale.

Das Geheimnis des Kupferdrahtes war gelüftet: Onkel Gerald

war zu einem Schrottplatz gefahren und hatte vier kaputte Generatoren aus alten Autos entdeckt. Die Generatoren steckten voller extrastarkem Kupferdraht. Ich sah zu, wie er geduldig die Anker aufdröselte. Während er den Draht abwickelte, rollte ich ihn zu Spulen im Durchmesser von der Länge meines Unterarmes, jeden Strang über meinen Daumen und unter den Ellenbogen klemmend. Uns blieb noch Draht übrig. Doch die Baumstämme ließen mir immer noch keine Ruhe, und nach ein paar weiteren Schlucken Ale fragte ich ihn danach.

»In Los Angeles gibt es eine Menge schöne Parks, Tryg«, sagte er. »Und in diesen Parks stehen mehr Bäume, als irgendwer verwerten kann. Ein paar Bäumchen werden schon keinem fehlen.«

Er öffnete noch eine Flasche Ale. »Wir wollen feiern«, sagte er. Er bot mir den ersten Schluck an. Diesmal kam mir der bittere Geschmack nicht ganz so fies vor. Ich sah zu meiner schönen Antenne hoch. Malcolms Rache glänzte im Nachmittagslicht. Eigentlich war es gar kein einfaches Rechteck aus Kupferdraht. Onkel Gerald hatte es so angestellt, daß wir möglichst viel von dem Generatorendraht verwenden konnten. Sich gegenüberliegende Ecken des Rechtecks waren mit langen Drähten verbunden. Diese Drähte bildeten über dem Dach des Wohnhauses ein riesiges X. Ich hatte den Eindruck, daß wir tatsächlich eine Art Netz gebaut hatten, ein Netz, das jedes Radiosignal einfangen würde, das aus dem Himmel über Los Angeles fiel.

»Krieg ich jetzt wohl einen Schluck davon, Kerlchen?« sagte Onkel Gerald und griff nach der Flasche.

Wir reichten die Flasche hin und her. Aus dem Westen war ein Wind aufgekommen, und die Antenne sang. Eine AT-6 donnerte über unsere Köpfe hinweg und stieg ruhig in die Sonne. Ich hob eine leere Aleflasche und spähte durch ihren braunen Hals auf das Flugzeug.

Onkel Gerald nahm mir die Flasche aus der Hand und stellte sie ab. Er seufzte. »Ich bin sehr müde«, sagte er. Ich glaubte nicht, daß er »schläfrig« meinte. Er öffnete die nächste Flasche. Wieder gab er mir den ersten Schluck.

»Hab ich dir von meiner anderen Frau erzählt, Tryg?« fragte er.

»Die in dem Auto gestorben ist? Ja, das hast du.«

»Nein, nicht Philly. Von dem Mädchen, das ich nach Philly geheiratet habe. Sie hieß Georgette West. Sie war eine Eskimofrau. Ich lernte sie in Juneau kennen, und wir liebten uns unter der Mitternachtssonne. Es war eine kurze Ehe, dauerte nur ein paar Monate. Kurz und zutiefst irrational, Master Trygve.«

Wir lagen nicht auf derselben Wellenlänge. Doch andererseits begriff ich auch, daß er keine Antwort von mir erwartete. Ich trank aus der Aleflasche. Ich konnte das Summen des Kupferdrahtes nicht von dem Summen in meinem Kopf unterscheiden.

»Eine bestimmte Sorte Frau«, sagte Onkel Gerald, »bringt Eisen in deine Männlichkeit.« Er sah mich scharf an. »Vermutlich sollte ich nicht so mit dir reden. Das ist mir klar. Aber woher solltest du solche Dinge sonst erfahren? Wer erzählt sie dir, wenn nicht dein Onkel?«

Ich zuckte mit den Schultern. Doch selbst das war eine zu starke Reaktion. Das Schulterzucken beinhaltete eine Bereitwilligkeit, die nicht vorhanden war. Das war mein Onkel Gerald. Er war mit meiner Tante Ginger verheiratet. Er war alt, und seine Sicht des Lebens war aus roher Erfahrung gehämmert. Was konnte er mir erzählen, das ich womöglich verstand?

»Georgette war so eine Frau. Zwei von uns waren hinter ihr her. Sie sagte: ›Kämpft um mich. Wegen mir müßt ihr euch prügeln.‹ Sie wollte einen Helden. Normalerweise sagt ein Mann: Soll der Teufel sie holen. Und kriegt man mit so einer Frau nicht immer wieder Ärger? Doch sie war anders. Das war mal eine Frau, um die man gern kämpfte. Nur so ging es, verstehst du. Und so kämpfte ich gegen einen Mann. Dann, am Ende des Sommers, war es aus. Gegen Ende des Sommers haßten wir einander. Sie bestrafte mich, und ich bestrafte sie. So etwas kommt vor.«

Ich nickte. Ich wollte meine Antenne ausprobieren. Mir war schwindlig, und ich langweilte mich.

»Georgette West«, sagte er wehmütig.

Ich nippte am Ale und nickte müde. Ich versuchte, mir Georgette West, die Eskimofrau, vorzustellen. Es ging nicht. Ich sah bloß Iglus und Fische vor mir. Ich konnte mir nicht vorstellen, in den Armen so einer Frau zu sterben, während ein Orchester »The White Cliffs of Dover« spielte. Ich hatte das Gefühl, daß Georgette West nicht einmal wußte, daß es so etwas wie den Zweiten Weltkrieg gab. Sie war irgendwo in Alaska und verlangte von Männern, um sie zu kämpfen. »Wegen mir müßt ihr runter auf den Boden«, zischte sie mir ins Ohr. Ich weigerte mich höflich. Zehntausend Meter über dem Pazifischen Ozean warteten wichtigere Schlachten auf mich.

»Keine Ahnung, warum ich das alles erwähnt habe«, sagte Onkel Gerald.

Ich zuckte die Achseln und nickte. Onkel Gerald legte mir seine Hand um den Hals und drückte liebevoll.

»Nein, nein«, sagte er. »Du wirst nie mit einer Frau wie Georgette West zu tun haben. Das ist mir klar. In gewisser Weise ist es schade, aber auch dein Glück. Ich merke, daß du dich mit den höheren Dingen beschäftigen wirst. Tja, schön für dich, Jungchen. Schön für dich.«

»DENK AN PEARL HARBOR.« So lautete Malcolms verschlüsselte Botschaft. Ich hatte endlich gemerkt, daß die hochgestellten Ziffern das Alphabet in fünf aufeinanderfolgende Gruppen einteilten, wobei die beiden »geraden Gruppen« überhaupt nicht verändert wurden, während die »ungeraden Gruppen« auf die gleiche Art umgestellt wurden wie bei dem einfachen Code, den ich Jane Webster beigebracht hatte. Jeden Morgen durchsuchte ich die Post nach einem Brief oder einer Karte von Malcolm. Ich wollte seine Adresse haben, damit ich ihm eine verschlüsselte Botschaft schicken konnte, die sich nicht knacken ließ, aber es kam nichts. William war weniger auf die Post erpicht, doch ich wußte, daß er auf einen Brief von Betty wartete. Endlich traf einer ein. Auf dem Umschlag stand kein Absender. William las ihn mehrmals am Küchentisch, dann knüllte er ihn zusammen und schmiß ihn in den Müll. An jenem Tag erbot ich mich freiwillig, den Müll zum Verbrennungsofen zu tragen. Bevor ich unsere Tüte mit Küchenmüll in die große Verbrennungskiste aus Beton schmiß, fischte ich Williams Brief von Betty heraus. »Liebster, liebster William«, stand da. »Ich werde so offen zu dir sein, wie du zu mir wärst. Ich habe hier einen Jungen kennengelernt, Barry, und wir sind sehr ineinander verliebt. Ich liebe dich und werde dich immer lieben. Ich werde dich nie vergessen, William. Kannst du mir glauben? Es ist wahr. Ich kann es nicht erklären. Es gibt keine Entschuldigung dafür. So ist es nun mal. Verstehst du? Ich weiß, daß du es verstehst. Es ist einfach passiert, und ich weiß, daß es auch dir wieder passieren wird. Ganz bestimmt. Hege bitte keinen Groll gegen mich. Ich verbleibe in Liebe deine Betty.«

Ich warf den zerknüllten Brief auf den Stapel Müllsäcke. Dann zündete ich das Zeug an. Ein weißer Rauchfaden kringelte aus dem Schornstein, gefolgt von bösem schwarzem Qualm.

Mein kleines Zweiröhrenradio hatte begrenzte Trennschärfe, und nachdem es nun mit Malcolms Rache verbunden war, konkurrierten etliche Sender um jeden Platz auf der Skala, so daß sie laute Überlagerungsgeräusche erzeugten, die sich wie die Trompeten des Alten Roms anhörten. Doch spät am Abend flüsterten Sender vom Ende der Welt in meine Kopfhörer. Die Glocken und Schellen Nepals bimmelten in der nächtlichen Ruhe von Los Angeles. Die Trommeln Afrikas und die Gongs Chinas erweiterten wummernd und hallend den Umfang meiner Wachträume. In einer Amateurradiozeitschrift las ich einen Artikel über die Geräusche, die ein Meteor auf den hochfrequenten Radiobändern hinterläßt. Ich stöpselte meine Zehn- und Fünfzehnmeterspulen ein, und tatsächlich, wenn ich geduldig wartete, wurde ich von den Doppler-Pfeiftönen und -Impulsen eines Meteors belohnt. Mitte August, während der Meteoritenschauer, klangen die Pfiffe und Ächzer wie eine regelrechte Invasion aus dem Weltall. Und zwischen diesen Meteorüberfällen lauschte ich stundenlang, ohne einen Moment der Langeweile, dem permanenten kosmischen Zischen. Das Universum war eine laute Gegend, die unsere Welt ständig mit Botschaften in ihren nicht entschlüsselbaren Codes eindeckte.

Eines Morgens in aller Frühe fing ich tatsächlich Japan auf. Tokyo Rose spielte Schallplatten für die GIs im Südpazifik, und zwischen den Titeln sprach sie zu ihnen. »Hi, GI-Joe, was weißt du? Oder besser gesagt, was weißt du *nicht*? Jede Wette, du weißt nicht, daß du diesen sinnlosen Krieg allein zum Nutzen der Wall-Street-Millionäre kämpfst. Glaubst du etwa, Mister Roosevelt ist einer von *euch*? Werd endlich schlau, Joe.« Und so weiter. Sie hatte eine sanfte Stimme und sprach akzentfrei, von einem gelegentlichen Ausrutscher abgesehen. Ich wünschte ihr den Tod. Ich wünschte, eine B-25 Mitchell würde eine Ladung Brandbomben auf ihr Rundfunkstudio abwerfen. Ich sah mich, wie ich die tödlichen Bomben zustellte. Ich ließ meine Besatzung über dem Meer aussteigen, weil ich wußte, daß ich in einem Himmelfahrtskommando unterwegs war. Es ging nicht anders. Ich brachte die B-25 tief rein, über den Dächern, genau wie in dem Film *Dreißig Sekunden über Tokio* mit Spencer Tracy und van Johnson in den Hauptrollen. Ich sah die Türme des Rundfunksenders und hielt darauf zu. Der Sender hatte große, die Stadt überblickende Fenster, und ich kam auf gleicher Höhe mit ihnen angeflogen. Da stand sie, ein tragbares Mikrofon in der Hand, und schaute mir direkt in die lebensmüden Augen. Sie sah umwerfend aus in ihrem roten Seidenkimono und mit den glänzenden schwarzen Haaren. Die Angst auf ihrem wunderschönen Gesicht ließ meine Hand auf dem Bombenabwurfschalter erstarren. Ich verbannte das Bild aus meinem Kopf und unternahm einen neuen Versuch, zwang der Frau mit dem Mikrofon ein gröberes, bösartigeres Gesicht auf. Dann warf ich die Bomben ab. Ich riß das Steuer zurück, wohlwissend, wie absolut sinnlos der Versuch war, der flammenden Explosion zu entkommen.

Als ich Tokyo Rose das zweite Mal auffing, war es vormittags. Ich wollte, daß jemand anders sie hörte, doch es war niemand in der Nähe. William war allein an den Strand gefahren, und sowohl Mutter als auch Tante Ginger arbeiteten. Ich lief durch das Wohnhaus, suchte irgendwen, doch das Gebäude war menschenleer. Das Mädchen auf der anderen Straßenseite sonnte sich auf dem Rasen. Ich brüllte ihr von der Gehsteigkante aus zu: »He, willst du Tokyo Rose hören? Ich hab sie auf meinem Radio.« Sie betrachtete mich verständnislos, als sei es unvorstellbar, daß ich sie angesprochen hatte.

»Hast du mit mir gesprochen?« sagte sie hochnäsig.

»Ja. Tokyo Rose ist bei mir im Radio, persönlich. Willst du sie hören? Es ist richtig... *abgefahren.*«

Widerstrebend stand sie auf, als wäre sie von einem Elternteil gerufen worden. Sie schob einen Finger unter den Rand ihrer Shorts und löste sie von ihren verschwitzten, sonnengebräunten Oberschenkeln, als sie die Straße überquerte. Sie trug Sandalen, und ihre Zehennägel waren korallenrosa angemalt.

Sie folgte mir in das Wohnhaus. Sie ging langsam, einstudiert. Mir fielen Mitchells Anweisungen ein, und ich versuchte, so viel wie möglich auf meinen Fußballen zu bleiben. *Zuerst die Ballen, zuerst die Ballen*, sagte ich mir im stillen. Ihre gelangweilte Art und ihre rosa Zehennägel sorgten dafür, daß ich kultiviert und weltmännisch erscheinen wollte. Ihre großen Brüste spannten ihr rückenfreies Oberteil.

Ich mußte die Tür zu unserer Wohnung aufhalten, während sie gleichgültig durch den Flur schlenderte, die Lippen geschürzt.

»Es ist kühl hier drin«, sagte sie und sah sich rasch und prüfend in der Wohnung um. »Sieht nett aus«, sagte sie.

»Mein Radio«, sagte ich, »steht in meinem Zimmer.« Ich ging voran zu dem hinteren Schlafzimmer. Ich ging als erster hinein und hielt den Kopfhörer an mein Ohr. Es war mit Sonnenrauschen und kosmischem Zischen erfüllt. Im Hintergrund war beinahe eine Stimme zu vernehmen, aber vor allem in meiner Phantasie.

»*Das* ist dein Zimmer?« sagte sie.

Sie hatte eine schmale gebogene Nase; ihre Augen waren klein und mißtrauisch. Die Lippen hielt sie ständig abschätzig geschürzt. Langsam glaubte ich, daß es ein Fehler war, sie zu uns einzuladen, damit sie Tokyo Rose hörte. »Klar ist das mein Zimmer«, sagte ich. »Und das meines Cousins.«

»Dein Cousin ist der große mexikanische Junge?«

»Er ist kein Mexikaner, er ist Kanadier.«

»Wie ausgesprochen interessant«, sagte sie, das Gegenteil meinend.

Ich suchte die Stimme von Tokyo Rose, Kopfhörer an den Schädel gepreßt. Ich setzte mich und durchforschte ernsthaft die Skalen. Überall verstopften Marinesender die Frequenzen mit ihren endlosen Kryptogrammen in Morsecodes. »Verflucht«, sagte ich.

»Kein Tokyo Rose, wie?« sagte das Mädchen. Sie stand hinter mir und spannte meinen Nacken zwischen ihren Brüsten ins Joch. Ich bückte mich nach vorn, außerhalb ihrer Reichweite.

»Ich *hatte* Tokyo Rose«, sagte ich. »Ich hatte sie laut und *deutlich* drin, ehrlich.«

»Was ist eigentlich so toll an Tokyo Rose?« sagte sie gehässig.

Ich sah sie an. Sie grinste auf mich herab, war sich meiner Torheit bewußt, ihrer eigenen Überlegenheit gewiß. Ich nahm den Kopfhörer ab. »Sie ist nicht so toll«, sagte ich. »Sie sagt einfach bloß so verrückte Sachen. Ich meine, sie erzählt *Lügen*, im Prinzip absurde Lügen.«

Sie musterte mich lustlos, die Lippen geschürzt. »Das menschliche Wörterbuch«, sagte sie. Sie setzte sich aufs Bett und nahm sich ein Comic-Heft. Sie blätterte es durch, ohne ein Wort zu lesen, und warf es beiseite. »Wo steckt dein blöder Cousin?« fragte sie.

»Draußen. Am Strand. Venice, glaube ich.«

»Ist bestimmt auf der Suche nach Mädchen«, sagte sie.

»Das glaube ich nicht«, entgegnete ich. Höchstwahrscheinlich war er auf der Suche nach einer Schlägerei. Nach Bettys Brief war er schlechter gelaunt als je zuvor gewesen. Ständig zeichnete sich ein gefährlicher Ausdruck auf seinem Gesicht ab.

Ich stand auf und ging um das Bett herum auf die Tür zu. Sie packte mich am Arm. »He«, sagte sie. »Du hattest Tokyo Rose noch nie auf diesem miesen kleinen Radio, stimmt's?«

Mein Mund wurde staubtrocken. »Und ob«, sagte ich. »Wirklich, aber Kurzwelle kommt und geht. Das heißt, eben hat man noch ein starkes Signal, und in der nächsten Minute ist es futsch, besonders im Sommer.«

»Ich glaube, du lügst mich an. Du siehst aus wie die Sorte Knilch, der 'ne Menge Lügen erzählt.«

»Nein, es stimmt«, sagte ich, doch meine Stimme war ein trokkenes Flüstern.

Sie legte ihre andere Hand auf meinen Arm und zog mich auf das Bett. Ich fiel auf die Seite, neben sie, und sie nahm mich in eine Beinschere, die mir die Luft aus der Lunge preßte.

Sie rollte auf den Rücken. Ihr kräftiges Becken hob mich in die

Luft. Ich lag auf ihr. Sie zog mein Gesicht auf ihres hinab und hieb ihre geschürzten Lippen in meine Zähne. Ihr Becken hob und senkte sich in mächtigen Wellen, hob mich hoch und zerrte mich runter.

Dann rollte sie von mir weg und stand auf. »Was treibst du da eigentlich, du Hohlkopf?« sagte sie. Sie zog ihre Shorts auf den dunklen Oberschenkeln nach unten. Sie strich ihre Haare glatt. »Ich werde meinem Dad erzählen, was du eben versucht hast. Er ist Bulle. Polizeibehörde von L. A.«

Ich lag immer noch auf dem Bett als Beschuldigter. »Ich habe doch gar nichts getan«, wimmerte ich.

»Ha!« sagte sie mir ins Gesicht, und der vernichtende Blick in ihren kleinen Augen versprach Rache. »Ich werde dich *auspeitschen* lassen. Lügner wie du sollten *ausgepeitscht* werden.«

Ich begleitete sie zur Tür, auf Begnadigung hoffend. Sie wurde nicht gewährt.

Als die Nachricht kam, daß Onkel Geralds Schiff torpediert worden war und er samt der übrigen Besatzung als vermißt galt, nahm Tante Ginger das hin, als sei das Telegramm lediglich eine Fußnote zu einem wohlbekannten historischen Ereignis. Sie las es nur ein Mal, dann warf sie es weg.

»Vielleicht sitzt er in einem Rettungsboot, und die Aufklärungsflugzeuge haben ihn noch nicht entdeckt«, sagte ich. Ich hielt es für meine Pflicht, sie zu ermutigen.

»Nein«, sagte sie. »Es gab kein Rettungsboot.«

Ein paar Tage später saßen wir alle am Küchentisch und tranken unseren Morgenkaffee. Ich war auf den Geschmack gekommen, vorausgesetzt, er war mit Sahne und haufenweise Zucker verdünnt. Onkel Geralds torpediertes Schiff ging mir immer noch durch den Kopf. Tante Ginger und Mutter sahen beide verhärmt aus, als hätten sie nicht gut geschlafen.

»Wenn sie rudern müßten, könnte es Wochen dauern, bis sie nach Alaska kämen«, sagte ich. »Sie könnten Möwen und Fische essen wie in dem Film *Das Rettungsboot*.«

Tante Ginger legte ihre Hand auf meine. »Du mußt so etwas nicht sagen, Trygve«, sagte sie. »Mir geht es gut.«

Da ging mir auf, daß ich diese ermutigenden Bemerkungen tagtäglich abgegeben hatte, und zwar seit das Telegramm gekommen war. Ich schlürfte aus meiner dampfend heißen Tasse.

»Großer Gott«, sagte Mutter. »Du hörst dich an wie ein norwegischer Bauer.«

Ich schaute prüfend in meine Tasse. Ich versuchte, den Nordpazifik zu sehen, in der Nähe von Aleuten, wo Onkel Geralds Schiff gesunken war. Ich versuchte, mir vorzustellen, wie es war, torpediert zu werden, wollte es durch Onkel Geralds Augen sehen. Ich sah, wie das Periskop in der Entfernung eine schmale Bugwelle hinterließ, die hektischere Welle des schnellen Torpedos, das im Winkel auf die dicke Hülle des Frachters zuraste, aber ich konnte mir nicht den Aufschlag vorstellen, den Schock und die Explosion, die plötzlich entstehenden Trichter aus Feuer und Rauch, das Entsetzen, die Schreie der Verwundeten und die furchtbare Erkenntnis, daß der Tod nur Minuten entfernt war.

William betrat die Küche. Er war immer noch im Schlafanzug. Unter dem rechten Auge war ein blauer Fleck auf seiner Wange, und in seiner Lippe klaffte ein Riß. Die Nachricht vom Tod seines Vaters hatte er wütend aufgenommen. Er schlug mit den Fäusten gegen die Wände unseres Zimmers, bis der Putz Sprünge bekam. Dann war er aus der Wohnung gelaufen, von der Trauer übermannt, die er nicht aussprechen konnte. Als er an diesem Abend nach Hause kam, war sein Hemd zerrissen und blutig.

»Du kannst nicht davor weglaufen«, sagte Tante Ginger, als lese sie meine Gedanken.

Ich sah sie über den Rand meiner Tasse hinweg an, doch sie sprach zu niemand Bestimmtem. »Gerald wußte das so gut wie ich«, fuhr sie fort. »Es ist ein Kreis. Man selbst ist in seinem Zentrum, und alles, was geschieht, dreht sich immer und immer wieder, bringt dieselben Dinge wieder zurück. Die Belastungen kommen wieder, schwerer oder leichter.«

William schenkte sich eine Tasse Kaffee ein. Er nuschelte etwas vor sich hin. Mutter sah ihn scharf an. Ich nahm einen Schluck aus meiner Tasse und versuchte, nicht zu schlürfen.

»Gerald wird wiederkommen. Ich werde wiederkommen. Alles wird von vorn beginnen, und es wird wieder enden.«

»Nur die Namen wird man verändert haben, um die Unschuldigen zu schützen«, sagte William. Er klang verbittert. Er setzte sich neben mich. Ich sah, daß die Knöchel seiner rechten Hand groß waren und glänzten, die Haut war wundgescheuert.

»Wir werden alle wiederkommen«, sagte Tante Ginger, die Williams Bemerkung betrübte.

»Wie Zwiebeln«, sagte William.

Wir alle sahen ihn an. Er rülpste. »Zwiebeln«, sagte er. Er pochte sich mit der geballten Faust auf den Bauch und rülpste erneut. »Zwiebeln kommen auch wieder – hoch«, sagte er.

Ich lachte über Williams Witz. »*Pepsi* kommt wieder«, sagte ich. »*Coke* kommt wieder.« Ich pochte mit der Faust gegen meinen Bauch, mußte aber nicht aufstoßen.

Tante Ginger sah mich an, mit von all dem Herzeleid der Menschheit verschleierten Augen.

»Halt den Mund, Monk«, sagte William. »Tut mir leid, Ginger«, fügte er hinzu.

Ich war von meiner eigenen Dummheit wie vom Donner gerührt. Tante Ginger putzte sich die Nase, und da merkte ich, daß sie die ganze Zeit über geweint hatte. Ich entschuldigte mich, stand vom Tisch auf und ging hinaus.

Mir unbegreifliche Gefühle wühlten mich auf. Ich ging aufs Dach und setzte mich unter die großartige Antenne, die mir Onkel Gerald gebaut hatte. Ich spähte in die Morgensonne, und der leichte Wind brachte die Drähte leise zum Summen. Mit den Rücken meiner Fäuste rieb ich mir über die Augen, doch sie waren trocken.

Ein Schwarm Vögel landete auf den Drähten meiner Antenne. Ein anderer Schwarm gesellte sich zu ihnen. Einige der Drähte bogen sich unter der Last schnatternder respektloser Stare, die keine Ahnung hatten, wo sie sich da niederließen. Ich lief unter dem gewaltigen X um das Dach herum, wedelte mit den Armen, wie besessen vor rasender Wut.

»Runter mit euch, ihr dämlichen Scheißvögel!« brüllte ich. »Runter mit euch, ihr dreckigen Kacker!« kreischte ich. In einem großen, die Luft aufwühlenden Wirbel erhoben sich die Vögel von den Drähten.

Das neue Schulhalbjahr begann. Vieles hatte sich geändert. Zunächst einmal hatten wir eine neue Lehrerin, Mrs. Sanduski. Sie war eine kleine tonnenförmige Frau mit lockigen roten Haaren. Sie teilte unsere Klasse in Gruppen ein. Es gab die naturwissenschaftliche Gruppe, die Regierungsgruppe, die Geschichtsgruppe und die Kunstgruppe. Jede Gruppe hatte einen Sprecher. Ich war Sprecher der Kunstgruppe. Die Sprecher wie auch die Mitglieder jeder einzelnen Gruppe wurden von Mrs. Sanduski bestimmt. Sie traf ihre Wahl intuitiv, nach einem kurzen Gespräch.

»Was möchtest du werden, wenn du groß bist, Trygve?« fragte sie.

Ich zuckte mit den Schultern. Ich brachte es nicht über mich, *Jagdbomberpilot* zu sagen. *Geschwaderführer. Fliegeras.*

Sie nahm meine Hand und betrachtete sie. »Bestimmt zeichnest du gern«, sagte sie.

»Ich glaube schon«, sagte ich.

»Zeichne mir etwas«, sagte sie. Ich mußte mich an einen Tisch setzen, und sie gab mir ein großes Stück Zeitungspapier und eine Schachtel Buntstifte. Ich zeichnete ein Bild von einer B-24, die eine ganze Reihe großer Bomben auf eine Stadt abwarf. Die Stadt stand in Flammen. Kleine verängstigte deutsche Gesichter schauten aus den Fenstern der hohen Gebäude. Mrs. Sanduski heftete es an die Wand. »Wir haben den Sprecher unserer Kunstgruppe«, gab sie bekannt.

Azad Yaznur wurde Sprecher der Regierungsgruppe. Auch Azad hatte sich im Laufe des Sommers verändert. Er war gewachsen und hatte abgenommen. Sein Akzent war verschwunden. Er sah nicht mehr verängstigt aus. Aus ihm war ein lässiger Südkalifornier geworden. Jane Webster war in seiner Gruppe. Sie war ebenfalls gewachsen, aber unproportioniert. Ihre erhöhte Körpergröße hatte zu einer beklagenswerten Verlängerung ihres Halses geführt. Der lange glatte Hals stützte den immer noch hübschen blonden Kopf, aber aus ihren Augen war der schockierende Ausdruck verschwunden. Sie waren ihrer nicht mehr sicher. Sie waren von Enttäuschung getrübt. Janes Enttäuschung bezog sich auf sie selbst. Ich merkte das an ihrer Körperhaltung. Sie krümmte den Rücken, um ihre neue Körpergröße auszugleichen, mit der sie den längsten Jungen in der Klasse um bestimmt fünfzehn Zentimeter überragte. Doch ihre schlechte Haltung unterstrich die erstaunliche Länge ihres Halses nur noch. In diesem Schuljahr war sie die erste, die einen Spitznamen bekam. Azad nannte sie eines Tages Gänsehals, und der Name saß.

Ich verliebte mich wieder, diesmal in Doralyn Funnelli. Doralyn war eine neue Schülerin aus Buffalo, New York. Sie hatte lange schwarze Haare und ein blasses Gesicht, das zerbrechlich und engelhaft aussah. Unter dem Bogen ihrer buschigen Brauen schauten ihre flinken und aufmerksamen Augen hervor. Daß sie hübsch war, erschien mir belanglos. Gegenüber ihren geistigen Qualitäten war es sekundär. Sie war in meiner Kunstgruppe, und als ich ihr zeigte, wie man wirklichkeitsgetreue Rümpfe von Bomberflugzeugen malte, war sie zutiefst dankbar, wie ein Kriegsflüchtling, der amerikanische Schokoriegel bekommen hatte. Sie hatte etwas an sich, das mich an Zwangsvertriebene erinnerte, die ich in Wochenschauen gesehen hatte. In Tagträumen marschierte ich in zerbombte Städte, wo ich Doralyn und ihre Familie vor dem Hungertod bewahrte. Einmal rettete ich sie vor einem grausamen Gestapo-Vernehmer. Wir reisten durch das vom Krieg verwüstete Land, bis wir meine P-38 fanden, die ich in einem Feld getarnt hatte. Diese Wachträume, in denen ich Doralyn rettete, rührten mich manchmal zu Tränen. Ein Wachtraum war so herzzerreißend, daß ich laut aufschluchzte. Ich hatte im Bett gelegen und die dunkle Zimmerdecke angestarrt. »Was ist denn mit *dir* los«, sagte William, aber ich konnte ihm keine Antwort geben. Hätte ich versucht zu reden, dann mit erstickter Stimme. Doralyn und ich waren soeben in inniger Umarmung im Cockpit eines brennenden Torpedoflugzeugs gestorben. »Wir gehen jetzt in eine bessere Welt«, lauteten ihre letzten an mich gerichteten Worte, während das Flugzeug auf das Meer zutrudelte.

Die Schule in der Marvin Street hatte einen neuen Rektor, Mr. Baldsinger. Der ehemalige Rektor, Mr. Thurston, hatte sich zur Marine versetzen lassen und befand sich nun an Bord eines Zerstörers im Südpazifik. Wir waren alle sehr stolz auf ihn. Seine Aufopferung und sein Heldenmut färbten auf uns ab, und daher waren wir auch auf uns stolz. Ich gab noch mehr von meinem Taschengeld für Marken aus, die ich in mein Kriegsanleihenheft klebte. Sobald das Heft voller Fünfundzwanzigcentmarken war, bekam ich eine Kriegsanleihe im Wert von fünfundzwanzig Dollar. Alle Kinder gaben mehr von ihrem Taschengeld für Marken aus. Nun, da unser Rektor in den Kampf geschickt worden war, fühlten wir uns als Teil der Kriegsanstrengungen. Eines Tages in der Pause erzählte ich Doralyn, daß mein Onkel Gerald auf dem Meer verschollen war. Da ich es zu laut sagte, hörten es auch andere. Und so wurde ich eine Zeitlang zum Gegenstand ehrfürchtiger Bewunderung. Es war nur für Doralyns Ohren bestimmt gewesen, aber ich war froh, daß es auch die anderen gehört hatten. Ich beantwortete ihre morbiden Fragen detailliert, als wüßte ich tatsächlich sämtliche Fakten. Ich legte mir den Kampfeinsatz- und Märtyrermantel um die Schultern. Das verlieh meiner Stimme ein ungewohntes Timbre. Ich sprach tief und mit vornehmem Ernst. Diese neue Stimme hatte ruhige Kraft. Sie trug.

Doralyn Funnellis Augen geboten mir Einhalt. Sie waren rund vor Scham. Sie erkannten mich nicht. Sie hielt ihre dünnen Unterarme eng an den Bauch gepreßt, als müsse sie gegen Übelkeit ankämpfen.

Ich brach ab und ging zu den Ballfangnetzen. Jetzt war mir klar, was ich getan hatte. Ich hatte mir Onkel Geralds Opfer als Verdienst angerechnet. Ich hatte aus seinem Krieg meinen Krieg gemacht... abzüglich Entsetzen, Schmerz und Tod.

Doralyn folgte mir. »Du mußt deinen Onkel sehr geliebt haben«, sagte sie.

Ich nickte, sah sie aber nicht an. Ich hob einen Stein auf und schleuderte ihn in Richtung der ersten Base.

»Tut mir leid, daß er torpediert wurde«, sagte sie.

Ich schaute ihr tapfer in die Augen und sah sofort, was sie meinte. Sie meinte, es tue ihr leid, daß ich mir den Ruhm seines Opfers angeeignet hatte. Doch in ihrem Blick lag auch Vergebung, was mich nur noch mehr beschämte.

»Er hat mir gezeigt, wie man rohe Venusmuscheln ißt«, sagte ich und machte eine Geste, als knackte ich Muscheln, da mir plötzlich einfiel, wie das sandige Salzwasserwesen meinen Rachen hinuntergeflutscht war.

Mr. Baldsinger wollte den Kindern nahe sein. Er kam wiederholt in den Speisesaal und redete mit uns. Er war ein großer schwerer Mann mit dichtem grauem Haar und Mittelscheitel. Er trug eine Nickelbrille und nannte die Kinder »Mister« und »Miss«. »Wie ich höre, leisten Sie als Sprecher der Amerikanischen Regierung gute Arbeit, Mister Yaznur«, sagte er beispielsweise. Oder: »Sehr vielversprechend, Miss Funnelli.«

Er ging an den Eßtischen von Stuhl zu Stuhl und massierte Nacken. Dazu legte er seine großen weißen Hände auf irgendwelche Schultern und knetete, sich allmählich zur Schädelbasis vorarbeitend. Einige der Kinder zuckten zusammen, was Mr. Baldsinger nicht bemerkte.

Bei jeder Morgenandacht hielt er eine Rede. Gern redete er vom Krieg. »Es steht außer Frage, daß Amerika siegen wird«, sagte er einmal. »Die Japaner, müßt ihr wissen, kennen unsere Fähigkeit nicht, alle an einem Strang zu ziehen. In Friedenszeiten sehen sie uns als eigensinnige Individuen, die hinter dem allmächtigen Dollar her sind, was bis zu einem gewissen Grade auch zutrifft. Aber wenn unser Land bedroht ist, *einigen* wir uns, wir bilden einen regelrechten eisernen Keil der Entschlossenheit, und uns wird man nicht besiegen.« Nach solchen Darlegungen betätigte sich eine der Lehrerinnen für uns als Vorklatscherin. »Der Japs, der Nip hingegen lebt in einer Ameisengesellschaft, sogar in Friedenszeiten. Er *denkt* wie eine Ameise, und daher wissen wir, was uns erwartet. Er ist *berechenbar*. Er ist bereit, große Mengen seiner Soldaten in einer unsinnigen Angriffswelle nach der anderen abschlachten zu lassen – auch dies *genau wie der Ameisenkrieger*. Er betont, welche Ehre es sei, für den Kaiser zu sterben. Bei diesem Vorhaben werden wir ihn *unterstützen*, Kinder. Ich halte die Behauptung nicht für gewagt, daß einige von *euch* jungen Männern ihn eines Tages in seinem Vorhaben unterstützen werden und ihm die Ehre erweisen, sich zu seinen

Vorfahren zu gesellen.« Die Jungen klatschten frenetisch Beifall. Ich schlug meine Handflächen so lange aufeinander, bis sie schmerzten. Doralyn, die neben mir saß, sah mir in die Augen, doch ich hörte nicht auf zu klatschen. Dann stimmte Mr. Baldsinger etliche Lieder an: »Lobet den Herrn und reicht die Munition weiter«, »Uns tragen die Tragflächen und ein Gebet« sowie »Denkt an Pearl Harbor«. Ich sang laut und mit Nachdruck. Doralyn schwieg und starrte auf ihre Knie.

An jenem Nachmittag begleitete ich sie nach Hause. Sie wohnte drei Blocks von der Schule entfernt. Ich war ungehalten über sie. Warum sah sie mich bloß mit vor Scham runden Augen an? Ich trat gegen jeden lockeren Kiesel, den ich sah, riß Blätter von Bäumen, spuckte wild in Hecken.

Mr. Baldsingers patriotische Rede klang mir immer noch in den Ohren. Daß er uns Jungen wirklich die Möglichkeit geboten hatte, eines Tages an Kampfeinsätzen teilzunehmen, bestätigte meine wildesten Wachträume. Ich ahmte Schußgeräusche nach, indem ich schnell mit der Zunge gegen meine Zähne stieß, und stellte mir vor, wie ich im Tiefflug aus dem Himmel stieß und Japsen abknallte.

»Was *tust* du da?« fragte Doralyn. Ich entdeckte eine gewisse Gereiztheit in ihrer Stimme.

»Ich schicke Japsen zu ihren Vorfahren«, antwortete ich.

»Ziemlich einfach, stimmt's?« sagte sie.

Ich konnte nicht glauben, daß sie diese Einstellung hatte. »Weißt du etwas, was ich nicht weiß?« sagte ich. »Ist dein Dad ein großer *Kriegs*held?«

»Mein Dad ist im Gefängnis«, sagte sie.

»Ist er *nicht*«, sagte ich fassungslos.

»Er ist Italiener. Er ist dein Feind. Er hat auf einem Passagierschiff gearbeitet, der Sorrento. Kaum hatte es in New York angelegt, brach der Krieg aus, daher steckten sie ihn ins Gefängnis. Er ist in Georgia. Sie lassen ihn schuften wie einen Sklaven. Er war bloß ein Koch auf der Sorrento.«

»Ein Koch?«

»Er könnte keiner Fliege etwas zuleide tun. Aber er ist euer Feind.«

Sie ließ mich stehen. Ich holte sie ein. »Aber das ist etwas anderes«, sagte ich. »Jeder sieht doch, daß das etwas *anderes* ist.«

»Es ist nichts anderes«, sagte sie ruhig. »Es ist genau das gleiche.«

Diesen Konflikt konnten wir nicht lösen, daher wurde das Thema nie wieder angesprochen. Am nächsten Tag fanden wir einen unterirdischen Kanal, der auf einem unbebauten Grundstück endete. In ihm spielten wir eine Weile. Als sie sich bereit erklärte, eine Flüchtlingsfrau zu spielen, die von einem amerikanischen Kommando gerettet wurde, war ich so dankbar, daß ich keinen einzigen Gestapo-Offizier tötete. Wir versteckten uns einfach, während deren Stabslimousine über unseren Köpfen fuhr. Sie nannte sich Lily Toujours. Ich war Charles Jones.

»Wir bleiben hier, bis es dunkel wird, Lily«, sagte ich. »Dann müßte die Luft rein sein.«

»Ich muß an meine Familie denken«, sagte sie.

»Die holen wir später raus.«

Ich ahmte die Geräusche eines Kurzwellenfunkgerätes nach. »Ich rufe das Alliierte Kommando«, sagte ich. »Ich rufe das Alliierte Kommando.«

Das Alliierte Kommando konnte uns durch das Sonnenrauschen und kosmische Zischen nicht hören. »Verflucht«, sagte ich.

Lily Toujours schmiegte sich an mich. »Ich bin müde«, sagte sie.

»Versuch, ein wenig zu schlafen«, erwiderte Charles Jones.

Lily küßte Charles, wobei sie seinen Mund um einen Zentimeter verfehlte. Charles schreckte hoch und stieß mit dem Kopf an die Kanaldecke.

In gewisser Weise bekam Mitchell, was er wollte. Er lernte eine Prominente aus dem Showgeschäft kennen, was allerdings seiner Karriere nicht sehr förderlich sein würde. Mutter bekam einen Brief von ihm. Mitchell war von Fort Ord direkt zur Schießausbildung nach Texas geschickt worden. Wir hatten erwartet, daß er nach der Grundausbildung zu einem kurzen Heimaturlaub nach Hause käme, doch die Armee hatte andere Pläne. Die

Kriegsanstrengungen wurden beschleunigt. Die Produktion von Bombern erreichte einen Höhepunkt, und man brauchte Besatzungen, um diese Bomber zu bemannen.

Dem Brief lagen etliche Fotos bei. Auf einem Schnappschuß sah man Mitchell hinter einem großen luftgekühlten Maschinengewehr knien. Trotz seines Lächelns wirkte er verängstigt. Seine Augen waren krank vor Entsetzen. Die entsetzten Augen in Kombination mit seinem Hauptdarstellerlächeln hatten etwas Schneidiges und ergaben zusammen das heroische »Dem-Todegeweiht«-Aussehen.

Er sah toll aus. Ich war stolz auf ihn. Bald würde er über Deutschland fliegen, in die Zähne von Messerschmitt- und Focke-Wulf-Geschwadern, das große luftgekühlte Maschinengewehr vom Kaliber .50 auf ihre schwarzen Hakenkreuze gerichtet.

»Mein Dad«, würde ich in der Schulpause sagen, »ist Bordschütze in einer Fliegenden Festung.«

Schon im voraus liefen mir Schauer des Stolzes den Rücken hinunter.

Auf einem anderen Foto hatte er seinen Arm um Frances Langford gelegt; wenigstens schrieb er, es sei Frances Langford. Ich hatte sie nur im Radio singen hören, war mir also nicht sicher. Sie sah aus, wie ich mir Frances Langford *vorstellte*. Sie hatte das Lächeln und Selbstvertrauen eines größeren Stars. Ich sah Mitchell seine Begeisterung an. Er stand auf einer Seite von ihr, ein anderer Rekrut auf der anderen. Sie befanden sich auf einer Art Bühne. Beide Männer hatten die Arme um Frances Langfords Schultern gelegt. Mitchell, das sah ich, lachte. Sein Mund stand offen, und der Kopf war leicht zurückgeworfen, während er Luftsäulen einatmete. Ich stellte mir vor, wie Frances Langford zusammenzuckte, als sie das enorme schrille Geräusch von Mitchells umgekehrtem Gelächter hörte. Obwohl er lachte, beeinflußte dies seinen matten Augenausdruck nicht. Die unveränderte Realität der Lage war das einzige, was seine Augen sahen, obwohl sein Arm um die schönen Schultern einer Prominenten aus dem Showgeschäft lag.

Mutter sagte: »Da bin ich aber froh, daß er sich amüsiert.«

»Ich glaube nicht, daß er sich amüsiert«, sagte Tante Ginger.

»Mit der Waffe würde ich gern schießen«, sagte ich und betrachtete bewundernd das Foto von Mitchell hinter dem großen luftgekühlten Maschinengewehr Kaliber .50.

»Daß du uns bloß rechtzeitig warnst, Monk«, sagte William.

Mutter ging in die Küche. Tante Ginger hielt sich eins der Fotos dicht vor die Augen. »Er hat den Tote-Mann-Blick«, sagte sie. »In seinem Augenhintergrund sieht man zuviel Weiß.«

Ich sah mir das Foto an, doch da war nur Mitchell, der ziemlich genauso aussah wie immer, bloß daß er jetzt das attraktive »Dem-Tode-geweiht«-Aussehen hatte.

Eine Polizeipfeife ertönte. Ich sprang von meinem Stuhl hoch – bedingter Reflex. »Los, wir hauen ab!« brüllte ich William zu. Ich lief aus der Tür, den Flur runter zum hinteren Ende des Wohnhauses, dann hinten raus, hinter den Müllverbrennungsöfen, hinter den Parkplätzen, schlängelte mich zwischen Fenchelgebüschen durch, duckte mich tief zur Deckung und ließ mich dann auf den Bauch fallen, um die letzten Meter zur Festung zu kriechen. Ein paar Kinder waren schon da, andere schlängelten sich hinter mir durch das Loch ins Innere.

Ich zündete eine der Kerzen an, die wir in der Festung aufbewahrten, und sah mich um. Die meisten Kinder waren jünger als ich. Sie hatten richtige Angst... es war ein schriller Pfiff gewesen, und die Angst der Mutter übertrug sich total auf die Kinder.

Ich suchte William. Er war nicht da. Ich krabbelte über Beine und Knie und steckte meinen Kopf aus dem Einstiegsloch. Einen Moment lang blendete mich der Sonnenschein. Draußen vor dem Wohnhaus standen ein Pritschenwagen und Mr. Hobarths schwarzer Packard. Männer in Arbeitskleidung durchstöberten das Gebäude, als suchten sie nach versteckten Bomben. Auf dem Dach glitzerte etwas. Eine dunkle, schmale Gestalt bewegte sich von dem hinteren Ende des Daches nach vorn. Sie trug ein Gewehr. Es war William. Er hatte sein Luftgewehr der Marke Daisy dabei. Einer der Arbeiter sah sich die Innenseite unseres Schlafzimmerfensters an. Er zog an dem Zuleitungsdraht meiner Antenne.

»He«, rief ich, aber nicht laut genug, daß er mich hören konnte.

Ich hörte ein leises Peng. Ich schaute zu William hoch. Auf das Dachmäuerchen gelehnt, richtete er den Lauf seines Luftgewehrs auf Hobarths Packard. Er schoß erneut, und wieder hörte ich das Peng, als die Kugel vor dem großen schwarzen Wagen abprallte und dessen glänzende Lackierung ankratzte. Die Arbeiter merkten nichts. Zwei von ihnen schauten gerade aus unserem Schlafzimmerfenster. Der den Zuleitungsdraht hielt, ruckte forsch daran, als wolle er sehen, woran er befestigt war.

William schoß rasch. Mit grimmiger Effizienz betätigte er den Abzug des Daisy-Karabiners. Ein Geschoß traf eine Schwenkscheibe, und ich sah sie zersplittern. Ein anderes traf das Nummernschild, was einen dumpfen Gong ergab. Einer der Arbeiter hörte dieses Geräusch. Er machte sich auf den Weg zur Vorderseite des Hauses. William konnte ihn nicht sehen, und ich konnte William nicht warnen, ohne uns beide zu verraten.

Am Wochenende davor hatte ich *Sergeant York* gesehen. Gary Cooper, der Sergeant York verkörperte, brachte die Deutschen dazu, ihre Positionen zu verraten, indem er sie wie ein Truthahn ankollerte. Dies schien mir die geeignete Technik zu sein, auf diverse Situationen anwendbar.

»Gobble-gobble«, machte ich.

Der Arbeiter schaute mit zusammengekniffenen Augen über seine Schulter.

»Hier drüben, du Wichser«, sagte ich im Plauderton. »Gobble-gobble.«

Er schützte seine Augen mit der Hand vor der Sonne und spähte in das Feld hinein. Ich verschwand unter der Erdoberfläche. Als ich nach oben spähte, war er wieder an unserem Schlafzimmerfenster und zog an dem Zuleitungsdraht.

William winkte. Er lächelte. Ich winkte zurück und deutete dann auf den Arbeiter, den er nicht sehen konnte.

William beugte sich über den Mauerrand und schaute nach unten auf die Arbeiter. Er zuckte gleichgültig mit den Schultern und ging wieder auf die Vorderseite des Daches, um weiter auf den Packard zu schießen. Mr. Hobarth gesellte sich zu den Männern am Fenster. Sie wechselten ein paar Worte, dann spähte Mr. Hobarth in das Zimmer.

Nach einer weiteren kurzen Besprechung betraten die drei Männer das Haus durch die Hintertür. Ich kletterte aus der Festung und winkte. William winkte zurück. »Ihr bleibt hier«, sagte ich zu den anderen in der Festung. »Ihr seid Juden, versteht ihr, und die Gestapo schnüffelt herum und sucht euch. Vergeßt nicht, wenn man euch faßt, werden wir alle gehängt. Ich habe per Funk einen Hilferuf durchgegeben, aber die Hilfe wird nicht rechtzeitig eintreffen.«

Ich ging zur Vorderseite des Wohnhauses, beiläufig, als sei ich gerade zufällig in der Gegend. Mr. Hobarths Wagen war von winzigen Kratern übersät. Ich sah zu William hoch. Er reckte den Daumen in die Höhe. »Sie sind drinnen«, sagte ich. »Paß bloß auf.« Als Antwort hob William das Luftgewehr und schoß. Die Kugel prallte von einer silbrigen Radkappe ab. Er sagte es nicht laut, aber ich las es von seinen Lippen ab: »Für Betty.«

Ich ging weiter. Ich ging zum Adams Boulevard und sah mir den Aushang am Variety an. Sie zeigten ein Doppelprogramm, *Wake Island* und *Action in the North Atlantic*. Das merkte ich mir, dann ging ich zu dem Wohnhaus zurück, aber auf der anderen Straßenseite.

Der Packard und der Pritschenwagen waren fort; genau wie meine Antenne. Malcolms Rache war abgebaut und fortgeschafft worden. Ich raste die Treppe hoch, den Flur entlang und in unsere Wohnung.

»Sie haben meine Antenne mitgenommen!« schrie ich. »Warum haben sie sie *runtergeholt*?«

Mutter seufzte. »Man hat uns rausgeworfen«, sagte sie. »Wir haben eine Woche, um eine andere Bleibe zu finden.«

William lag auf das Sofa hingeflezt, die Hände hinter seinem Kopf. »Es ist deine Schuld, Monk«, sagte er. »Du hast unsere Position verraten. Hobarth ist total ausgerastet, als er deine Telefonmasten und den vielen Draht gesehen hat. Sie sind der Zuleitung bis in unser Zimmer gefolgt. Der Rest ist Geschichte.«

Langsam dämmerte es mir. Ein Gewicht lastete auf meinen

Schultern. »Wir finden etwas anderes«, sagte ich. »Wir finden etwas *Besseres.*«

»Es gibt nichts anderes«, erwiderte Mutter. »Für jedes ordentliche Haus gibt es eine Warteliste. Diese Wohnung haben wir nur über Mitchells Schwarzmarktbeziehungen bekommen.«

Sie sah verzweifelt und erledigt aus. Ich fing an zu heulen. »Aber ich hab es nicht *gewußt*«, sagte ich. »Es waren doch bloß ein paar Pfähle und Kupferdraht. Es hat doch nicht geschadet. Was soll daran so schlimm sein?«

»Hobarth nannte es ›Verunstaltung von Eigentum‹«, sagte Mutter. »Aber deswegen hat er uns nicht rausgeworfen. Als sie einen Blick in dein Schlafzimmerfenster warfen, haben sie gesehen, daß hier ein Kind wohnt. Er ist direkt zu Sturdevant gegangen und hat ihn beichten lassen.«

Tante Ginger kam aus der Küche. Seit Onkel Gerald vermißt war, hatte sie sich so seltsam wie noch nie verhalten. Sie schien immer in Gedanken verloren zu sein, und es war beinahe unmöglich, ihre Aufmerksamkeit zu erregen. Manchmal ging sie an einem Freitagabend aus und kam nicht vor Montag morgens zurück. Sie umarmte einen ohne Vorwarnung. Einmal ging sie durch das Zimmer und umarmte mich, William und Mutter. Es waren lange und intensive Umarmungen. Sie sagte kein Wort. Was sie sagen wollte, lag in der heftigen Spannung ihrer Arme. Als sie daher aus der Küche in das Wohnzimmer kam, wußte ich, daß sie auf Umarmungen aus war. So etwas spürte man. Sie legte ihre Arme um mich, und die bekannte traurige Spannung ihres Lebens nahm mich in Beschlag. Es war eine lange Umarmung voller unausgesprochener Gefühle. Doch als sie mich losließ, sagte sie: »Es ist nicht deine Schuld, Tryg. Mr. Hobarth gehört einem uralten Stamm von Kummerverursachern an. Sie folgen uns durch die Jahrhunderte.«

»Heute hat er selbst eine Dosis Kummer abbekommen«, sagte William. Mutter und Tante Ginger sahen ihn an, aber William rückte nicht mit einer Erklärung heraus. Er grinste sie nur an.

Später, in unserem Zimmer, sagte William: »Du hättest ihn sehen sollen, Monk. Er rannte um sein Auto und sah sich die Farbe an, als wär er ein Eichhörnchen, das gerade eine Nußinventur macht. Die arme Sau Sturdevant hat er rausgezerrt, damit er es sich ansieht. Er wollte wohl, daß Sturdevant eine neue Lackierung bezahlt.«

William und ich sahen uns an diesem Abend das Doppelprogramm im Variety an, aber ich konnte mich nicht auf die Filme konzentrieren. Ich sah sie nur halb. Dann und wann weckte das Knattern eines Maschinengewehrs oder das mächtige Wummern einer Wasserbombe meine Aufmerksamkeit, doch unser Rausschmiß ging mir nicht aus dem Kopf. Es *war* meine Schuld. Nur so konnte man es sehen. Malcolms Rache hatte unsere Position verraten. Ich hätte mit meiner ursprünglichen Antenne zufrieden sein sollen – einem sieben Meter langen Strang aus Zimmerdraht, der an den Fußleisten des Schlafzimmers entlanggeführt war.

Meine Erregung grenzte an Panik. Ich hatte mein Zuhause verloren, und es gab kein anderes. Mutter würde wieder umziehen müssen, aber würde sie mich diesmal mitnehmen können? Würde ich zurück in das Haus meiner Großeltern nach Nordmontana gehen müssen?

Die veralteten Brewster Buffalos hatten keine Chance gegen die Zeros. Die lachenden Japsenpiloten knallten sie aus dem Himmel wie Schießstand-Enten auf einem Rummelplatz. Gegen meinen Willen versetzte ich mich in das Cockpit einer langsamen, schwerfälligen, schlechtbewaffneten Buffalo. Ich preßte den Knüppel nach vorn und nach links, versuchte, in Sturzflug überzugehen und der an meinem Heck klebenden Zero zu entkommen. Es war sinnlos. Verglichen mit der schnittigen Zero, bewegte sich die Buffalo wie ein Pferdewagen. Geschosse rissen die Bespannung von meinen Tragflächen, zerfetzten die Kanzelhaube, jagten Löcher in die Motorhaube. Öl spritzte auf meine Fliegerbrille. Das Flugzeug fing Feuer, doch ich lebte noch. Ich rutschte an der kaputten Kanzelhaube vorbei und stellte mich im Cockpit auf. »Tu's doch, Tokyo Joe«, flüsterte ich. »Schieß mich aus dem Himmel!«

»Halt die Klappe, Monk«, sagte William. Zwei Marineinfanteristen in einem Maschinengewehrnest mähten Japsen nieder. William saß auf der Kante des Kinosessels. Ich wußte, was er dachte. Er wollte *dabei* sein, auf der Leinwand, hinter dem Maschinengewehr. Seine Augen waren weit aufgerissen und die Zähne zusammengebissen. Er wirkte wild entschlossen und zu allem fähig. Ich bewunderte ihn. Doch der nächste Film hatte eine andere Wirkung auf ihn. *Action in the North Atlantic* verlagerte unseren Haß von den Japsen auf die Krauts. Der alte Tanker, dessen Kapitän Raymond Massey war, war für das Nazi-U-Boot eine leichte Beute. Ein Torpedo schickte die alte Wanne auf Grund. Männer in Rettungsbooten ruderten durch die Flammen. Andere mußten unter der brennenden Meeresoberfläche durchschwimmen, und wer nicht lange genug den Atem anhalten konnte, starb einen schrecklichen Tod. Das U-Boot tauchte auf und richtete seinen Suchscheinwerfer auf die Rettungsboote. Dann versenkte das U-Boot die Rettungsboote, teilte sie in zwei Hälften und schickte die Matrosen in den kalten Nordatlantik. Die Nazis lachten über das Schauspiel der ertrinkenden Männer. Ich sah zu William hinüber. Er sah sich den Film nicht mehr an. Er schaute auf den Boden. Zuerst dachte ich, er habe etwas fallen lassen und suche es nun. Dann sah ich sein nasses Gesicht. Rasch blickte ich wieder auf den Film, bevor ich merkte, daß ich ihn ansah. »Das zahlen wir euch heim!« brüllte Raymond Massey, der kanadische Schauspieler. »Wir werden euch zur Strecke bringen und wie Käse durchschneiden!« Doch die lachenden Nazis drehten von dem Schauspiel der sterbenden Matrosen Filmchen fürs Heimkino, fanden solche Drohungen amüsant, etwas, was man Frauen und Kindern zu Hause zeigte.

Nach dem Kino gingen wir schweigend nach Hause, jeder für sich ernsthafte Spekulationen über seine Zukunft anstellend. Den Rest des Abends verbrachte ich damit, die Kurzwellenbänder zu durchforsten, aber die verringerte Intensität von allem, was ich auffing, verstärkte nur noch mein wachsendes Gefühl, verdammt zu sein. Als ich schließlich zu Bett ging, konnte ich nicht einschlafen. Mein müdes Hirn mußte pausenlos an seinem Knochen der Schuld nagen.

Um drei Uhr morgens stand ich auf, um mir ein Sandwich zu machen. Auf Zehenspitzen schlich ich an Tante Ginger vorbei, die auf dem Klappbett schlief. Doch sie schlief gar nicht. »Tryg«, flüsterte sie. »Komm her.«

Ich tastete mich in dem dunklen Zimmer zu ihrem Bett vor. Ihre Hand fand meine Hand. Ich setzte mich neben sie. »Mach dir keine Vorwürfe mehr, Liebling«, sagte sie. »Wie sich die Dinge entwickeln, darauf hat ein einzelner Mensch keinen Einfluß. So etwas liegt außerhalb unserer Reichweite.«

Das tröstete mich kein bißchen. Es ärgerte mich nur. »Die Antenne hat uns verraten«, sagte ich und konnte meine Verbitterung nicht verbergen. »Es *ist* meine Schuld. Oder soll ich vielleicht Onkel Gerald die Schuld geben?«

»Nein, Tryg«, sagte sie. »Du sollst keinem die Schuld geben. Sieh mal, ich sage ja nicht, daß wirklich alles auf der Welt unbeeinflußbar ist, aber niemand kann *alle* Konsequenzen seines Tuns überblicken.«

»Das stimmt«, sagte eine Männerstimme. In dem Zimmer war es zu dunkel, um zu sehen, woher sie kam. Ich nahm an, sie kam von der anderen Seite des Klappbettes. »Manche Dinge passieren eben«, sagte die Stimme begütigend. »Geschehen ist nun mal geschehen, hat keinen Zweck, sich deswegen selbst ans Kreuz zu nageln.«

»Das ist Captain Nelson«, sagte Tante Ginger.

»Hi«, sagte ich in die Dunkelheit.

»Hi«, sagte Captain Nelsons Stimme.

»Ich kannte Nels in einer früheren Inkarnation«, sagte Tante Ginger. »Wir waren Mann und Frau. Es war während der industriellen Revolution.«

»Oh«, sagte ich.

»Zuerst habe ich es auch nicht glauben wollen«, sagte Captain Nelson, »aber Ginger hier hat mich überzeugt.« Er hatte eine kräftige, melodiöse Stimme.

»Er selbst konnte sich nicht daran erinnern. Na ja, eigentlich erinnert sich niemand an seine früheren Inkarnationen... die Welt würde im Nu verrückt werden, wenn die Leute sich an sich selbst erinnern könnten. Aber Nels hatte einen Traum, an dem Flieder in einem Bergbach beteiligt war. Es war Mai, und die Mädchen sangen.« Tante Ginger verlagerte ihr Gewicht im Bett, und die Sprungfedern knarrten. Captain Nelson gähnte melodisch. »Ich hatte den gleichen Traum, Tryg. Es waren drei Mädchen, alles niedliche Rotschöpfe in weißen Kitteln. Und so erinnert sich auch Nels an sie.«

»Läßt sich nur schwer widerlegen, stimmt's?« sagte Captain Nelson verbindlich. Es schien, als brächte seine mächtige, tief melodiöse Stimme die Springfedern zum Mitschwingen. Er zündete eine Zigarette an, und einen kurzen Moment lang sah ich sein Gesicht. Es war ein langes, zerfurchtes Gesicht mit Hakennase. Seine belustigte Miene hätte man spöttisch nennen müssen, wäre sie nicht auch gütig und tolerant gewesen. Captain Nelson zog heftig an seiner Zigarette, und das Glühen ihrer brennenden Spitze mit ihrem weichen orangefarbenen Licht zeigte erneut sein gütiges Gesicht.

Tante Ginger drückte meine Hand. »In jedem Leben, Tryg«, sagte sie, »hat man seine Last zu tragen.«

»Wenn das nicht die verflixte Wahrheit ist«, sagte er freundlich.

»Dir steht es frei, sie gut zu tragen oder schlecht oder überhaupt nicht«, fuhr Tante Ginger fort. »Das ist die einzige Freiheit, die den Menschen bleibt. Tragen sie die Last gut, wird sie in ihren späteren Leben leichter. Falls sie sie aber schlecht tragen, wird sie schwerer, sogar unerträglich.«

»Und wenn man sie gar nicht trägt«, sagte Captain Nelson, und seine Stimme füllte das Bett mit Musik, »steckt man bis über beide Ohren in der verflixten Fischsuppe.«

Tante Ginger setzte sich auf und umarmte mich. Sie küßte mich. Ihr Atem trieb gegen meine Wange, wärmte sie. »Einsamkeit ist eine Form von Trauer, Tryg«, sagte sie. »Du bist ein Trauernder. Das wirst du wohl immer sein. Es ist deine Last.«

Ich spürte, wie meine Lunge aufgewühlt wurde. Zu meiner großen Beschämung fing ich an zu weinen. Ich versuchte, die Schluchzer mit einem vorgetäuschten Hustenanfall zu tarnen, was das Gefühl von Tragik nur verstärkte. Tante Ginger zog mich fest an ihre Brüste. »Liebe ist die Brücke, Tryg«, sagte sie.

»Allerdings, allerdings«, murmelte Captain Nelson.

Die gefestigte Welt aus Farbe und Dimension verlor ihre Überzeugungskraft. Wenn ich von dem antennenlosen Dach des Wohnhauses über die Formen und leuchtenden Farben von Los Angeles hinwegsah und hoffte, diese Szene unauslöschlich in meinem Gedächtnis zu verankern, dann gelang es mir nur, mich selbst in einen Traumzustand zu hypnotisieren, der alles, was ich sah, zu pastellfarbener Abstraktion verblassen ließ. Allmählich spürte ich meine Trennung von dieser Welt auf ganz direkte, physische Art. Sogar meine Traurigkeit war abstrakt, an kein spezifisches Objekt gebunden. Und weil sie nicht wählerisch war, sondern ein permanenter Zustand wie Kurzsichtigkeit, würden sich alle meine zukünftigen Gefühle daran messen lassen müssen, sogar spontane, die Seele mit einbeziehende Freude.

Mutter sah mir das an und nannte es Selbstmitleid. »Großer Gott, Trygve«, sagte sie. »Es ist nicht das Ende der Welt.«

Doch das war es. Es war das Ende einer kurzen Welt, in der ich mich wie in keiner anderen Welt zuvor engagiert hatte. Es würde andere Welten voll von neuem Engagement und Entfremdung geben, Welten, die verschwenderischer in Geheimnisse gehüllt waren, aber *diese* war vorbei. Sie verwandelte sich bereits in Erinnerung.

»Wir ziehen nach Norden, nach Richmond, in die Bay Area«, sagte Mutter, »jedenfalls Ginger und ich. Dort in den Kaiser-Werften gibt es Arbeit. Da kommen wir als Schweißerinnen unter. Schweißer, sogar Lehrlinge, kriegen verflucht viel mehr als Nieter. Wir wohnen erst mal bei Freunden, bis wir etwas Eigenes finden.«

Ich verstand. William und ich tauchten in Mutters Plänen nicht mehr auf, zumindest im Moment nicht.

»Mir ist das egal, Monk«, sagte William später. »Ich habe mich freiwillig gemeldet. Nächste Woche fahre ich runter zur Rekrutierungsstelle der Marineinfanterie nach San Diego. Jetzt kann mich nichts mehr aufhalten.«

Wir packten unsere Sachen in Pappkoffer und Kartons. Ich zerlegte mein Radio und wickelte die gläsernen Röhren vorsichtig in ein T-Shirt.

»Kein Kommentar, Monk?« sagte William.

Ich sah ihn an. Er war nicht mehr mein Cousin. Sein Vater war mit meiner Tante verheiratet gewesen, aber jetzt war sein Vater tot. Er war William Fergus, Kanadier mit Indianerhaaren, und er zog in den richtigen Krieg. Ich konnte ihn mir in der Uniform des Marine Corps vorstellen, aber als ich ihn mir vorzustellen versuchte, wie er mit aufgepflanztem Bajonett einem richtigen Feind gegenüberstand, versagte meine Phantasie.

»Aber du bist doch erst *sechzehn*«, sagte ich, als mir endlich aufging, wie real die Situation war.

»Nicht mehr, Monk«, sagte er. Er zog seine zusammengefaltete Geburtsurkunde aus seiner Brieftasche und küßte sie. »In Tijuana bin ich achtzehn geworden, in Mexiko, dem Land der Wunder.«

Gemeinsam waren wir Jungen gewesen, weniger als ein Jahr lang Cousins, aber jetzt war er kein Junge mehr und auch nicht mehr mein Cousin. Die Kluft zwischen uns war so breit wie die Kluft zwischen Freude und Kummer.

»Ich sollte mir eine gefälschte Geburtsurkunde besorgen und zum Fliegerkorps gehen«, sagte ich.

William lachte. »Monk, der fliegende Liliputaner«, sagte er.

Mutter sagte: »Wir fahren nach Mexiko«, und einen Moment lang dachte ich, sie meinte, »um dort zu leben«. Die Wohnung war mit zerknüllten Zeitungen übersät, die wir zum Verpacken von Glasgeschirr benutzt hatten, mit Pappkartons und Tüten voller Müll. »Ich kann mich nicht mehr erinnern, wann wir uns das letzte Mal amüsiert haben.«

»Ihr habt euch bei Ken Murrays Blackouts amüsiert«, sagte ich.

»Das ist Monate her«, sagte Mutter.

»Ja, ja«, sagte Tante Ginger. »Fahren wir.«

Beide Frauen trugen noch ihre Arbeitskleidung, da sie gerade ihre letzte Schicht bei Douglas beendet hatten. Ihre Haare hatten sie mit blauen Kopftüchern hochgebunden. Mutter wühlte in ihrer vorderen Tasche und reichte mir ein paar Dutzend Nieten. »Souvenirs«, sagte sie. »Diese Dinger halten die Dive-Bomber zusammen.«

In meiner Hand glänzten sie wie Schmuck. Ich war überrascht

und gerührt, daß sie an mich gedacht hatte. Ich umarmte sie. »Nun übertreib's mal nicht«, sagte sie. »Es ist bloß eine Legierung.« Aber für mich war es pures Gold.

William fuhr. Ich saß vorne neben ihm; Mutter und Tante Ginger saßen hinten. William war ein guter Fahrer. Die Kurven des Pacific Coast Highway nahm er sehr geschickt. Als wir nach San Diego kamen, deutete er nach rechts. »Rekrutierungsstelle des M. C.«, sagte er. »Montag melde ich mich.«

Ich warf einen kurzen Blick nach hinten, um zu sehen, ob Mutter oder Tante Ginger ihn gehört hatten, aber sie sprachen über den Umzug nach Richmond. Wenn sie wollten, konnten sie verhindern, daß er zur Marineinfanterie ging, aber William hielt das offenbar für eher unwahrscheinlich. Er machte überhaupt kein Geheimnis daraus, obwohl er außer mir keinem von seinem Vorhaben erzählt hatte. Da ich Mutters und Tante Gingers Gedankengänge kannte, kam es mir auch unwahrscheinlich vor, daß sie sich seinem ausgeprägten Wunsch in den Weg stellen würden, Soldat zu werden. Es gab haufenweise siebzehnjährige Knaben in Uniform, die mit Erlaubnis ihrer Eltern zum Militär gegangen waren, und William wurde bald siebzehn. Wichtiger war aber, daß er eine echte Leidenschaft für das Kämpfen besaß. Er war ein Krieger, und das wußte er. Das gefährliche, unberechenbare Etwas, das ich häufig in seinem Blick entdeckte, war der Krieger, der hinausschaute. Es war nicht der tote Blick eines Sylvester Snell. Der Ausdruck in Williams Augen war von Möglichkeiten erfüllt: Es galt, Leid zu rächen. Das Leid mochte persönlicher Natur sein, doch bei William hatte es das Potential, selbstlos zu werden. Die heitere Seite seiner Persönlichkeit – sein Humor, sein Interesse an Filmen, seine Liebe zu Betty – machten eine solche Veränderung möglich. Sylvester Snell hatte keine Interessen, keinen Humor, keine Liebe. Seine Rache war ein Reflex, eine Handlung, die er nicht unterbrechen oder steuern konnte; er war automatisch ein Terrorist, für das Gefängnis oder einen frühen gewaltsamen Tod bestimmt.

Die Möglichkeit, eines frühen gewaltsamen Todes zu sterben, stand auch William offen. Und als wir an dem hohen Maschendrahtzaun vor der Rekrutierungsstelle des Marine Corps vorbeifuhren, spürte ich diese Möglichkeit wie einen plötzlichen arktischen Luftzug. Ich zitterte, teils auch aus Stolz, als die Reihen marschierender Soldaten Staubwolken aufwirbelten, die über die Straße wehten.

William gab Zwischengas und schaltete den alten Cadillac in den zweiten Gang, während wir den Eingang des riesigen Depots passierten, wo schneidige Marineinfanteristen in doppelt besetzten Wachhäuschen gelassen den Straßenverkehr beobachteten.

»Weißt du, was ich glaube, Monk?« sagte William.

»Was?« fragte ich.

»Ich denke: Bald. Ich denke ganz *bald*.«

Als wir die Grenze nach Mexiko überquerten, beugte sich Mutter nach vorn und reichte William einen Zehndollarschein. »Ihr beide könnt euch eine Weile amüsieren. Wir treffen uns im La Cuna, so gegen sieben Uhr. Dann essen wir zu Abend und sehen uns die Show an. Das La Cuna liegt an der Hauptstraße, ein paar Blocks vom Frontón entfernt.«

William stellte den Wagen ab, und wir stiegen aus. Die Sonne in Mexiko kam einem heller vor als die Sonne in Kalifornien. Ich blinzelte die geschäftige, sonnendurchflutete Straße hinunter. »Und wenn wir uns verlaufen?« sagte ich. »Und wenn wir euch nicht finden?«

»Laß dir deswegen keine grauen Haare wachsen, Trygve«, sagte Mutter. »Versuch einfach, dich ein bißchen zu amüsieren. Wenn du dich verläufst, dann nicht lange.«

Ich sah zu, wie Mutter und Tante Ginger Arm in Arm über den belebten Bürgersteig gingen. Beide trugen geblümte Röcke und Bauernblusen, Armreifen an den Handgelenken sowie hochhackige Sandaletten an den Füßen. Sie sahen aus wie Zwillingsschwestern, zwei aufregend blonde Norwegerinnen unter den dunkelhaarigen Mexikanern. Ich machte mich ebenfalls in die Richtung auf, die sie eingeschlagen hatten, aber William riß mich am Arm.

»Nicht dorthin, Monk«, sagte er. »Laß uns die Seitenstraßen nehmen.«

Anscheinend suchte William irgend etwas. Die Seitenstraßen wurden immer schäbiger, je weiter sie von der Avenida Revolución entfernt lagen. Armut, unsichtbar zugegen, atmete hier. Alles verkümmerte, was der Odem der Armut anhauchte. Die pockennarbigen Häuser aus luftgetrockneten Lehmziegeln hielten sich augenscheinlich kaum noch aufrecht. Sie sahen zu klein aus, als seien sie für Menschen erbaut, die halb so groß wie wir waren. Wir betraten eine Bäckerei, die groß genug für drei oder vier Leute war, und kauften ein paar süße Brötchen. Wir aßen sie auf der Straße, doch als sich kleine Kinder um uns versammelten und mit großen dunklen Augen das Essen anstarrten, hörte ich auf zu kauen. Ich steckte mein Brötchen wieder in die Tüte und schaute auf die staubige Straße hinab, während wir uns weiter in das ärmste Viertel der Stadt vorarbeiteten.

»Laß uns zurückgehen«, flüsterte ich William zu.

»Zurück *wohin*, Monk?« fragte er.

»Wo Mutter und Tante Ginger hingegangen sind«, sagte ich.

»Sie sind einen trinken gegangen. Du bist zu jung zum Trinken.«

»*Hier* ist gar nichts.« Ich ließ nicht locker.

»Und ob hier etwas ist«, sagte William.

Ich schaute zu ihm hoch. Er sah zu einem schmalen, einstöckigen, hellblau gestrichenen Gebäude hinüber. Eine dicke Frau in der Tür musterte uns von oben bis unten.

»Zwei Dollar für dich«, sagte sie zu William. »Fünfzig Cent für ihn.« Sie lachte. Sie trug ein schwarzes Kleid, das so dünn war, daß man darunter ihre Unterwäsche sah. Ihr Gesicht war stark geschminkt. Sie schlenkerte mit ihren Fingern vor uns herum wie ein Zauberer, der etwas auftauchen, verschwinden lassen oder verändern wollte. Sie hatte lange, pflaumenfarbene Fingernägel. Ich sprang zurück. William lachte.

»Er ist Liliputaner«, sagte William und schlug mir auf die Schulter.

»Ich habe eine *prima* Liliputanerin für ihn, keine Sorge«, sagte die Frau. »Sie wird froh sein, diesen Liliputaner zu sehen.«

»*Ich* will keine Liliputanerin«, sagte ich wie vom Donner gerührt.

»Du willst also eine *mujer*, eh?« sagte die Dicke. »Ah, du willst eine *mamacita*, ja?« Mit ihren dunklen Händen zeichnete sie üppige Kurven in die Luft, die Brüste formte sie mehrmals um.

Ich sah William an, und meine Augen flehten ihn an, *sofort* von hier zu verschwinden.

»Locker bleiben, Monk, sie zieht dich nur auf. Geh mal ein paar Minuten lang spazieren oder so, ja?«

Er zeigte der Dicken seinen Zehndollarschein, und sie zog ihn ins Haus. Da ich weder spazierengehen noch auf der Straße warten wollte, ging ich hinterher.

Ich wußte nicht, was ich erwartet hatte, fand mich aber zu meiner Überraschung in einem großzügig möblierten Zimmer wieder, auf dessen Boden gute Teppiche lagen. Ein Mann in weißem Anzug saß in einem der Sessel und las eine Zeitschrift. Am anderen Ende des Zimmers öffnete sich eine Tür, und ein Mann trat heraus. Er schnallte gerade seinen Gürtel zu. Er gab der dicken Frau etwas Geld und sagte etwas auf spanisch. Die Tür, durch die der Mann gekommen war, führte in einen Flur. Auf beiden Seiten des Flures gingen ein halbes Dutzend oder mehr Türen ab, und über jeder einzelnen brannte eine kleine rote Lampe. Eine der Lampen ging aus, und die Tür darunter öffnete sich. Ein Matrose kam heraus und knöpfte seine komplizierte Hose mit Schlag. Die Dicke begleitete William zu der Tür mit der nun abgeschalteten Lampe und öffnete sie für ihn. Dann kam sie in das Wartezimmer zurück, die Tür hinter sich schließend. Ich setzte mich auf das Sofa und nahm mir eine Zeitschrift. Sie sah aus wie eine spanischsprachige Version der *Saturday Evening Post*.

Der Matrose gab der Dicken etwas Geld. Er sah, daß ich ihn anstarrte. »Du bist noch ein bißchen grün für Muschi, stimmt's, Percy?« sagte er.

»Ich warte nur auf meinen Cousin«, sagte ich.

»Eines Tages willst du bestimmt mal mehr als bloß auf deinen Cousin warten, ja?« sagte die Dicke.

Ich nickte erst, schüttelte dann den Kopf. Ich sorgte dafür, daß mir schwindlig wurde.

»Brich dir nicht den Hals, Clyde«, sagte der Matrose. Er hatte graue Haare und einen Bierbauch. Er sah aus wie vierzig oder älter. Auf sein Handgelenk war eine blaue Meerjungfrau tätowiert. »Wirst du'n Kranker dank Mister Schanker, zieht dir deine Mutti mit'm Buttermesser die Haut ab, Rodney.«

»*A su tiempo*«, sagte die Dicke und faßte mir mit der Hand liebevoll unter das Kinn. Die meine Kehle berührenden, langen lila Nägel schickten einen heftigen Juckreiz bis hin zu meinen Ohren. Ich schluckte schwer und zwang den Juckreiz in den Magen hinab, wo er sich in nervöse Krämpfe verwandelte. Mein Magen knurrte; die dicke Frau und der alte Matrose lachten. Ich griff in meine Papiertüte und holte das halbgegessene Brötchen heraus. Ich biß hinein und blätterte in der spanischsprachigen Zeitschrift auf meinem Schoß, Sprachkenntnisse vortäuschend.

William kam heraus und bezahlte die Dicke. Er war nur zehn oder fünfzehn Minuten weg gewesen, doch mir kam es wie eine Ewigkeit vor. Ich war froh, ihn zu sehen, froh zu sehen, daß es immer noch William war, daß sich nichts Wesentliches verändert hatte. Er sah beim Herauskommen genauso aus wie beim Hineingehen. Ich lachte laut auf vor Erleichterung.

»Was ist so umwerfend komisch, Monk?« sagte er, als wir wieder auf der dreckigen Straße waren.

Ich zuckte mit den Schultern, konnte aber das Grinsen nicht aus meinem Gesicht zucken. Es blieb dort den ganzen Weg zurück zur Avenida Revolución. Wir gingen die vier oder fünf Kilometer zur Stierkampfarena, dann zurück zum Frontón, wo wir uns den restlichen Nachmittag Jai-alai-Spiele ansahen.

Um sieben Uhr machten wir uns zum La Cuna auf. Mutter und Tante Ginger saßen schon dort, an einem Tisch über einer Tanzfläche. La Cuna war wie eine Stierkampfarena aufgebaut: Die Eßtische standen auf drei konzentrischen Ebenen, die sich über der kreisförmigen Tanzfläche erhoben. Unser Tisch stand auf der untersten Ebene, neben einem Messinggeländer mit zwei Stangen, das verhinderte, daß man auf die Tanzfläche stürzte, falls man das Gleichgewicht verlor. Auf einer Seite der Tanzfläche befand sich eine erhöhte Bühne. In die Wände waren gläserne Fackeln eingelassen, die ein mildes Licht von geringer Stärke erzeugten, das keine Schatten warf. Die stoffbespannten

Wände, der schwere weinfarbene Teppichboden und die prächtigen Tischdecken aus Satin absorbierten Geräusche, so daß sich das übliche Geklapper und Geplauder eines gut besuchten Restaurants auf ein würdevolles Gemurmel reduzierte. Kellner in weißen Jacketts und schwarzen Fliegen huschten anmutig von Tisch zu Tisch und trugen dabei ihre vollen Tabletts so elegant, daß man sie für Berufstänzer halten konnte. Einige Matrosen und Marineinfanteristen waren auch anwesend, doch die meisten Gäste waren wohlhabende amerikanische und mexikanische Zivilisten.

Mutter und Tante Ginger hatten Margaritas getrunken, und ihre Augen glänzten vor Tequilaglück. Für eine norwegische Fatalistin und ihre merkwürdig metaphysisch veranlagte Schwester unterhielten sie sich erstaunlich angeregt. Ich dachte: Mexiko ist gut für Norweger. Alle Norweger sollten in Mexiko leben und Margaritas trinken, statt in Gegenden wie Montana eingelegte Fische zu essen und darauf zu warten, daß das Wetter umschlägt. Und da, als teilten sie meine Gedanken über Norweger, stießen Mutter und Tante Ginger miteinander an und erhoben sich. »Da ist die Band«, sagte Mutter. »Los, wir tun was für den Appetit.«

Sie fanden problemlos Tanzpartner. Mutter fragte einen gutgekleideten Mexikaner, der allein gespeist hatte, ob er nicht tanzen wolle. Tante Ginger suchte sich einen Marineinfanteristen aus. Die Band nahm auf der Bühne Aufstellung, und der Dirigent, ein rundbäuchiger, smokingtragender Mann, sagte: *»La conga! Bailamos la conga, muchachos y muchachas!«* Bei dieser Ansage jubelte die Menge, und Menschen marschierten auf die Tanzfläche. Der Mexikaner, den sich Mutter ausgesucht hatte, kam widerstrebend und schüchtern – in Mexiko forderten Frauen Männer nicht zum Tanz auf –, aber er sah auch kultiviert aus, und natürlich eroberten ihn Mutters frisches gutes Aussehen und ihre Offenheit.

Von der Bühne erhob sich eine musikalische Mauer. Kräftige Rhythmen der Congas sorgten sofort dafür, daß die Hüften der Tänzer zu kreisen begannen. Die Conga-Schlange entstand ziemlich zufällig, unterwarf sich aber bald der tretenden, hüftenruckenden Disziplin des festlichen Tanzes. Immer und immer wieder brüllten die Tänzer »Eins, zwei, drei, la conga!«, als wären sie noch nie so glücklich gewesen oder würden nie wieder so glücklich sein wie in diesem Moment. Mutter hatte die Hüften von Tante Gingers Marine gepackt. Ihr Griff war fest und völlig unbefangen. Der Mexikaner hinter Mutter hielt ihre Hüften vornehm, geziert. Doch es war kein vornehmer, gezierter Tanz... er war wild und energiegeladen, eine ausgelassene Verherrlichung des menschlichen Körpers und dessen Bedürfnis, zu trampeln, sich zu drehen und zu brüllen. Es machte den menschlichen Körper lächerlich und schön, reduzierte ihn auf seine einfachsten Freuden. Ich schnappte mir Mutters halbvollen Margarita und trank ihn aus. »Monk der Schluckspecht!« übertönte William die Musik. Ich nahm mir Tante Gingers Drink und lutschte an den Eiswürfeln mit Tequilageschmack, bis sie knirschten. Noch mehr Leute schlossen sich der Conga-Schlange an, die sich hin und her wand, die Tanzfläche wie ein einzelnes Wesen erfüllte – eine richtige Schlange, wenn man die Augen zusammenkniff, bis man nur noch unscharf sah... eine ekstatische Schlange, die alle traurigen Menschen der Welt in sich aufnehmen würde, sobald sie erst einmal einen Weg aus La Cuna herausgefunden hatte. Als die Tequilareste mein Hirn entflammten, stellte ich mir vor, wie die menschliche Schlange den Nachtklub verließ, die Grenze überquerte, mehr und mehr Leute einreihte, *eins, zwei, drei, la conga*, sich durch den Kontinent wand und wirbelte, auf anderen Kontinenten bildeten sich andere Schlangen, alle ekstatisch und sangesfreudig, *eins, zwei, drei, la conga*, keine Zeit, einander mit Bomben und Granaten zu bewerfen oder zu versenken, unnötig zu konspirieren, Komplotte zu schmieden, jemanden fertigzumachen, die Munition weiterzureichen oder jemanden aus der Wohnung zu werfen. »La conga!« schrie ich und sprang auf. »La conga! La conga!«, und William betrachtete mich aus den Winkeln seiner grimmigen Augen, als sei ich unwiderruflich durchgedreht.

Die Stadt verschwand. Ihre östlichen Vororte verschwanden. Die Reihen hoher Palmen und Eukalyptusbäume lichteten sich nach und nach, als der Super Chief in die Wüstenregionen nordöstlich von San Bernardino brauste, in Richtung Nevada, Utah, Idaho und schließlich Montana. Kakteen, Joshua-Bäume, Ansammlungen von Kreosotsträuchern und riesige Flächen gesichtslosen Flachlandes erstreckten sich vor mir. Mein Gesicht gegen die Fensterscheibe gepreßt, wurde das rhythmische Klicken der Räder zu einer leisen, metallischen Stimme, die *Vom-Winde-verweht, Vom-Winde-verweht* flüsterte, immer und immer wieder, bis es mir so vorkam, als sei mein knappes Jahr in Los Angeles ein Traum gewesen, oder zumindest als könne es so rasch verblassen wie ein Traum. In dem Waggon saßen lauter Frauen, die ihre Männer und Söhne in den Ausbildungsstützpunkten Südkaliforniens besucht hatten. Sie hatten die ruhige, traurige Würde von Menschen, die sich mit dem Tragischen abgefunden hatten. Allmählich erfuhr man mehr über die brutale Realität des Inselkrieges im Südpazifik, und dieses Wissen spiegelte sich in ihren Augen und in den langsamen, hypnotischen Bewegungen ihrer Körper wider.

Ich übernahm das Kommando über diese Wagenladung Frauen, verwarf den restlichen Zug als überflüssig. In meinen Händen tauchten stabile Steuerarmaturen auf. Ich zog das Rad zurück in meinen Schoß, und plötzlich befanden wir uns in der Luft, im Tiefflug über der Mojavewüste. Am Horizont schwebten glänzende, schneebedeckte Berge, und ich mußte an Shangri-La denken, das verborgene Tal geschützter Träume. Ich lenkte den schaukelnden Wagen auf den höchsten Gipfel zu, versuchte, den Weg zu freudigem Beisammensein und garantierter Sicherheit wiederzufinden. »Wir werden es schaffen«, sagte ich. »Wir werden es schaffen.«

Die Frau neben mir, Typ Großmutter, die aussah, als würde sie sich in einer Kittelschürze wohler fühlen als in dem unförmigen Tweedkostüm, das sie trug, sagte: »Bist du nicht ein bißchen jung, um *allein* zu reisen?«

Ich überprüfte den Steuerkurs, schaltete dann auf Autopilot. Ich musterte sie. Sie war eine nett aussehende Dame mit sorgenvollen blauen Augen, wahrscheinlich norwegischer Abstammung, ebenfalls auf dem Weg zurück nach Montana. Die Besorgnis in ihrem Blick entlockte mir ein Lächeln. Ich wollte sie beruhigen.

Aber wie konnte ich es ihr sagen? Ich suchte nach den richtigen Worten, fand aber keine. Vielleicht gab es gar keine richtigen Worte. Vielleicht waren Worte hier fehl am Platz.

Wie schaffte man es, etwas, von dem man *wußte*, daß es wahr war, so zu sagen, daß es nicht wie eine Lüge klang?

Manchmal war das unmöglich.

Ich sagte, offensichtlich eine Lüge: »Ich reise nicht allein, Ma'am.«

Aus den Augenwinkeln warf sie mir einen kurzen mißmutigen Blick zu.

»Und ich bin nicht jung. Ich bin Liliputaner. Ich bin schon seit langer Zeit alt. Früher habe ich in einem Zirkus gearbeitet. Vielleicht haben Sie von mir gehört. Monk Napoli. So heiße ich.«

Ich stand auf, quetschte mich an ihren dicken Knien vorbei und begab mich durch den schwankenden Gang zur Toilette. Ich klappte den Klodeckel runter und setzte mich. Ich griff in meine Brusttasche, holte eine verbogene Zigarette heraus, die ich William geklaut hatte, und zündete sie mit den Streichhölzern an, die ich im Speisewagen gefunden hatte.

Ich beobachtete, wie meine erste Rauchwolke quer durch den kleinen weißen Raum trieb. Der Boden unter meinen Füßen dröhnte und schaukelte. Auf die Wand gegenüber von mir hatte jemand einen zittrigen Kilroy gemalt. Die kleinen Knopfaugen starrten mich an. Die kleinen Hände klammerten sich an die Mauer, als ginge es um sein Leben.